KB154469

컬러의 방

THE COLOUR CODE

ⓒ 2021 by Paul Simpson

All rights reserved.

Korean translation ⓒ 2022 by Will Books Publishing Co.

Korean translation rights arranged with Andrew Nurnberg Associates Ltd.

through EYA Co, Ltd.

이 책의 한국어판 저작권은 EYA Co, Ltd.를 통해

Andrew Nurnberg Associates Ltd.와 독점계약한 ㈜ 윌북에 있습니다.

저작권법에 의하여 한국 내에서 보호를 받는 저작물이므로

무단 전재 및 복제를 금합니다.

컬러의 방

The Colour Code

폴 심프슨 지음
박설영 옮김

내가 사랑하는 그 색의 비밀

윌북

차례

서문

색은 영혼에 직접적인 영향을 미친다.

색은 건반이고, 눈은 해머이며, 영혼은 수많은 현을 가진 피아노다.

바실리 칸딘스키

무지개에는 얼마나 많은 색이 있을까? 아이작 뉴턴이 무지개 스펙트럼을 체계적으로 정리한 후부터 답은 당연히 일곱이다. 빨강, 주황, 노랑, 초록, 파랑, 남색, 보라까지. 머리글자만 따서 '빨주노초파남보'다. 하지만 아리스토텔레스는 『기상학』에서 무지개에는 빨강, 초록, 보라까지 세 가지 주요한 색만 존재한다고 주장했다. 그는 노랑은 단순히 빨강이 초록에 대비되면서 나타난 효과에 불과하다고 말했다. 그런가 하면 아마존의 피라하족과 칸도시족 언어에는 각 색을 일컫는 구체적인 용어가 없으며, 무지개를 가리킬 때는 어두운 색(시원한 색)과 밝은 색(따뜻한 색) 이렇게 두 가지 색조밖에 없다고 한

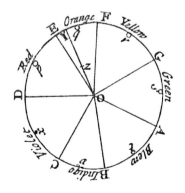

다. 실제로 무지개의 색을 정확히 몇 개라고 말하기는 어렵다. 각 색깔이 바로 옆의 색깔과 스리슬쩍 섞여 있기 때문이다. 우리가 색에 이름을 붙이면서 전자기 스펙트럼의 작은 일부분인 가시광선에 순서를 부여할 뿐이다.

뉴턴은 '내 눈은 색을 날카롭게 구분하지 못한다'라고 인정한 바 있다. 아마 그는 무지개가 일곱 가지 색이라 판단할 적에 7에 얽힌 오래된 패턴, 즉 7일로 이루어진 일주일, 세계 7대 불가사의, 음악의 7음계, 중세의 주요 7개 학과 등 피타고라스 학파가 이 숫자에 부여한 신비한 분위기에 끌린 게 아닌가 싶다.

뉴턴은 1704년 펴낸 『광학』에서 색을 제1색(빨강, 파랑, 노랑), 제2색(초록, 주황, 보라), 제3색(하이픈으로 연결한 합성 색이름)으로 분류한 뒤, 제1색을 섞으면 다른 모든 색을 만들 수 있다고 말했다. 또 실험을 통해 백색광을 순수한 무지갯빛으로 분리할 수 있으며, 이 색들이 합쳐지면 다시 백색광으로 돌아간다는 사실을 증명했다. 그는 이렇게 결론 내렸다. "햇빛이 오직 한 종류의 광선으로만 구성되어 있다면 이 세상은 색은 오직 하나뿐일 것이다."

그러나 뉴턴의 분석은 인기를 얻지 못했다. 시인 존 키츠는 '뉴턴이 무지개를 프리즘으로 축소함으로써 무지개의 시적 정취를 파괴했다'며 그 유명한 한탄을 남겼고, 독일의 박학다식한 철학자 요한 볼프강 폰 괴테는 1810년에 펴낸 『색채론』에서 색을 인식하는 것은 과학적 현상이 아닌 주관적 해석이라고 적었다. 괴테의 주장에 따르면 색은 빛의 물리적 움직임과 우리의 인식 기관이 상호작용한 결과다. 그런 이유로 그는 스펙트럼을 생명을 강화하는 '플러스' 색깔(노랑, 황적색yellow-red)과 불안을 조장하는 '마

| 상반되는 색들로 구성된 괴테의 대칭적인 색상환(1810).

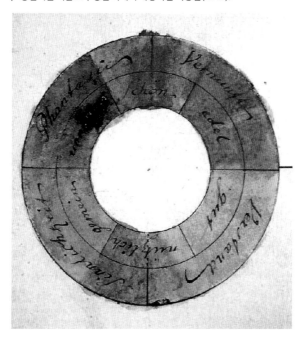

이너스' 색깔(파랑, 보라, 청록색blue-green)로 나누었다. 철학자 루트비히 비트겐슈타인은 이를 두고 말했다. "괴테가 정말로 찾고자 한 것은 색의 생리학이 아닌 심리학적 이론이었다."

　색깔의 정서적 힘에 대한 괴테의 주장은 영국의 화가 J. M. 윌리엄 터너에게 영감을 주었다. 터너는 자신이 그린 그림의 제목 〈빛과 색(괴테의 이론): 대홍수 다음 날 아침 「창세기」를 쓰고 있는 모세Light and Colour(Goethe's Theory) - the Morning after the Deluge - Moses Writing the Book of Genesis〉에서도 괴테를 분명히 언급한다. 이후 빈센트 반 고흐, 콘스탄틴 코로빈, 카지미르 말레비치, 바실리 칸딘스키, 마크 로스코 등 다양한 화가가 괴테의 생각을 받아들였다. 특히 칸딘스키는 『예술에서의 정신적인 것에 대하여』에서 괴테가 자신에게 미친 영향을 잘 드러냈다.

시각 인식의 주관적 요소를 강조했다는 점에서, 괴테는 색에 관한 눈부신 책을 집필한 프랑스 문화역사학자 미셸 파스투로 같은 사상가들의 선배라 할 수 있다. 오늘날 우리는 뉴턴보다 더 복잡한 시선으로 세상을 본다. 감정, 문화, 나이, 성별, 종교, 정치, 스포츠, 개인적 경험 등 모든 것이 프리즘으로 작동한다. 파스투로도 이렇게 말하지 않았던가. "색은 첫 번째이자 가장 중요한 사회적 구성물이다."

색 대비, 보색, 연속적 색에 대한 괴테의 생각은 프랑스 화학자 미셸 외젠 슈브뢸이 더 과학적으로 발전시켰다. 1824년, 슈브뢸은 파리 고블랭 태피스트리 작업장의 책임 있는 자리를 맡았다. 고객들이 태피스트리의 색이 너무 칙칙하고 우중충하다고 항의를 해온 터였다. 조사 끝에 그는 태피스트리의 칙칙함이 염색이나 화학 문제가 아닌 시각적 문제라고 결론 내렸다. 배색 방식이 우중충해 보이는 효과를 낳은 것이다. 슈브뢸의 동시 대비 법칙은 그가 1839년에 펴낸 『대조와 색의 법칙The Laws of Contrast and Colour』에 자세히 설명되어 있다. 그는 인접한 색이 채도에 미치는 영향을 체계적으로 분석했고, 시각적 스펙트럼에 속한 모든 색을 색상환에 집어넣어 보색이 나란히 놓여 있으면 시각적으로 더욱 강렬해진다는 사실을 보여주었다.

그의 책은 19세기에 가장 대중적이며 예술적으로도 영향력 있는 색 설명서가 되었다. 화가 외젠 들라크루아는 슈브뢸의 의견에 완전히 설득당해 "내 마음대로 색을 배치할 수 있게 해준다

| 슈브뢸의 『대조와 색의 법칙』(1839)에 실린 색판

면 진흙으로 비너스의 얼굴도 그릴 수 있다"고 선언할 정도였다. 인상파 화가들은 캔버스에 원색의 물감을 붓질해 관객의 눈이 시각적으로 그 색들을 혼합하게 함으로써 빛과 색을 더욱 화려하게 만들 수 있음을 깨달았다. 슈브뢸의 색 효과에서 파생한, 무수히 많은 단색의 점을 사용하는 기법은 조르주 쇠라와 폴 시냐크의 점묘법에 영감을 주었다. 로베르 들로네와 소니아 들로네 부부, 프란티셰크 쿠프카 등 오르피스트Orphist입체파의 한 부류—옮긴이가 사용한 추상적인 색들도 이 화학자의 독창적 작업에 그 뿌리를 두고 있다.

1807년 출간된 토머스 영의 저서 중 한 페이지. 눈의 해부학과 빛의 파동 이론에 대한 그의 이해 정도를 보여준다.

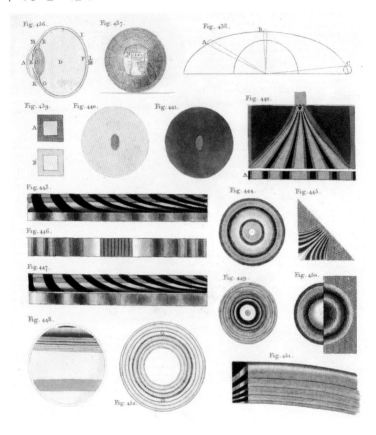

우리는 어떻게 색을 볼까? 뇌가 시신경을 통해 망막 뒤에 있는 두 종류의 광센서, 간상체와 추상체로 신호를 수신한다. 요컨대 간상체는 어둑한 곳에서 명암을 구분하게 해주고, 추상체는 밝은 곳에서 색을 구분하게 해준다. 19세기 영국의 과학자 토머스 영은 인간의 추상체가 세 가지 파장, 즉 빨강, 초록, 남보라blue-violet에 예민하다는 의견을 제시했다. 독일 물리학자 헤르만 폰 헬름홀츠는 이 이론을 발전시켜 각각의 추상체가 이 세 가지 파장 중 하나를 인식하고, 뇌가 이 파장의 상대적 강도를 색으로 해석한다고 주장했다. 대부분의 사람은 세 가지 유형의 추상체(각각 100개의 색조를 볼 수 있다)를 가지고 있어서 3원색을 구분할 수 있다. 따라서 우리 뇌가 볼 수 있는 색의 조합은 그 수가 100만 가지에 이른다. 4원색을 볼 수 있는 사람(보통은 여자다)은 네 개의 추상체를 가지고 있으며, 따라서 1억 개의 색을 볼 수 있다.

코카시아인종 남성 12명 중 하나가 제2색맹인 적록색맹인 데 반해, 아시아인은 20명 중 하나, 아프리카인은 남자의 경우 25명 중 하나, 여자의 경우 200명 중 하나다. 청색과 황색을 혼동하거나 암청색blue-black을 구분하지 못하는 일은 훨씬 드물다. 색맹은 X염색체를 통해 전해지는 유전적 특성으로, 여성의 경우 보통 두 번째 X염색체가 이를 보완한다.

2006년, 케임브리지대학과 뉴캐슬대학의 생물학자들은 빨간색과 초록색을 구분하지 못하는 사람들 눈에는 다른 광수용체가 있어 다른 색에 더 민감할 거라는 견해가 사실인지 증명하고자 실험을 실시했다. 연구진은 피실험자들에게 카키 톤의 원 15개를 제시하며 각 원의 색깔이 얼마나 유사한지 평가해달라고 부탁했다. 색맹이 아닌 사람들은 각 원을 구분하기 힘들어했지만, 적록색맹은 차이를 쉽게 구분했다. 연구진은 빨간색과 초록색을 구분하지 못하는 사람들은 다른 차원의 색을 볼 수 있다고 결론 내렸다.

대부분의 포유류는 이색형 색각자여서 겨우 1만 개의 색밖에 보지 못한다. 인간과 몇몇 영장류를 비롯한 일부 포유류는 삼색형 색각자다. 최근의 연구에 따르면 수많은 유대목 동물도 삼색형이라고 한다. 역사가 로버트 핀레이의 논문「무지개 탄생기Weaving the Rainbow: Visions of Color in World History」(2007)에 제시된 어느 이론에 따르면, 삼색형 색각이었던 포유류들이 공룡의 먹잇감이 될까 두려워 야행성이 되었고, 추상체를 간상체와 맞바꿔 이색형 색각자가 되었다고 한다. 빛이 희미한 곳에서 더욱 선명하게 볼 수 있는 것이 색을 구분하는 것보다 생존에 훨씬 유용했기 때문이다. 이어서 공룡이 멸종한 뒤에는 일부 포유류들이 먹이를 수월하게 식별하기 위해, 그리고 상대의 붉은 낯빛을 분노로 인식하는 등 생존과 관련한 각종 상황을 해석하기 위해 세 번째 간상체를 발달시켰다. 새는 대부분 사색형 색각자로, 자외선을 볼 수 있는 광수용체를 추가로 가지고 있다. 나비는 수용체가 최소 다섯 개인 것으로 알려져 있다. 태평양과 인도양에서 발견되는 공작갯가재는 눈에 최대 16개의 센서가 달려 있다.

　　미국의 과학 저널리스트이자 방송인인 로버트 크룰리치는 분홍색으로 보이는 단일한 빛 파장은 없다는 근거를 바탕으로 분홍색은 인공적인 색이라고 주장하며 작은 소동을 벌였다. 물론 빨간색 빛과 보라색 빛을 혼합하면 분홍색이 된다. 그러나 분홍색이 '진짜' 색깔이 아니라고 주장하는 것은 근본적으로 색의 정의를 오해하는 것이다.

　　생물학자 티머시 H. 골드스미스는 2006년에 《사이언티픽 아메리칸》에서 다음과 같이 주장했다. "색은 사실 빛의 속성도, 빛

여러 개의 감각기관과 화려한 색깔의 몸을 지닌 갯가재는 색을 식별하는 센서가 최대 16개다. 나비는 최소 다섯 개, 대부분의 인간은 세 개를 가지고 있다. 개는 겨우 두 개다.

을 반사하는 물체의 속성도 아니다. 뇌에서 일어나는 감각이다.”
눈의 광수용체는 구체적인 범위와 특정한 위치에서 빛의 파장을
감지한다. 이 정보는 시신경을 지나 초기 시각피질의 신경으로 전
달되고, 여기서 정보를 해석해 그림을 만든다. 이전에는 색과 형
상이 초기 시각피질에서 따로따로 처리되었다가 나중에 합쳐진
다는 추정이 일반적이었는데, 2019년에 캘리포니아의 소크 연구
소에서는 최신 이미징 기술을 사용해 연구한 결과 두 요소가 함께
암호화된다고 주장했다. 뇌의 약 40퍼센트가 시각 정보를 처리하
는 데 관여한다지만, 신경과학자들도 아직 정확히 어떻게 처리되
는지는 자세히 알지 못한다.

색은 인간의 뇌와 우주가 만나는 장소다.

파울 클레

색을 둘러싼 복잡한 신경과학은 올리버 색스의 에세이 「색맹이 된 화가」『화성의 인류학자』에 실려 있다―옮긴이에서 살펴볼 수 있다. 한 화가가 65세에 자동차 사고를 당해 색을 분간하는 능력을 잃어버렸다. 그가 색스에게 말했다. "사고 이후 모든 것이 흑백 텔레비전 화면처럼 보입니다. 그런데 시력은 독수리처럼 좋아졌어요. 한 블록 떨어진 곳에서 바닥에 벌레가 기어가는 게 다 보인다니까요. 집중력은 얼마나 날카로운지 이루 말할 수가 없습니다. 그런데 그럼 뭐합니까, 색맹이 되어버린걸요."

화가는 모든 사람이 움직이는 회색 조각상처럼 보이는 세상에 갇혔고, 음식이 전부 검게 보이는 탓에 식욕을 잃었다. 그러다 외부 세상을 자신의 인식과 점차 일치시키면서 심리적으로 회복하기 시작했다. 검은 올리브와 하얀 쌀밥을 먹고, 블랙커피를 마셨다. 세상이 더욱 자연스러워 보이는 밤에 주로 활동해 야행성이 되었다.

어느 날 아침, 화가는 차를 운전하다 일출을 보았다. 그의 눈에는 동틀 무렵의 강렬한 붉은빛이 '폭탄이 터진 것처럼, 거대한 핵폭발이 일어난 것처럼' 온통 시커멓게 보였다. 그는 곧 그 누구도 일출을 그런 식으로 본 적 없을 거라는 사실을 깨닫고 자신이 본 광경을 흑백으로 그렸다. 화가는 자신의 시각과 그림이 너무 자랑스러워졌고, 이후 다시 색을 볼 수 있도록 뇌를 훈련하자는 의사의 제안을 거절했다.

색스는 수많은 연구 끝에 색을 이해하는 데 뇌의 특정한 두 부분이 큰 역할을 한다고 결론지었다. 1차 시각피질인 V1의 세포가 시신경으로부터 데이터를 받아 시각피질 내 다른 곳에 있는 V4라는 콩만 한 크기의 신경 영역으로 신호를 보내면 그곳에서 데이터를 색으로 변환한다. 물론 'V4가 색을 해석하고 의미를 부여하는 뇌 영역의 수백 가지 다양한 시스템에 신호를 보내고 대화를 주고받는다'는 말은 살짝 간소화된 설명이다. 색스의 환자였던 화가는 V4 세포에 손상을 입어 세상을 흑백으로만 보고 기억할 수 있었는데, 이를 통해 색스는 '색은 세상 밖에 있는 것이 아니라 뇌에 의해 구성되는 것'이라고 결론지었다.

신경과학자 베빌 콘웨이는 인간의 뇌가 색을 처리하는 방식을 아이폰에 비유한다. "우리가 색을 보는 과정은 겉으로 보면 굉장히 단순하다. 하지만 이 단순한 과정을 들여다보면 그 안에서 수많은 복잡한 일들이 벌어진다."

뇌에서 일어나는 복잡한 일들은 종종 우리를 당황하게 만든다. 전 세계를 떠들썩하게 만들었던 한 유명 사례를 보자. 바로 트위터에서 수많은 사람의 피드에 오르내렸던 드레스 색깔 문제(#dressgate) 현상이다. 2015년 《버즈피드》에 특정 원피스 사진이 업로드된 후 원피스 색이 흰색과 금색인지, 푸른색과 검은색인지를 놓고 설전이 일었다. 이 포스트는 단 하루 만에 2800만 뷰를 기록했는데, 그중 3분의 2가 이 원피스가 흰색과 금색이라고 주장했다. 흥미롭게도 이 소동이 있고 3개월 후 저명한 학술지 《커런트 바이올로지》에서 1400명의 응답자를 대상으로 후속 연구를

2015년 트위터에 이 원피스 사진이 게시됐을 때 인터넷 이용자 세 명 중 두 명이 흰색과 금색이라고 답했다. 하지만 실은 파란색과 검은색이었다.

실시했는데, 57퍼센트가 이 옷이 푸른색과 검은색이라고 대답했다. 영국 회사 '로만 오리지널스'가 만든 이 옷의 실제 색은 사실 푸른색과 검은색이었다.

어째서 사람마다 인식하는 색이 다른지에 대해서는 의견이 난무한다. 몇몇 사람은 어떤 모니터로 이미지를 보았는지에 따라 달라진다 하고, 또 어떤 사람들은 어떤 조명 아래서 보았는지에 따라 달라진다고 한다. 한 연구에서는 일찍 일어나는 사람은 이 원피스를 흰색과 금색으로, 올빼미족은 푸른색과 검은색으로 볼 가능성이 크다고 주장했다. 또 다른 연구에서는 인지에서 핵심 역할을 하는 뇌의 전두엽과 두정엽이 활발하게 기능하는 사람이 이 옷을 흰색과 금색으로 잘못 인식하는 경향이 더 높다는 의견을 제시했다.

2015년, 미국의 신경과학자 이스라엘 아브라모프가 남녀 피실험자에게 색조를 분해해 그 속에 얼마나 많은 빨간색, 노란색, 녹색, 파란색이 있는지 수량화해달라고 요청했다. 그는 이 실험으로 여성이 남성보다 색의 미묘한 단계적 차이를 더 잘 구분한다는 사실을 알아냈다. 이러한 결과는 주로 노란색과 녹색에서 두드러졌다. 아브라모프는 남성이 여성보다 뇌(특히 시각을 통제하는 부분)에 테스토스테론에 대한 수용체가 더 많으므로 색에 대한 이해력이 이 호르몬에 의해 억제되는 것일 수도 있다고 주장했다. 한편 어떤 이들은 문화적 영향이 원인이라고 주장한다.

1991년 영국 서리대학의 진 심프슨과 아서 태런트가 실시한 연구에 따르면 여성이 남성보다 색과 관련된 어휘를 훨씬 풍부하게 구사한다고 한다. 성별뿐 아니라 나이도 한몫한다. 나이 많은 남성이 젊은 여성보다 더 정교한 색 용어를 구사하기 때문이다. 어떤 연구에서는 여성이 색 시료와 색이름을 더 잘 연결하며 기억 속의 색을 더 잘 맞춘다고 결론 내렸다.

어떤 사람들에게 색은 시각적 현상 그 이상이다. 아주 기본적으로, 공감각synaesthesia이 있다. 이는 '함께 인식하다'라는 뜻의 그리스 단어에서 유래한 용어로, 하나의 감각이 다른 감각을 촉발하는 인지 상태를 일컫는다. 노벨상을 받은 물리학자 리처드 파인먼은 저서 『남이야 뭐라 하건!』에서 이렇게 말한다. "방정식을 볼 때면 글자가 색깔로 보인다. 말을 할 때는 옅은 황갈색의 J가, 보라색이 살짝 섞인 푸르스름한 N이, 짙은 갈색의 X가 날아다니는 모양이 희미하게 보인다. 학생들의 눈에는 대체 이것들이 어떻게 보일지 궁금하다."

애틀랜타의 페이스트리 셰프 타리아 카메리노 같은 일부 공감각 능력자들에게 색은 맛이기도 하다. 2013년 그는 미국 공영방송에 출연해 사물의 모습과 소리를 기억하는 건 힘들지만 초록색이 어떤 맛인지는 안다고 말한 바 있다. 영국의 IT 컨설턴트이자 공감각 능력자인 제임스 워너턴은 소리, 단어, 색깔의 맛을 느끼며, 자신의 이름에서 통조림 토마토 맛이 강하게 난다고 했다. 미국의 심리학자 캐럴 크레인은 기타 연주를 들을 때면 무언가 자기 발목을 스치는 듯한 기분을 느낀다고 한다.

공감각을 일으키는 원인이 무엇인지는 확실히 알 수 없다. 영국의 임상심리학자 사이먼 배런 코언은 이것이 유전적 현상이며, 공감각 능력을 갖춘 사람들은 태어날 때부터 신경 연결망의 개수가 평균보다 많다고 주장한다. 일부 연구 결과는 공감각을 경험하는 사람들의 경우 신호가 뇌를 가로질러 이동하도록 돕는, 뉴런을 둘러싼 지방질 피복인 미엘린이 평균보다 훨씬 많다고 이야기한다. 우리 모두 공감각 능력을 갖추고 태어나지만 뇌를 더 효율적으로 작동시키기 위해 유아기에 신경 연결망을 다수 잃어버린다는 주장도 있다. 기관마다 주장하는 바가 다르지만 공감각 능력자는 대략 300명 중 한 명꼴인 것으로 보인다.

작곡가 올리비에 메시앙은 교향곡 〈임재하신 하나님을 위한 세 개의 작은 전례Trois petites liturgies de la présence divine〉을 짓고서 이렇게 썼다. "이 음악은 무엇보다 색채의 음악이다. 내가 여기서 사용하는 음계는 조화로운 색이다. 그 병렬과 중첩은 파랑, 빨강, 빨강 줄무늬가 난 파랑, 주황색 점이 찍힌 연보라와 회색, 녹색이 첨가되

노벨 물리학상 수상자인 리처드 파인먼은 방정식을 색깔로 볼 수 있는 공감각 능력자였다. 작가 짐 오타비아니와 삽화가 릴랜드 마이릭이 파인먼의 생애를 주제로 한 그래픽노블에서 그의 능력을 그림으로 표현했다.

고 금색이 둘러진 파랑, 보라, 푸른빛의 보라, 청자색을 띤다. 또 루비, 사파이어, 에메랄드, 자수정 같은 값진 보석의 번쩍임을 선사하노니, 이 모든 것들이 우아하게 드리우고, 물결치고, 소용돌이치고, 휘감아 치고, 교차하도다. 각각의 움직임마다 한 '종류'의 신성한 존재가 깃들어 있으니… 이루 형언할 수 없는 이 생각들은 어떤 것으로도 표현되지 않고, 그저 황홀한 색채로 남아 있도다."

1969년, 미국인 학자 브렌트 베를린과 폴 케이는 혁신적인 연

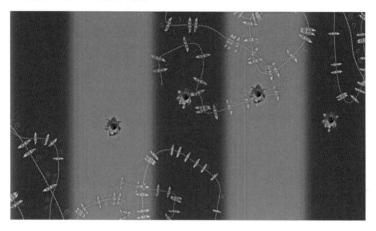

구 결과를 담은 책『기본 색채어Basic Color Terms: Their Universality and Evolution』에서 기본 색채 범주는 11개가 보편적이며 이 기본 색채 용어들은 언제나 동일한 순서로 출현한다고 주장했다. 그들은 100여 개의 언어를 조사한 끝에 처음 두 용어는 언제나 어둠과 밝음(보통 검은색과 흰색으로 해석한다), 세 번째는 빨간색, 네 번째는 노란색이나 초록색, 다섯 번째는 초록색이나 노란색 중 앞에서 언급하지 않은 색, 여섯 번째는 파란색, 일곱 번째는 갈색, 여덟 번째는 보라, 분홍, 주황, 회색 중 하나라고 정리했다.

그들의 정의에 따르면, 기본 색채 용어는 합성어가 아니고(적황색이 아니라 빨간색처럼), 한정된 단어도 아니고(푸르스름함이 아닌 푸른색처럼), 다른 색채 용어의 분파도 아니고(빨간색의 한 유형인 크림슨crimson은 배제하는 등), 좁은 범위의 물체에 국한되지도 않고(그러니 주로 머리색을 묘사할 때 쓰이는 오번auburn은 안 된다), 물체를 지칭하는 색도 아니고(그러니 금색과 은색은 기본색이 아니다), 다른 언어에서 최근 차용된 색도 포함되지 않는다.

베를린과 케이는 이 모든 것을 종합한 결과, 좀 더 정교한 언어권에 색채 용어가 훨씬 많다고 결론 지었다. 영어에는 11개의 기본 색채 용어가 모두 있지만, 파푸아뉴기니에서 쓰는 옐레어에는 가시광선 색상 중 약 40퍼센트에 명칭이 없어서 겨우 세 가지 색채 용어로만 소통해야 한다.

언어 상대론자들은 색채 어휘가 문화적 구성체라고 주장한다. 그들은 같은 용어라도 다른 사회에서는 다른 대상을 의미할 수 있다면 보편적인 기본 색채 용어에 대한 논의가 과연 타당한지 의문을 제기한다. 예를 들어 '그루 언어Grue'는 초록색green과 파란색blue의 합성어로 두 색을 구분하지 않는 언어를 의미한다. 마야 부족이 사용하는 첼탈어, 라코타족의 수우어, 오세트어처럼 초록색과 파란색을 아예 구분하지 않거나 구분이 매우 모호한 언어다. 한국어에서 '푸르다'라는 단어는 파란색, 초록색, 청록색을 모두 가리키며, 베트남어의 싸인xanh은 파란색이나 초록색을 의미한다. 러시아인에게 밝은 파란색goluboy과 어두운 파란색sinly은 다른 문화권에서의 파란색과 초록색만큼이나 차이가 크다. 파푸아뉴기니의 수렵채집 부족인 베린모족은 기본 색채 용어가 다섯 개인데, 파란색과 초록색은 구분하지 않지만 노란색을 지칭하는 용어는 두 개다. 필리핀의 하누누족 언어에서 비루biru라는 용어는 검은색, 보라색, 남색, 진녹색, 진회색을 모두 나타낸다.

베를린과 케이가 발표한 논문은 이러한 변칙적인 사례들을 일부 참작하며 수년 동안 수정을 거쳤지만, 비평가들은 여전히 그 논문이 서구의 문화적 편견에 오염됐다고 주장한다. 제프리 샘슨은 『이브 가르치기Educating Eve: The Language Instinct Debate』(1997)에서 하누누어에 대해 이렇게 말했다. "색채 용어의 기준은 온전히 색채적 특징으로 결정되는 것이 아니다. 부분적으로 습기에 의해 결정되기도 한다 (…) 적절한 색채 용어를 결정할 때는 습기에 대한 인식이 색조의 가변성보다 더 중요하다. 미국의 신경과학자 베빌 콘웨이의 말처럼, 사람들은 자신이 평소 입에 올리는 색을 단어로 만든다. 많은 사회에서 색은 과일, 옷감의 색조, 동물의 털을 설명할 때처럼 구체적이다. 결코 추상적이지 않다." 즉 베를린과 케이의 색상 배열은 대부분의 성문화된 언어에 적용할 수 있겠지만, 그렇다고 보편적인 법칙인 건 아니다.

에든버러의 꽃 화가 패트릭 사임은 이렇게 불평했다. "한 물체를 놓고 한 사람은 이런 색으로 묘사하고 다른 사람은 저런 색으로 착각할 수 있다." 그는 이런 문제를 해결하기 위해 1814년에 독일 지질학자 아브라함 고틀로프 베르너의 분류체계를 토대로 한 『색채 명명법Nomenclature of Colours』을 출간했다. 사실 베르너는 세계적인 색상 연구개발 기업 '팬톤'의 전신이나 마찬가지다. 자연 애호가이자 시인이었던 그가 색에 대해 얼마나 정확히 묘사했던지, 찰스 다윈이 1839년 비글호를 타고 역사적인 항해를 떠나며 그 책을 챙겼을 정도다. 이 책의 108가지 표준 색상에는 필요에 따라 '옅은, 짙은, 어두운, 밝은, 흐릿한, ○○색을 가미한' 같은 용어를 더할 수 있다. 각 색깔은 작은 색상 표와 함께 제시되는데, 몇몇 색은 동물, 채소, 광물에 비유한다. '웅황 오렌지색orpiment orange'은 사마귀투성이인 도롱뇽의 배 색깔이라고, '탈지유 흰색skimmed-

『색채 명명법』(1814)의 색 중 상당수는 레몬 옐로lemon yellow처럼 기능적인 이름이고, 그 밖의 일부는 걸스톤 옐로gallstone yellow (담석 노랑)처럼 소수만 이해할 수 있는 이름이 붙었다.

YELLOWS.

No.	Names	Colours	ANIMAL	VEGETABLE	MINERAL
62	Sulphur Yellow.		Yellow Parts of large Dragon Fly.	Various Coloured Snap dragon.	Sulphur.
63	Primrose Yellow.		Pale Canary Bird.	Wild Primrose.	Pale coloured Sulphur.
64	Wax Yellow.		Larva of large Water Beetle.	Greenish Parts of Nonpareil Apple.	Semi-Opal.
65	Lemon Yellow.		Large Wasp or Hornet.	Shrubby Goldilocks.	Yellow Orpiment.
66	Gamboge Yellow.		Wings of Goldfinch. Canary Bird.	Yellow Jasmine.	High coloured Sulphur.
67	Kings Yellow.		Head of Golden Pheasant.	Yellow Tulip. Cinque foil.	
68	Saffron Yellow.		Tail Coverts of Golden Pheasant.	Anthers of Saffron Crocus.	

milk-white'은 인간 눈의 흰자와 같은 색이라고, '거무스름한 녹색 blackish green'은 카옌페퍼 잎사귀의 짙은 줄무늬 색이라고 설명하는 식이다.

그러나 이런 식의 비교는 사임의 목표를 이뤄주기에는 너무 시적인 경향이 있다. 1905년 미국의 화가이자 미술 교사 앨버트

2020
PANTONE®
CLASSIC BLUE
19-4052

2019
PANTONE®
LIVING CORAL
16-1546

2018
PANTONE®
ULTRA VIOLET
18-3838

2017
PANTONE®
GREENERY
15-0343

2016
PANTONE®
ROSE QUARTZ
13-1520

2016
PANTONE®
SERENITY
15-3919

2015
PANTONE®
MARSALA
18-1438

먼셀이 기본 색상, 채도, 명도 세 가지 특성을 기반으로 색을 구체적으로 명시한 『색채 표기법A Color Notation』을 출간했다. 먼셀의 체계를 수정한 버전은 여전히 치아, 토양, 맥주의 색이나 법의병리학상 피부와 머리칼의 색을 정의하는 데 사용된다. 1963년 미국인 화가 로런스 허버트가 처음 발표한 팬톤 가이드는 사임의 문제를 가장 성공적으로 해결해준 지침서다. 여기선 각 색에 숫자를 부여하는데, 그 덕에 팬톤17-1664 포피 레드Poppy Red(〈오즈의 마법사〉에서 도로시가 신은 빨간 구두 색깔)는 어디서 어떻게 쓰이든 색이 동일하다.

스펙트럼을 분류해 수익성 높은 사업을 구축해온 팬톤은 1867개의 인쇄용 잉크 색상을 구축했다. 팬톤의 색상 중 일부는 '떨어진 바위', '구름 무용수', '할머니의 스웨터'처럼 화려한 '베르

너식' 이름을 가지고 있지만, 색에 대한 설명을 보면 시적 느낌은 덜하다. 특히 '올해의 색'에 대한 광고가 유독 그랬는데, 2019년의 색상인 복숭앗빛 오렌지색 리빙 코럴Living Coral의 경우 '유쾌한 활동'을 북돋는 '생기 넘치고 삶을 긍정하는 금빛 색조'라고 설명한다. 고급 페인트 회사 패로우 앤드 볼은 '덴마크 잔디', '병조림 새우', '코끼리의 숨결', '쥐의 등덜미'처럼 좀 더 베르너스러운, 세심하게 큐레이팅된 색조를 제공한다. 18세기 중국에서는 '낙타의 폐'와 '줄줄 흐르는 침'처럼 훨씬 더 상상력을 자극하는 명칭을 붙이기도 했다. 비슷한 시기에 프랑스에서는 '벼룩의 배'나 '파리의 진흙'이라는 색도 있었다.

· 빨강의 방 ·

✈ 태초의 색은 빨간색이었다. 네안데르탈인들은 아마도 단색에서 벗어난 최초의 인류일 것이다. 약 6만 4000년 전, 현재는 스페인이 된 어느 지역의 동굴에 네안데르탈인들이 바위에 붉은 선을 그어 사다리 모양을 남겼다. 4만 년 전의 인류는 곱게 갈린 황토로 자기 몸을 그렸고, 3만 5000년에서 1만 5000년 전 사이에 살던 인류는 스페인 북부 알타미라 동굴 천장에 들소의 형상을 그렸다. 불그스름한 바위에 새긴 이 들소들은 주로 빨간색과 검은색으로 칠해졌다. 빨간색의 원료는 적철석 같은 산화철이었고 검은색은 숯이었다.

선사시대 사람들에게 숯으로 검은색을 만드는 건 쉬운 일이었다. 그렇지만 빨간색은 달랐다. 아마도 처음에는 동물의 지방과 피, 타액, 물, 식물의 즙으로 빨간색을 만들었으리라 짐작된다. 사람들은 이렇게 만든 색소가 쉽게 지워진다는 사실을 알아차리고부터는 광물을 쓰기 시작했다. 지구상에 가장 풍부한 광물 중 하나인 적철석을 채굴하고 난 뒤로 그것을 씻고, 거르고, 곱게 갈아서 붉은 가루로 만들었다. 그런 다음 어떤 첨가물이 있어야 색소를 뭉쳐 벽에 붙이고 넓은 표면에 바를 수 있는지 알아냈다.

| 멸종된 스텝 들소. 그 모습만이 알타미라 벽화에 산화철로 보존되어 있다.

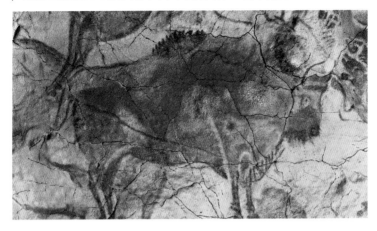

처음에는 손가락으로 그리다가 동물 털로 만든 붓과 색소 덩어리로 만든 투박한 크레용으로 옮겨갔다. 가끔 갈대의 속 빈 줄기나 동물 뼈를 이용해 바위 면으로 색소를 불기도 했다. 최소 1만 7500년 전 호주 서부 킴벌리에 브래드쇼Bradshaw 암벽화를 그린 원주민은 디테일을 섬세하게 포착하기 위해 깃털을 사용했다.

하버드에서 포브스 색소 컬렉션을 관리하는 보존 과학자 나라얀 캔더카는 이렇게 말한다. "이 화가들은 색을 찾아냈다. 열악한 환경에서 살아남기 위해 고군분투하면서도 시간을 들여 색을 찾고, 하고 싶은 이야기를 남겼다. 그러니 색을 과소평가하는 것은 그 사람들의 삶을 과소평가하는 게 아닐까?"

우리는 이 태곳적 조상들이 무슨 이야기를 왜 들려주고 싶어 했는지 여전히 알지 못한다. 그들의 그림은 종교적 의미를 담고 있을까? 아니면 먹잇감 묘사로 주술적 사고를 드러낸 것일까? 자신을 살게 하는 먹잇감이 동시에 자신을 위협하는 존재이기도 하다는, 아이러니한 생존의 법칙을 이해하려는 노력이었을까? 아니면 집단적 사고를 고취함으로써 공동체를 결속시키려는 의도였을까?

✈ 날고기, 피, 불 등 빨간색 그 자체가 상징하는 요소를 떠올려 보면, 우리가 이 색에 매력을 느끼는 이유를 쉽게 이해할 수 있다. 100만 년 전에서 10만 년 전 사이, 불을 피워 빛과 열과 보호 수단을 얻으면서 불은 인류의 삶에 없어서는 안 될 필수 요소가 되었다. 불은 점차 숭배의 대상으로 부상했다. 그리스에서는 불과 철의 신 헤파이스토스, 인도 베다 신화에서는 불의 신 아그니, 전통 기독교에서는 사그라지지 않는 지옥의 불길로 표현된다. 사실 자세히 보면 노란색이나 오렌지색을 띠는데도, 불은 언제나 빨간색으로 묘사되었다.

✈ 바우하우스 화가인 요제프 알베르스는 이렇게 말했다. "누군가 '빨간색!'이라고 말한다 치자. 50명이 그 소리를 들으면 각자의 머릿속에 50가지 빨간색이 떠오를 것이다. 그리고 분명 그 모든 빨간색은 서로 매우 다를 것이다."

사람들이 떠올리는 빨간색의 이미지는 뭘까? 첫 번째는 위험이다. 빨간불, 적색경보, 빨간 소방차, 심상치 않은 분위기를 풍기는 해 질 녘의 붉은 하늘, 레드카드다. 더욱 추상적인 이미지로는 레드 캡red cap 인간의 피로 모자를 붉게 물들이고 스코틀랜드 국경 지역 주민들을 괴롭힌다고 전해지는 잔인한 악귀─옮긴이이 있다. 두 번째는 사랑이다. 밸런타인데이의 장미, 사랑하는 사람에게 보내는 하트 표시 등. 세 번째는 성적 욕구다. 홍등가의 등을 떠올려보라. 네 번째는 분노와 공격성이다. 레드 미스트red mist 순간 판단력을 잃을 정도의 극한 분노—옮긴이, 싱 레드seeing red 몹시 화를 내는 상태—옮긴이, 황소 앞에서 붉은 천 흔들기red rag to a bull가 그 예다. 또 빨간색은 관료주의를 뜻하기도 한다. 레드 테이프red tape라는 단어는 관공서의 형식주의를 의미한다. 이 밖에도 빨간색은 난처함을 뜻하기도, 뒤에서 좀 더 다루겠지만 사회주의를 뜻하기도 한다. 빚('적자'라는 말을 떠올려보라), 사회적 지위(레드카펫은 1900년대에 뉴욕 기차역에서 1등 칸 승객을 위해 깔아둔 카펫에서 유래했다)의 의미도 있다. 남아프리카에서는 애도를 뜻하기도 하며, 수많은 문화권에서 애국주의를 상징하기도 한다(국기 중 155개가 빨간색을 쓴다). 또 다른 상징으로는 유죄레드 핸드red handed는 현행범이라는 의미다—옮긴이, 빠른 자동차(특히 페라리), 최고의 스포츠팀(맨체스터 유나이티드, 리버풀, 시카고 불스), 악마(「요한계시록」에서 일곱 개의 머리와 열 개의 뿔이 달린 붉은 용으로 묘사한다) 등이 있다.

✈ 앞을 못 보는 사람들은 아리송한 세상에 산다. 빨간색은 그들 앞에서 자취를 감춘다. 언젠가 다시 그 위대한 색을, 시 속에서 빛나는 그 색을, 수많은 언어에서 수많은 아름다운 이름으로 불리는 그 색을 볼 수 있기를 희망한다. 생각해보라. 독일어의 샤를라흐Scharlach를, 영어의 스칼릿scarlet을, 스페인어의 에스카를라타escarlata를, 프랑스어의 에카를라트écarlate를.

55세에 눈이 먼 시인 호르헤 루이스 보르헤스

✈ TV 프로그램 〈캡틴 스칼릿과 미스테론들Captain Scarlet and the Mysterons〉에서는 '스펙트럼'이라는 조직이 외계인들에 맞서 지구를 지키려고 애를 쓴다. 이 용감무쌍한 조직의 이름을 스펙트럼빛띠를 뜻하기도 하지만 '범위, 영역'이라는 의미도 있다—옮긴이이라 지은 것은 아마 프로듀서인 게리 앤더슨의 정치적 소신이 반영된 것으로 보인다. 그는 전부터 자기 작품에서 소수민족을 다루고 싶어 했는데, 미국 남부에서 방영이 제한될 수 있다는 두려움 때문에 좌절됐다. 그러다 1967년 무렵, 미국의 TV 방송사 간부들이 드디어 변화의 필요성을 인식했다. 그리하여 새로운 시리즈에서 트리니다드인 그린 소위와 일본인 여성 조종사 하모니 엔젤이 합류하게 됐다. 우연한 사고로 방사능에 노출되어 천하무적이 된 불굴의 캡틴 스칼릿은 캡틴 블루, 브라운, 그레이, 마젠타, 오커 및 그린 소위, 폰fawn 박사와 함께 싸운다. 1970년대에 이 시리즈가 재방영된 후 일부 비평가들은 스펙트럼은 자비로운 화이트 대령이, 외계인 미스테론의 무리는 캡틴 블랙이 이끈다는 설정에 인종주의적 함의가 깔려 있다고 주장했다. 앤더슨은 이 주장에 불쾌감을 표현하며 극구 부인했다. 이 컬러풀한 논란에 설명을 추가하자면, 화이트와 블랙 캐릭터 둘 다 남아프리카공화국 출신 배우 한 명이 목소리 연기를 맡았다.

앤더슨의 어두운 공상은 냉전에 대한 은유(즉 캡틴 블랙은 정치적으로 빨갱이인 셈이다)이자 기독교적 우화로 해석되었다. 흰색은 신을, 검은색은 악마를, 붉은색은 예수와 그의 성혈을 나타낸다. 그린 소위의 목소리 연기를 맡은 사이 그랜트에 따르면, 이 프로그램에서 종종 언급되는 "스펙트럼은 녹색이다"라는 슬로건은 녹색이 자연의 치유력을 상징하는 색이라는 믿음을 반영한다.

캡틴 스칼릿. 이 컬러풀한 미래 드라마는 처음에는 흑백으로 방영되었다.

아이러니하게도 이 미래 드라마는 1967년 9월 29일 영국 중부지방의 상업적 방영권을 가진 ATV를 통해 흑백으로 처음 공개되었다. 1970년대에 재방영이 시작되고 나서야 영국 시청자들은 캡틴 스칼릿과 미스테론들이 컬러풀한 색깔로 생생하게 살아 움직이는 모습을 시청할 수 있게 되었다.

✈ 우리가 격추한 영국인 하나가 빨간 비행기에 관해 물었다. 잔 다르크 같은 여자가 빨간 비행기를 몬다는 소문이 자신의 비행 중대에 돌고 있다고 했다. 그 여자가 실은 지금 당신 앞에 서 있는 나라고 말하자 그가 깜짝 놀랐다. 그렇게 화려한 색의 비행기를 몰 수 있는 사람은 분명 여성일 거라고 확신했던 것이다.

만프레드 폰 리히트호펜

제1차 세계대전 당시 독일 에이스 비행사였던 만프레트 폰 리히트호펜, 일명 '붉은 남작'은 1916년 12월부터 1918년 4월 21일 프랑스 아미앵 근처에서 격추돼 사망하기까지 붉은 포커 항공기를 조종했다. 이 외에도 붉은색으로 유명한 사람으로는 두 명의 붉은 공작이 있다. 바로 스페인 내전에서 독재자 프랑코에 대항하는 공화주의자들을 지지한 스코틀랜드 연합주의자 캐서린 스튜어트 머리 공작부인과 스페인의 좌파 귀족 루이사 이사벨 알바레스 데톨레도 여공작이다. 또 붉은 사제로 불리는 이도 있는데, 빨간 머리로 유명한 안토니오 비발디다. 붉은 왕자로 불렸던 이도 있다. 제1차 세계대전 이후 우크라이나의 사회주의 왕이 되고 싶어 했던 빌헬름 폰 합스부르크다. 붉은 대주교도 있는데, 바로 소련과 스탈린주의를 꿋꿋이 찬양한 캔터베리 대주교 휼렛 존슨으로, 그는 제2차 세계대전이 끝난 후 소련으로부터 적기 훈장을 받았다.

　✈ 심리학에서는 빨간색이 우리의 사고, 감정, 행동에 영향을 미친다는 데는 동의하지만, 그 작동 원리에 대해서는 학자마다 의견을 달리한다. 어떤 연구에선 빨간색을 보고 나면 아이큐 시험에서 점수가 낮게 나오고 분석적 사고에 어려움을 겪는다고 주장한다. 또 어떤 연구는 빨간색이 단순하고 사무적인 업무를 수행하는 데 도움을 준다고 말한다. 2009년 라비 메타와 루이 주 교수가 색깔과 인지 수행 능력에 대해 발표한 논문을 보자. 두 교수는 빨간색이 심리적으로 긴장감을 주고 사물을 기억하거나 증거를 정확히 읽는 데는 도움을 주지만 창의적인 사고는 저해한다고 주장하는

| 붉은 남작과 그의 붉은 비행기.

연구 논문 여섯 편을 분석한 뒤 다음과 같이 결론지었다. "빨간색은 위험과 실수를 연상시키는 탓에 회피 동기를 활성화하며, 그래서 사람들이 더욱 경계하고 위험을 꺼리도록 한다."

✈ 화가 나면 산소가 많아진 혈액이 얼굴 정맥으로 몰려 얼굴이 붉게 달아오른다. 그러니 수많은 문화권에서 빨간색과 분노를 밀접하게 그리는 것도 놀랄 만한 일이 아니다. 영국에서는 그 연관성이 최소 400년 전으로 거슬러 올라간다. 옥스퍼드 영어 사전은 토머스 헤이우드의 서사시 「트로이아 브리타니아Troia Britannia」(1609)의 "하지만 네스토르 왕께서 붉은 분노를 억누르니"라는 구절을 인용한다. 1594년에서 1596년 사이에 쓰인 것으로 짐작되는 셰익스피어의 『존 왕』에서는 왕이 조카인 브르타뉴 공작 아서를 죽이라 명했다고 판단한 영국 귀족들이 분노에 사로잡히고, '갓 타오르기 시작한 불처럼 붉은 눈으로' 죽은 아서의 무덤을 찾겠다

픽사 애니메이션 〈인사이드 아웃〉의 한 장면. 주인공 라일리의 감정 중 하나인 버럭이가 화가
난 모습이다.

고 맹세한다.

　몹시 화가 났을 때 눈앞에 '빨간색이 보인다seeing red'는 발상은
그 밖의 수많은 언어에서도 찾을 수 있다. 독일어에는 같은 뜻으
로 로첸rotsehen이라는 동사가 있고, 스와힐리어로도 '화가 난 사람
의 눈에 빨간색이 보인다'는 말이 있다. 스페인어에는 '모든 것을
빨갛게 보다verlo todo rojo'라는 표현이 있는데, 투우사가 빨간 천을
흔들면 소가 격분하는 투우 문화와 연관이 있다. 참고로, 소는 사
실 그게 무슨 색인지 알지 못한다.

　한편 화가 날 때 문자 그대로 '빨간색이 보였다'고 말하는 이
들도 있는데, 이는 일부 사람에게만 적용되는 것으로 보인다. '판
단력이 흐려질 정도의 극한 분노 상태red mist'가 되면 눈의 혈관이
확장되어 망막의 광수용체에 붉은 필터가 씌워질 수도 있다.

✈ 분노를 터트리기로, 그러니까 빨간색을 내보이기로 유명한 존재가 있으니 바로 영국이 사랑하는 꼬까울새*Erithacus rubecula*다. 19세기 이후로 줄곧 크리스마스카드를 장식하며 사람들 마음을 따뜻하게 해주는 바로 그 새 말이다. 윌리엄 블레이크는 「순수의 전조*Auguries of Innocence*」에서 '새장에 갇힌 가슴 붉은 울새 한 마리는 온 자연을 분노에 떨게 한다'라고 선언하기도 했다. 이 인기 만점의 새는 사실 《뉴사이언티스트》에서 간단명료하게 정의한 것처럼, '붉은 가슴을 가진 깡패'다.

꼬까울새는 자신의 영역을 지키기 위해 붉은 가슴을 한껏 부풀린다. 그래도 먹히지 않으면 침입자들과 죽을 때까지 싸운다. 조류학자들은 다 자란 울새 열 마리 중 하나가 이렇게 싸우다가 두개골이 골절돼 죽음을 맞는다고 추정한다. 울새의 화를 한껏 돋우는 요소는 바로 빨간색이다. 일부 영국 과학자들의 실험에 의하면 울새는 붉은색을 보고 너무 격분한 나머지 숨이 붙어 있는 적수는 물론 죽은 울새, 어딘가 비친 자신의 모습, 붉은 깃털을 가진 다른 새, 아주 드물게는 붉은 수염을 가진 인간까지 공격한다. 한편 브르타뉴와 웨일스의 민담에 따르면 울새가 예수의 면류관에 박힌 가시를 빼내기 위해 덤비다가 예수의 피가 묻어 가슴이 붉게 물들었다고 한다.

✈ 울새의 막강한 크리스마스 라이벌, 루돌프를 보자. 루돌프는 어쩌다 빨간 코를 갖게 된 걸까? 1823년 미국의 신학자 클레멘트 클라크 무어가 쓴 유명한 크리스마스 시 「성 니콜라스의 방문*A visit from St Nicholas*」은 산타의 썰매를 끄는 순록 여덟 마리를 기리지만

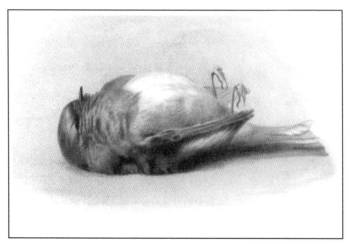

May yours be a Joyful Christmas.

루돌프는 따로 언급하지 않는다. 1939년 로버트 메이가 몽고메리 워드 백화점에게 축제를 홍보해달라는 의뢰를 받아 『빨간 코 사슴 루돌프Rudolph The Red-Nosed Reindeer』를 집필했고, 10년 뒤 조니 마크스가 이 책에 영감을 받아 10년 후 진 오트리의 히트곡을 창조했다. '빨간 코'라는 표현은 알파벳 R로 머리글자도 맞출 겸 당시 크리스마스의 상징 색이던 초록색과 빨간색을 반영한 전략인 게 분명하다. 어쨌거나, 루돌프의 빨간 코는 80년이 지난 지금도 여전히 밝게 빛나고 있다.

✈ 빨간 머리는 인간의 머리색 중 가장 드문 색이다. 지구상에 빨간 머리를 가진 사람의 비율은 약 2퍼센트에도 못 미친다. 하지만 스코틀랜드에서는 인구의 약 12퍼센트가, 아일랜드에서는 약

10퍼센트가 태어날 때부터 빨간 머리다. 머리색이 빨간 이유는 보통 16번 염색체의 멜라노코르틴 1 수용체에 돌연변이가 생겼기 때문이다. 빨간 머리들은 페오멜라닌 색소의 평균 농도가 더 높고, 유멜라닌이라고 알려진 어두운 색소의 농도가 훨씬 낮다. 페오멜라닌의 수치가 높으면 머리색이 빨갛게 될 뿐 아니라 피부색도 창백해진다. 피부 색소가 밝으면 햇빛이 약한 기후에서 신체가 비타민 D를 필요한 수준만큼 생성하기 훨씬 쉽다. 그런 까닭에 따뜻한 지역보다 추운 지역에 피부가 창백하고 머리가 적갈색인 사람이 훨씬 많다는 주장이 제기되어 왔다. 반면 아프리카에서는 강한 햇빛이 피부를 손상시키기 때문에 진화적인 면에서 빨간 머리와 창백한 피부가 불리하다.

빨간 머리를 둘러싼 미신, 전설, 고정관념은 그들이 희귀하고 눈에 띈다는 데서 기인한다. 로마 역사학자들은 로마제국이 갈리아, 독일, 영국 등 북쪽으로 영토를 넓히는 과정에서 마주친 머리색이 빨간 사람들에게 큰 흥미를 보였다. 세계 각지에서 빨간 머리는 문란하고 다혈질인 데다 융통성도 없으며 사악함 그 자체라는 믿음이 이어져왔다. 『브루어의 관용구 및 우화 사전Brewer's Dictionary of Phrase and Fable』에는 이렇게 적혀 있다. "붉은 머리 시체의 지방은 한때 독약 재료로 쓰였다."

✈ 색을 둘러싼 잘못된 정보의 완벽한 사례가 더 있다. 바로 빨간 자동차에 대한 속설이다. 흔히들 빨간 차를 운전하는 사람은 공격성이 더 강하고 과속 딱지를 자주 받으며 사고를 많이 낸다고 생각한다. 이러한 편견 때문일까? 브라질에서는 빨간 차를 모

는 것을 금지한다는 설이 인터넷상에서 사실인 양 떠돌아다닌다. 실은 그렇지 않은데 말이다. 빨간 자동차는 사고를 일으킬 확률이 높아서 보험료가 더 비싸다는 속설도 여전히 존재한다. 빨간 차를 본 상대 운전자의 공격성이 커진다는 설도 마찬가지다. 미국 자동차협회 교통안전재단은 철저한 연구 끝에 2004년 다음과 같이 결론 내렸다. "현재로선 어떠한 특정 색의 자동차가 안전을 위한 최고의 선택이라고 단언할 만한 과학적인 증거가 없다."

✈ 어린이에게 자동차를 그려보라고 하라. 분명 빨간색으로 칠할 것이다.

엔초 페라리의 발언(추정)

페라리의 고급 스포츠카와 포뮬러 원Formula One의 상징적인 경주차들은 페라리를 세상에서 가장 카리스마 넘치는 브랜드로 만들었다. 그리고 그러한 성공의 한가운데 바로 '색'이 있다. 1990년대 초반엔 페라리 차의 85퍼센트가 빨간색이었다. 오늘날조차 열 대 중 약 네 대가 빨간색이다.

페라리에서도 다양한 색상의 차들이 출시되기 때문에 '페라리 레드'라는 개념에는 오해의 소지가 있지만, 페라리 하면 가장 쉽게 떠오르는 그 색은 로소 코르사Rosso Corsa, 즉 '레이싱 레드racing red'다. 1907년, 자동차경주 운영위원회가 참가국은 특정 색을 달고 경쟁해야 한다는 규정을 정했다. 실질적으로 자동차경주를 처음 만든 프랑스에 첫 번째 선택권이 돌아갔고, 프랑스는 자신들의 삼색기 중 하나인 파란색을 선택했다. 이탈리아는 빨간색을 골랐

1960년대 페라리 랠리 포스터.
프랑스 시골에 자동차 연기가 구름처럼 자욱한 모습이다.

는데, 페라리의 전기 작가 리처드 윌리엄스에 따르면 가리발디 장군이 입고 다니던 붉은 셔츠에 대한 오마주였을 거라고 한다. 또한 스키피오네 보르게세 추기경이 그해 토리노에서 제작된 빨간색 40HP 자동차를 타고 베이징-파리 랠리에서 우승을 거둔 것에서 영감을 받았을 수도 있다.

1908년 9월 6인, 열 삭이었던 엔초 페라리는 볼로냐에서 아버지, 형과 함께 생애 처음으로 그랑프리 경주를 관람했다. 이 경주에서 토리노의 펠리체 나차로 선수가 빨간색 경주용 피아트를 타고 50킬로미터 코스에서 평균 시속 74마일(약 119킬로미터)로 달려 우승을 차지했다.

엔초는 그 광경에 매료되어 카레이서가 되기로 마음을 굳혔고, 아들이 가업인 금속 제조업을 물려받았으면 했던 아버지 디노의 속을 썩였다. 페라리의 빨간색 사랑은 아마 그 경주에 대한 어릴 적 기억이 반영된 게 아닌가 싶다. 물론 아버지가 1915년 적십자에 합류할 때 몰았던 가족의 차가 빨간색 4기통 디아토 토프도라는 사실도 주목할 필요가 있다. 1년 후 디노는 이탈리아 공군에 편입되었다가 기관지염과 폐렴으로 사망했다.

페라리가 1947년에 포뮬러 원에 참가하기 시작한 이후로 레이싱 레드는 페라리 차종의 트레이드마크가 되었다. 하지만 1964년 그랑프리 시즌이 끝날 무렵, 페라리가 빨간색을 포기할 뻔한 사건이 생겼다. 경쟁 팀들이 페라리가 최소 숫자만큼 차량을 만들지 않았다면서 규정을 위반했다고 항의하는 탓에 운영위인 국제자동차연맹이 페라리의 신차 250LM을 승인하지 않은 것이다. 이탈리아 자동차 경주 단체마저 지원을 멈추자, 화가 난 엔초는 두 번 다시 빨간 차로 경주하지 않겠다고 맹세했다. 해당 시즌의 마지막 두 경기에서 엔초의 팀은 NART라는 이름을 걸고 파란색과 흰색 차로 경주에 출전했다. 이름과 색의 변경은 유능한 카레이서 존 서티스에게 아무런 영향을 미치지 않았다. 그는 멕시코에서 열린 마지막 그랑프리에서 우승했고, 세계 챔피언 타이틀을 거머쥐었다. 이후 운영위와 타협이 이뤄지면서 서티스는 빨간색이 아닌 자동차로 포뮬러 원에서 우승한 유일한 페라리 카레이서로 남게 되었다.

✈ 2018년 8월 28일, 종말론적 사건이 유튜브에 발표되었다. 템플회Temple Institute라는 근본주의 유대 단체의 한 회원이 기쁨에 겨워 공개한 이 동영상에는 이스라엘에서 완벽하게 붉은 암소가 태어났다는 소식이 담겨 있었다.

1987년 랍비 이스라엘 아리엘이 설립한 템플회는 예루살렘의 첫 두 성전의 뒤를 이을 새로운 성전을 짓는 데 온 힘을 쏟는다. 「민수기」에 따르면 완벽한 붉은 암소의 재는 성전에서 이스라엘 민족을 정화하는 데 없어서는 안 되는 요소다. 전설에 의하면 처음 두 성전에서 제물로 바친 붉은 암소는 아홉 마리뿐이었다. 열 번째는 메시아가 제물로 사용할 것이며, 그의 도착과 함께 성전이 건설되고 뒤이어 세상에 종말이 찾아온다고 한다.

2018년의 사건은 오랫동안 이런 희귀한 제물을 생산하기 위해 애를 써 온 템플회로서는 흥분할 수밖에 없는 일이었다. 2015년에는 레드 앵거스 소의 배아를 수입할 자금을 마련하기 위해 12만 5000달러의 크라우드펀딩을 추진한 적도 있었다. 템플회는 세 번째 성전에서 사용할 제물을 다시 한번 발표하기도 했는데, 2018년 가을부터는 암소 계획의 진척 상황에 대한 공표가 없다. 또한 현재 이슬람에서 가장 신성한 곳으로 꼽히는 '바위 사원Dome of the Rock'이 있는 그 자리에 어떻게 성전이 생긴다는 건지 설명도 없다. 동영상이 공개된 이후 《뉴욕타임스》에서는 혹시나 최악의 상황이 벌어질 때를 대비해 다음과 같은 완벽한 헤드라인을

| 템플회의 붉은 소.

뽑아놓았다. "지구 종말의 소."

✈ 1728년, 영국의 발명가 리처드 뉴샴은 빨간색의 시각적 영향력과 위험의 연관성에 설득당해 이 색으로 자신의 소방차를 차별화하기로 했다. 그는 빨간 소방차 두 대를 뉴욕에 판매했다. 이윽고 빨간색이 미국 대도시에서 화재 진압 활동과 동의어로 떠올랐으나, 여전히 많은 곳에서 소방차는 라임 그린lime green이나 노란색이었다. 19세기에 영국에서도 마찬가지로 대부분의 소방차가 빨간색으로 바뀌었으나 1960년대에 이르러 이 상징적인 색이 재평가의 귀로에 서게 되었다. 1960년부터 1974년까지 코번트리 소방서장을 역임한 앨버트 리스가 듀럭스 페인트사의 전문가들을 데리고 인근 란체스터대학에서 몇 가지 실험을 했는데, 라임 그린과 노란색의 중간색을 쓰면 소방차가 훨씬 눈에 잘 보인다는 결론이 난 것이다. 리스는 내무성에 전국의 소방차를 새로운 색으로 바꿀 것을 촉구했다. 이에 내무성은 답했다. "소방차는 언제나 빨간색이었습니다."

| 몬드리안의 〈빨강, 파랑, 노랑의 구성〉(1930).

이후 미국에서 실시된 추가 연구가 리스의 주장을 뒷받침했지만, 2009년 미국 소방청이 진행한 연구에서는 라임 그린 소방차가 이전 실험들에서 예측한 것만큼 눈에 띄지 않을 수 있다는 결론이 나오며 벽에 부딪히고 말았다. 이 연구의 판단은 광선을 역으로 반사하는 줄무늬가 더 효과적이라는 것이었다.

✈ 소더비의 상임 감독 필립 후크는 저서 『소더비에서 아침을 Breakfast at Sotheby's 』에 피터르 몬드리안의 작품 가격은 그림에 그려

진 빨간색의 양과 정비례한다고 썼다.

✈ 2014년 여름, 중국에서 〈트루블러드〉와 〈뱀파이어 다이어리〉 같은 미국 드라마가 인기를 끌면서 세계 최초의 혈액 대용 음료가 중국 10대들 사이에 크게 유행했다. 이 음료는 진짜처럼 보이는 혈액 주머니에 담겨 있으며, 제조자들의 주장에 따르면 피와 똑같은 질감, 색깔, 영양 성분을 가졌다고 한다. '혈액 음료'가 선풍적인 인기를 끌자 식품의약국은 사회적 안정과 도덕적 원칙을 어기고 관련 국내법을 준수하지 않았다는 이유로 음료 생산을 금지했다.

중국 10대들은 가장 강한 사회적 금기 중 하나를 깨는 척했을 뿐이지만, 이른바 상sang 공동체('피'를 나타내는 프랑스어에서 왔다)의 일원들은 병을 치료하거나 영적 에너지를 증진하기 위해 실제 인간의 피를 마신다.

✈ 건강한 혈액은 언제나 빨갛지만 자세히 들여다보면 색이 미묘하게 다르다. 폐에서 산소를 갓 공급받은 동맥 속 혈액은 일반 혈관의 혈액보다 더 밝다. 1820년 2월 3일, 영국의 시인 존 키츠는 햄스테드에 있는 웬트워스 플레이스(현재 키츠 하우스)에서 기침하다가 침대 시트에 피를 토했다. 시인으로 전향하기 전 약제사 겸 외과 의사 공부를 했던 그는 이 핏자국이 의미하는 바를 알고 있었다. "나는 이 핏빛이 뭔지 안다. 이건 동맥혈이다. 이 핏자국이 내 사형선고장이다." 안타깝게도 그의 진단은 정확했다. 키츠는 1821년 2월 20일 로마에서 25세의 나이에 결핵으로 사망했다.

〈트루블러드〉는 뱀파이어 이야기에 섹스 코드를 잔뜩 넣어서 대중의 구미에 맞게 구성했다. 사진은 MTV가 제시한 인물 관계도다.

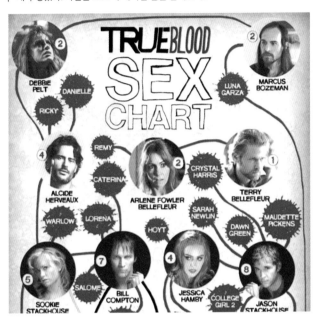

✈ 서구 문화권에서 가장 유명한 피는 예수 그리스도가 십자가에서 흘린 피다. 기독 신학에서 예수의 피는 하나님을 믿는 자들의 죄를 사하여 준다는 새로운 서약을 상징한다. 「누가복음」, 「마가복음」, 「마태복음」에서 그리스도는 제자들에게 빵과 포도주를 먹으며 자신을 기념하라고 말한다. 그 후 기독교의 성체 의식에서 잔에 담긴 신성한 포도주는 종파에 따라 예수의 피나 예수의 영적 임재를 의미하게 되었다. 템플기사단이 입은 망토의 붉은 십자가는 그리스도의 고통을 상징하며 이는 영국, 조지아, 캐나다의 앨버타주, 매니토바주, 온타리오주의 깃발에 새겨져 있다. 13세기 프랑스 시인 루베르 드 보롱은 아서왕의 전설을 끌어와 그리스도

가 흘린 피가 제자 요셉에 의해 이른바 성배에 담겼다고 주장한다. 다른 작가들, 특히 볼프람 폰에셴바흐는 낭만적 대서사시 『파르치팔』에서 템플기사단을 성배의 수호자로 간주했다. 7세기 후 피, 성배, 템플기사단이 한데 어우러지며 터무니없는 음모론이 탄생했다. 바로 피에르 플랑타르라는 이름의 프랑스 디자이너가 예수와 막달라 마리아 사이에서 태어난 자식의 후손이라는 터무니없는 설이다. 댄 브라운의 대히트작 『다빈치코드』에서 플랑타르의 존재는 '예수 그리스도의 살아 있는 마지막 후손'인 프랑스 암호학자 소피 느뵈로 변용되어 등장한다.

✈ 2007년, 이탈리아 축구 클럽 인터 밀란은 튀르키예 명문 팀 페네르바체와의 경기에서 흰색 바탕에 붉은 십자가가 그려진 유니폼을 입어 비난을 받았다. 튀르키예 측 변호사는 피파에 공식 항의하며 이렇게 통탄했다. "저 십자가를 보면 한 가지밖에 떠오르지 않는다. 바로 템플기사단이다. 경기를 보는 동안 나는 깊은 슬픔을 느꼈다." 하얀 바탕의 붉은 십자가가 4세기 주교이자 밀라노의 수호성인인 암브로시오의 상징이라는 사실을 그가 몰랐던 게 아닌가 싶다.

✈ 제1차 세계대전이 발발하기 전, 벨기에와 프랑스 북부의 플랑드르 지역은 붉은 양귀비와 크게 관련이 없었다. 하지만 1915년 초부터는 군인들이 집에 편지를 쓰며 으레 양귀비에 대해 언급할 정도로 매우 흔해졌다. 연이은 폭격이 플랑드르의 토양을 헤집는 바람에 양귀비 씨앗이 표면으로 올라온 것이다. 이후 폭발물 속의

질소와 건물 잔해에서 나온 석회, 그리고 학살당한 사람과 동물의 피와 뼈가 흙을 비옥하게 했다. 떨어진 모든 포탄, 쓰러진 모든 병사가 양귀비가 자라기에 더욱 적합한 토양을 만들어주었다. 시인 존 맥크래는 『플랑드르 들판에서In Flanders Field』에서 이 전사들을 기렸다. 영국군 중령이자 시인인 윌리엄 캠벨 갤브레이스 역시 자신의 시에서 이 꽃을 언급했다. "황량한 노란 들판 한가운데 / 가느다란 줄기가 붉은 꽃을 흔든다 / 그들이 그곳에 흩뿌린 영광이 / 들판에 빨간 양귀비 되어 자란다." 이러한 문학 작품들로 인해 양귀비는 대학살의 아픔을 상징하는 존재로 자리매김하게 되었다.

✈ 고대 역사에 대한 우리의 지식이 불완전한 탓에 빨간색이 언제부터 전쟁의 색이 되었는지 분명히 답하기는 힘들다. 역사학자 톰 홀랜드에 의하면, 스파르타를 군사 강국으로 개조한 지도자 리

쿠르고스가 자신이 이끌던 군사들에게 '신선한 피 색깔로 물들인 멋진 망토'를 입으라고 명령했다고 한다. 그리스 작가 크세노폰은 스파르타군이 전투에 참여할 때 '청동의 벽(방패)과 진홍색'으로 무장했다고 언급한다.

진홍색 군복은 적에게 보내는 경고로, 스파르타군이 이미 패배한 적들의 피로 뒤덮여 있다는 암시로 해석할 수 있다. 1958년 미국 과학자 로버트 지라드는 빨간색, 흰색, 파란색 빛이 시각피질과 신경계에 미치는 영향을 기록한 뒤 빨간색이 보는 사람의 혈압과 불안 수준을 높이고 호흡을 가쁘게 한다는 사실을 알아냈다.

붉은 제복을 입었다고 알려진 최초의 영국 군대는 엘리자베스 1세 여왕의 휘하에서 아일랜드 반군과 맞서 싸우던 이들이다. 1561년 그들은 '붉은 카속caság(아일랜드어로 '카속'은 코트, 망토, 제복을 의미한다) 전투'에서 패배했다. 1621년, 아일랜드 군인 필립 오설리반 베어러는 튜더 왕조가 아일랜드를 정복하는 과정을 서술한 역사서에서 반군의 승리를 축하하며 이렇게 적었다. "전투에서 쓰러진 자들 가운데 400명이 얼마 전 영국에서 온 군사들로 총독의 붉은 제복을 걸치고 있었다." 올리버 크롬웰의 신형군은 1658년 프랑스-스페인 전쟁 당시 됭케르크 인근 전투에서 붉은 제복을 규격으로 삼았다(영국 내전 초기에는 왕당파와 의회파 모두 붉은색을 입었다). 1740년 무렵에 잡지 《크래프츠맨》은 영국 보병을 '토머스 랍스터'라고 설명한 바 있다.

영국군이 전투에서 마지막으로 붉은 코트를 입은 것은 1885년 12월 30일 수단 게니스Ginnis에서 수단-이슬람 반군에 맞서 싸웠을 때다. 1902년에는 카키색이 영국군의 전투복으로 채

| 게니스에서 최후의 저항을 벌이고 있는 영국군.

택되었지만, 여왕의 생일을 축하하는 공식 행사 '트루핑 더 컬러
Trooping the Colour' 같은 의식에서는 근위 보병대와 근위 기병대가 여
전히 붉은색을 착용한다. 영국의 구식 군복은 호주, 피지, 가나, 자
메이카, 뉴질랜드, 싱가포르, 스리랑카 등 과거 식민지였던 국가
의 군복에 아직 그 잔재가 남아 있으며, 캐나다 왕립 기마경찰의
붉은 서지 재킷에도 영감을 주었다.

✈ 영국에서 원통형의 초록색 우체통에 행인들이 부딪히는 사
고가 계속 발생하자, 이에 대한 대안으로 1874년에 빨간색 우체
통이 도입되었다. 빨간 우체통은 영국의 상징이 되었고 오늘날 여

전히 호주, 벨리즈, 캐나다, 키프로스, 인도, 뉴질랜드, 파키스탄, 남아프리카공화국 등 많은 나라에서 사용된다. 1924년 영국에 최초 도입된 빨간 공중전화 부스도 안티과, 호주, 바베이도스, 키프로스, 몰타에서 여전히 발견할 수 있다.

영국 제국의 빨간색이 지니는 식민지적 상징성은 1997년 중국 정부가 홍콩에 대한 통치권을 돌려받을 때도 유효했다. 모든 우체통이 다시 중국의 우체통 색인 녹색으로 재빠르게 칠해졌지만, 일부 우체통에는 2015년까지 왕실 휘장이 남아 있었다. 이를 두고 지역 보수주의자들은 은퇴한 베이징 고위 관료의 말을 빌려 '홍콩이 탈식민지화에 실패했다는 증거'라며 중국 정부에 격렬히 항의했다.

✈ 프랑스 혁명가들이 연대와 저항의 상징으로 착용한 '보네 루주bonnet rouge'(빨간 모자)는 부드러운 펠트나 울로 만든 딱 붙는 원뿔형 '프리기아 모자'에서 파생된 것으로, 원래 기원전 12세기부터 7세기까지 현재 튀르키예 지역의 대부분을 통치했던 프리기아인들이 착용하던 것이다. 이런 형태의 모자와 자유와의 연관성은 고대 로마까지 거슬러 올라간다. 로마에서는 자유의 여신 리베르타스가 노예 상태에서 해방되었음을 상징하는 프리기아 모자, 즉 필레우스를 쓴 모습으로 표현되었다. 모자와 자유의 시너지 효과는 68년 네로 황제가 죽은 후 재차 확인되었다. 역사가 수에토니우스는 당시 상황을 이렇게 기록했다. "군중이 너무 기쁜 나머지 자유의 모자를 쓰고 온 도시를 뛰어다녔다."

빨간 모자가 자유의 상징으로 프랑스 역사에 처음 등장한 것

은 1675년 브르타뉴 농민들이 루이 14세에 대항해 봉기했을 때다. 그들이 빨간 모자를 채택하면서 프랑스 구체제를 전복하려던 혁명가들의 '보네 루주' 선례가 탄생했다. 자코뱅파 당원들의 이 모자는 미국인들에게도 영향을 받았다. 미국이 독립전쟁을 치르며 빨간 모자를 상징적으로 사용한 데다, 프랑스로부터 많은 도움을 받아 1783년 결국 승리했기 때문이다. 파리 언론은 지면에서 보네 루주를 '모든 노예 상태로부터의 해방을 나타내는 상징이자 전제 정치에 대항하는 단결의 표식'이라고 칭송했다. 1795년부터 1799년까지는 총재정부가 들어서면서 빨간 모자를 착용하는 일이 줄어들었고, 부르봉왕조가 복고되면서 착용이 아예 금지됐다. 히지만 금지는 오래가지 않았고, 오늘날 프랑스 공화국의 상징인 마리안은 보통 프리기아 모자를 쓴 형상으로 묘사된다.

✈ 1791년 7월 17일, 5만 명의 파리 시민이 샹드마르 광장에 모여 루이 16세의 폐위를 요구했다. 집회가 폭력적으로 변할 것 같은 조짐이 보이자 파리 시장 장 실뱅 바이가 빨간 깃발을 들어 군중에게 해산하라고 경고했다. 그렇지만 군중이 경고에 대응하기도 전에 라파예트 후작이 이끄는 국가방위군이 사격을 개시해 50여 명을 사살했다. 사망자들은 '혁명의 순교자'로 기억되었으며, 그들의 피를 상징하는 붉은 깃발은 자코뱅파에 의해 혁명의 깃발로 채택되었다. 6년이 지난 1797년 5월, 프랑스가 '불신의 영국perfidious Albion'유럽 대륙에서 영국을 부르던 멸칭이다—옮긴이과 전쟁을 벌일 당시, 저임금과 장시간 노동에 혹사당하던 영국 선원들이 템스 하구의 노어 근처에서 '피의 깃발'을 올렸다. 반란자들은 런던을 부분 봉쇄하기에 충분한 수의 배를 나포한 뒤 조지 3세에게 프랑스와 화해할 것을 요구했다. 이것이 붉은 깃발이 노동 분쟁에서 사용된 최초의 사례다. 자코뱅파 때와 마찬가지로 빨간색은 순교자의 피를 상징하는 색이 되었다. 반란을 일으킨 선원 29명이 교수형에 처해졌기 때문이다.

✈ 붉은 깃발을 자유의 상징으로 흔들었던 최초의 지도자는 로베스피에르도, 카를 마르크스도, 레닌도 아니다. 1347년, '콜라 디 리엔조'라는 이름으로 더 유명한 이탈리아 공증인 니콜라 가브리니는 '로마의 호민관'이 되기 위해 쿠데타를 일으켰고, 끝내 원하는 바를 이루었다. 이때의 행렬에 대해 작가 루이지 바지니가 "자

| 마르크스가 가장 좋아하는 색으로 인쇄된 신문 지면의 모습.

유에 바친 최초의 깃발은 붉은색"이라는 글을 남겼다. 역사가들은 여전히 콜라 디 리엔조가 포퓰리스트인지, 원조 파시스트인지, 아니면 진보적 영웅인지를 놓고 논쟁을 벌이지만 분명한 것은 그가 붉은 깃발을 서민의 깃발로 사용한 최초의 인물이라는 사실이다.

✈ "좋아하는 색깔: 빨간색." 1865년, 오늘날 프루스트 질문이라고도 부르는 사교성 질문 목록에 대한 카를 마르크스의 대답이다. 1849년 5월 19일, 프로이센 당국이 마르크스가 창간한 《신新라인신문》을 폐간하자 이에 분개한 수석 편집자가 마지막 호를 붉은색 잉크로 인쇄했다.

✈ 프로이센-프랑스 전쟁 이후 급진주의자, 사회주의자, 무정부주의자 연합인 '코뮌'이 1871년 3월 파리 시의원 선거에서 압승을

거두었다. 파리 코뮌은 전투 경험으로 다져진 38만의 국민 방위군의 지지를 받고 이들을 지휘했으나, 그들의 사회주의 체제는 오래 가지 못했다. 1871년 5월 21일부터 28일까지 '피의 일주일' 동안 프랑스군이 파리 곳곳을 다시 탈환했고 2만여 명의 목숨을 앗아갔다. 5월 25일, 코뮌의 마지막 지도자 루이 샤를 들레클뤼즈는 붉은 띠를 두르고 가장 가까운 바리케이드 꼭대기로 기어 올라갔다가 사살됐다.

마르크스는 소책자 『프랑스 내전The Civil War in France』에 이렇게 썼다. "노동 공화국의 상징인 붉은 깃발이 파리 시청사 위에서 나부끼는 광경을 보고 구세계가 분노를 참지 못해 온몸을 비틀었다." 파리 코뮌의 비극적 장관은 빨간색을 좌파의 상징적인 색으로 확립하는 데 일조했다. 《뉴욕타임스》는 파리에서 열린 코뮌 3주년 기념행사를 보도하며 '모든 종류의 빨간색을 볼 수 있는 행사'라는 제목으로 기사를 실었다. 그러면서 이렇게 말했다. "아이들은 빨간 띠를 두르고 빨간 옷과 빨간 모자를 착용했으며, 남자들은 장밋빛 새틴 넥타이로 자신을 꾸몄다. 그 후 수많은 젊은 여성이 무도회에 참석해 공산주의에 대한 동조의 의미로 얼굴에 애국적 색을 펼쳐 보였다."

✈ 1917년의 정치적 혼란 속에서 모든 종류의 러시아 혁명가들이 붉은 깃발을 휘날린 끝에(기존 러시아 국기에서 파란색과 흰색을 뜯어내기만 하면 작은 빨간 깃발을 만들 수 있었다), 볼셰비키가 권력을 잡으면서 이를 자신의 깃발로 만들었다. 그 후로 붉은 소련 국기는 사회주의 및 공산주의 공화국의 색이 되었다. 몽골에서는 혁

명 정부가 수도의 이름을 니슬렐 후레Niislel Khüree(수도 울타리)에서 울란바토르(붉은 영웅)로 바꾸었다. 중국에서는 마오쩌둥이 마르크스주의 공자를 자처하며 남긴 427개의 격언집, 이른바 『소홍서小紅書』를 이용해 자신에 대한 숭배를 구축했다(공식 제목은 '마오쩌둥 주석  어록'이다). 2019년, 시진핑 주석은 자기 업적을 찬양하는 '학습 강국'이라는 빨간색 앱을 출시했다. 이 앱은 단시간에 1억 명이 넘는 공인 사용자를 확보했는데, 사람들이 직장이나 학교에서 이 앱에 대한 시험 점수가 너무 낮으면 창피를 당할까 봐 가입한 게 아닌가 싶다.

✈ 러시아에서 크라스니krasny('빨간색'을 의미한다)는 크라시비kra-sivy('예쁘다'의 옛말)와 뿌리가 같다. 모스크바의 장엄한 '붉은 광장'은 혁명적 의미가 아니라 광장의 아름다움 때문에 붙은 이름이다.

✈ 중국에서 빨간색은 행운을 상징한다. 그래서 전통적으로 신부의 옷에 쓰이며, 장례식에서는 절대 입지 않는다. 빨간 봉투에 돈을 넣어 선물로 주는 풍습인 '홍바오紅包'의 기원은 노인들이 붉은 실로 동전을 꿰어주던 진나라(기원전 221-206년)까지 거슬러 올라간다.

✈ 파리 코뮌에 대한 '공포'를 선정적으로 다루던 관행은 두 번의 세계대전 이후 미국에 적색 공포Red Scars를 일으켰다. 1950년대의 공화당 상원의원 조지프 매카시가 선봉에 섰던 마녀사냥은 악명이 높다. 1919년에 시작된 '붉은 위험'에 대한 첫 공포 몰이도 만만치 않았다. 이를 주도한 주요 인물은 공화당 법무부 장관 A. 미첼 파머, 민주당 상원의원 리 슬레이터 오버맨, 법무부 수사국의 수장이었던 존 에드거 후버 등이다. 당시 수백 명이 공산주의자라는 의심을 받고 추방되었다. 미국의 많은 주에서 붉은 깃발을 공개 게양하는 행위를 금지했는데, 이 조치는 1931년 연방대법원에서 위헌 판결을 받았다. 이런 맥락에서 빨간 바탕에 흰 별이 그려진 오클라호마의 공식 깃발이 도마 위에 올랐다. '오클라호마'라는 이름이 '붉은 사람들'을 의미하는 아메리카 원주민 촉토어에서 유래했음에도 불구하고 1925년 오클라호마주는 결국 깃발을 파란색으로 바꾸었다.

✈ 파라과이의 알프레도 스트로에스네르 정권은 마음에 들지 않거나 의견이 맞지 않는 온갖 자국민을 공산주의 선동가라며 온 힘을 다해 극렬히 탄압했다. 그럼에도 자기들의 콜로라도(스페인어로 '빨간 색깔'이라는 뜻)당이 상부 좌측 귀퉁이에 흰색 별이 새겨진 붉은 깃발을 공식 깃발로 채택하고 집회에서 붉은 깃발과 붉은 완장을 나눠주는 것은 어쩌지 못했다. 스트로에스네르 체제의 파라과이에서는 빨간색이 우파의 색이었지만, 거침없이 자기주장을 펼치던 멜라니오 메디나Melanio Medina(일명 '붉은 주교') 같은 반대쪽 '좌파'를 경멸하는 표현으로도 뒤섞여서 사용되었다. 반면 자

미니애폴리스의 가톨릭 교리문답협회는 1947년과 1960년에 두 권의 적색 공포 만화를 출간했다.

유주의 반대파들은 파란 깃발 아래 집결했다.

✈ 미국 선거 방송에서 빨간 주는 공화당이 우세한 지역을, 파란 주는 민주당이 우세한 지역을 말한다. 하지만 1976년 NBC가 TV 최초로 선거 지도에 색상을 도입했을 땐 공화당인 제럴드 포드가 우세한 주를 파란색으로, 민주당인 지미 카터가 우세한 주를 빨간색으로 표시했다. 공화당의 색은 전통적으로 파란색으로, 남북전쟁 당시 공화당 대통령 에이브러햄 링컨이 이끌던 북부군의 색이었다. 그러다 1984년, CBS가 공화당에는 빨간색, 민주당에는 파란색을 사용하기로 했다. 주요 뉴스 매체들이 이 방식을 택한 건 2000년이다. 대통령 선거에서 두 주요 정당이 경합을 벌이는 주

1976년에 방송된 미국의 첫 색깔 선거. 중부는 공화당의 파란색이 차지했지만, 카터가 민주당의 빨간색으로 미국을 휩쓸고 있다. 회색 줄은 워싱턴주의 '대세를 거스른 유권자'들이 로널드 레이건에게 행사한 표를 나타낸다.

를 '보라색 주'라고 부르는데, 여기에는 콜로라도, 플로리다, 아이오와, 미시간, 미네소타, 오하이오, 네바다, 뉴햄프셔, 노스캐롤라이나, 펜실베이니아, 버지니아, 위스콘신 등이 해당한다.

✈ 로체스터대학 심리학과 교수인 앤드루 엘리엇이 2010년에 진행한 연구에 따르면 남성들은 붉은 계열의 옷을 입은 여성에게 더욱 끌린다. 연구진은 미국과 유럽에서 배경색이 다르게 찍힌 여성들의 사진을 보여준 뒤 어떤 사진이 매력적이냐는 질문을 던졌다. 남성들은 주로 빨간 배경 속의 여성이 매력적이라고 느꼈지만, 여성들은 그렇지 않았다. 또한 남성들은 파란색보다 빨간색 셔츠를 입은 여성의 사진을 더 선호했다. 엘리엇은 '빨간색 효과'

가 얼마나 보편적인지 알아보기 위해 2012년 아프리카 서부에 위치한 부르키나파소의 작은 공동체에서도 비슷한 실험을 실시했다. 다른 문화권에서조차 '빨간색 효과'는 먹혔고, 그래서 연구진은 다음과 같이 추측했다. "빨간색은 인간의 짝짓기 게임에서 일종의 공통 언어로 작용할지도 모른다."

✈ 여성들은 빨간색의 성적 매력을 인지하는 것일까? 2016년 독일 포츠담대학의 연구에 따르면 그럴 수도 있다. 연구진은 피실험자인 여성들을 연구실로 초대하면서 담당 연구원의 사진을 이메일로 보냈다. 피실험자 절반에겐 20명의 여성으로부터 매력 지수 9점 만점에 6.6등급을 받은 남성의 사진을, 나머지 절반에겐 3.9등급을 받은 남성의 사진을 전송했다. 매력적인 연구원을 만나기로 되어 있던 지원자 중 57퍼센트가 연구실에 도착할 때 빨간색, 분홍색, 진홍색 옷을 입고 있었던 반면, 그렇지 않은 남성과 만나기로 한 여성은 16퍼센트만이 붉은 계열의 옷을 입고 있었다. 한편 프랑스 남브르타뉴대학의 사회학자들이 2012년에 진행한 연구에서는 빨간색 립스틱을 바른 여자 종업원들이 더 많은 팁을 받는다는 결과가 나왔다.

빨간색 립스틱이 성적 흥분의 상징이라는 개념은 입술을 빨갛게 칠하지 않은 매춘부에게 처벌을 가했던 고대 그리스에서 대두되었다. 빨간 입술의 감각적 측면은 네로 황제의 두 번째 아내 포파이아 사비나가 누구보다 잘 보여주었다. 유명 헤어스타일을 선도한 장본인이자(수천 명의 로마 여성이 그처럼 보이기 위해 머리를 금빛 믹스로 물들였다) 향락을 즐기기로 유명했던 그는 보라색과 빨

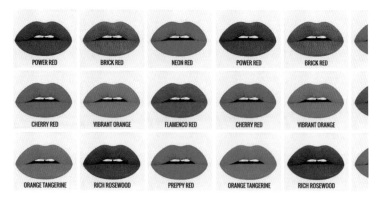

간색 립스틱을 매우 좋아해 입술을 칠하는 일만 담당하는 시종을 고용하기까지 했다.

로마의 부유한 여성들은 오커, 철광석, 납, 황화수은, 수은이 든 해초인 푸쿠스Fucus와 같은 재료를 섞어 보기엔 좋지만 냄새가 고약하고 때로 유독하기도 한 빨간 립스틱을 만들었다. 가난한 여성들은 붉은 포도주로 만든 염료를 사용했는데, 매혹적인 입술을 뽐내지는 못했어도 수명은 더 길었을 것이다.

✈ 영화 제작자들은 빨간색을 성과 죄에 대한 은유로 사용한다. 1938년, 남북전쟁 이전 시대를 다룬 흑백 멜로 영화 〈제저벨Jezeb-el〉에서는 당찬 주인공이 무도회에서 빨간 드레스를 입으면 안 된다는 조언을 무시한 '죄'로 약혼자에게 버림받는다. 불과 1년 뒤, 〈바람과 함께 사라지다〉에서 스칼릿 오하라의 배신이 테크니컬러의 선명한 총천연색으로 연출된다. 아내가 다른 남자에게 치근덕거리는 것을 목격한 스칼릿의 남편은 파티에서 (이름처럼 진홍색

인) 빨간 드레스를 입으라고 스칼릿에게 명령한다.

　빨간 드레스와 섹스의 동일시는 특히 1970년대와 80년대에 노골적으로 드러났는데, 이브 로베르의 코미디 영화 〈내 외도를 용서해주세요Pardon Mon Affaire〉와 그 할리우드 리메이크작 〈우먼 인 레드The Woman in Red〉만 봐도 알 수 있다. 두 영화 모두 빨간 원피스를 입은 여자가 매릴린 먼로의 그 유명한(치마가 지하철 통풍구에서 나오는 강풍에 들춰지는) 장면을 재연한다. 로베르의 코미디를 리메이크한 이 할리우드 작품에서 주인공은 폴 댄서처럼 신나게 몸을 움직인다. 별로 중요한 장면이 아니었는데도, '빨간색 효과'는 실제 배우의 경력에도 놀라운 힘을 발휘했다.

✈ 서기 60년에서 95년 사이에 「요한계시록」을 쓴 사람은 빨간 옷을 입은 여자를 자주 떠올린 것 같다. 이 미상의 작자가 복음사가 요한이든 아니든 간에 빨간색이 지옥을 나타낸다고 믿은 건 분명하다. '바빌론의 매춘부'가 '빨간 짐승'을 타고, '자주색과 붉은빛 옷을 차려입고', '성도들의 피'와 '예수님을 증거할 순교자들의 피'에 취해 있는 걸 보면 말이다. 서구에서 진홍색은 시대가 변해도 문화적으로 매춘, 사탄 숭배, 간음 등과 동의어로 여겨졌다. 너새니얼 호손의 소설 속 주인공 헤스터 프린도 불륜을 행한 탓에 「이사야서」에 적힌 "너희의 죄가 주홍 같을지라도 눈과 같이 희어질 것이요"라는 주님의 말씀을 잊은 듯 보이는 마을 사람들에 의해 'A'라는 주홍 글자를 달고 다니게 된다. 성경에 어떤 선례도 없기 때문인지 아직 몸가짐이 헤픈 남성을 지칭하는 색깔은 없다.

✈ 1993년, 패션 디자이너 크리스티앙 루부탱은 밑창이 빨간 구두를 완성하려고 안간힘을 썼다. 그는 당시 상황에 대해 '2차원 스케치에서는 색이 강렬했는데, 3차원으로 만드니 어딘가 에너지가 부족했다'라고 회상한다. 디자인에 활기를 불어넣기 위해 다양한 시도를 하다가 우연히 조수의 빨간 매니큐어로 밑창을 칠한 뒤, 그는 이 색이 대박을 터트릴 거라고 직감

했다. 이후 루부탱은 빨간 밑창을 트레이드마크로 삼았다. 참고로 이 색은 팬톤 18-1663 TPX다.

✈ 영화 〈오즈의 마법사〉(1939)에서 주디 갈런드가 연기한 도로시의 루비 신발은 MGM의 수석 의상 디자이너 길버트 에이드리언이 테크니컬러의 강렬한 화려함을 최대한 이용하기 위해 제작한 것이다(라이먼 프랭크 바움의 소설에서는 은색 신발이다). 에이드리언은 도로시의 빨간 루비 신발이 화면에서 반짝거리도록 혼신의 힘을 다했다. 그는 하얀 비단 펌프스를 붉게 물들이고 2000개가 넘는 짙붉은 스팽글이 여러 줄로 꿰매어진 붉은 비단 천으로 감쌌다. 신발은 꼭 짙붉은 색이어야 했는데, 당시 테크니컬러에서 사용한 강렬한 조명 때문에 그보다 옅으면 오렌지색으로 보였기 때문이다. 그리고 화룡점정을 위해 붉은 라인석, 막대 모양 구슬, 모조 장신구로 꾸며진 붉은 나비 장식을 덧붙였다. 〈오즈의 마법사〉에서 도로시의 루비 구두는 선한 힘을 발휘하지만, 안데르센의 잔혹 동화 『빨간 구두』의 주인공 카렌에게 빨간 구두는 부적절한 허영심을 의미한다. 무자비하기 짝이 없는 천사는 그에 대한 징벌로 카렌이 죽을 때까지 춤을 추게 만든다. 그 무엇도, 심지어 발목 절단도 카렌의 발이 춤을 추며 숲속으로 가는 것을 막지 못한다.

1948년에 안데르센의 동화를 각색해 제작한 마이클 파월과 에머릭 프레스버거의 영화에서는 빨간 신발의 의미가 좀 더 애매모호하다. 구두의 알 수 없는 힘이 주인공을 기차로 뛰어들게 해 죽인 것인지, 아니면 그가 예술을 위해 죽기로 결심한 것인지 확신할 수 없다. 예술이 목숨을 바칠 만한 가치가 있다고 믿는 우리 파월 감독의 주인공은 제정신이 아니지만 실력은 탁월한 발레 감독으로부터 다음과 같은 경고를 받는다. "사랑이라는 불완전한 위안에 기대는 무용수는 절대 위대한 무용수가 될 수 없어."

이 대사는 이 영화의 팬인 가수 케이트 부시의 마음을 울렸다. 1993년에 발표된 그의 일곱 번째 앨범 제목이 바로 〈빨간 구두The Red Shoes〉다. 어머니의 죽음과 오랜 연인과의 이별을 슬퍼하던 부시는 예술에 목숨을 바치진 않았지만, 직접 가사를 쓰고 노래를 부르고 앨범을 프로듀싱하며 온 힘을 쏟아부었다. 그리고 이후 12년 동안 앨범을 발매하지 않았다.

✈ 1960년대 초반, 유니레버는 색깔에 의미를 부여하는 인간의 선천적 성향을 이용해 빨간 줄무늬가 들어간 하얀 치약 '스트라이프'를 출시했다. 광고 포스터에서는 이 제품을 '세균과 싸우는 빨간 줄무늬 치약'이라고 홍보했다. 치약이 세균과 싸우는 데 중요한 요소는 헥사클로로펜이라는 살균제의 활성 농도다. 그렇지만 스트라이프의 진짜 묘수는 헥사클로로펜이 아니라 색이었다(사실 이미 1908년부터 치약에는 살균제가 들어갔다). 상쾌하고 활기찬 빨간색 줄무늬가 이 브랜드의 의학적 힘을 보여주는 시각적 '증거'로 여겨진 것이다.

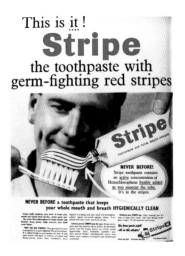

✈ 빨간색은 잉글랜드 프리미어리그 역사상 가장 화려한 성공을 가져다준 색이다. 1992년부터 2020년까지, 빨간색 유니폼을 입은 팀이 19번의 우승을 거머쥐었다. 유러피언컵에서 연속으로 우승한 리버풀, 노팅엄 포리스트 모두 빨간색을 입었다.

1865년 노팅엄 포리스트는 창단과 동시에 이탈리아의 통일 영웅 주세페 가리발디를 기리기 위해 붉은 술이 달린 모자를 썼다. 한동안 포리스트는 '가리발디 레드'라는 별칭을 얻었다. 가리발디가 1864년 4월 영국을 방문했을 때 인기가 얼마나 대단했던지 이런 후렴구의 노래까지 만들어졌다. "붉은 셔츠여 만세! 가리발디에게 영광을." 그렇지만 빨간색과 떼려야 뗄 수 없는 한 사람, 카를 마르크스는 이를 보고도 열광하지 않았다. 그는 그 광경을 '바보 같은 짓거리가 펼쳐지는 비참한 광경'이라고 평했다.

이탈리아의 해방과 통일에서 중요한 역할을 한 가리발디의

자원 병력은 그 독특한 임시 군복 때문에 '붉은 셔츠대'라는 별명으로 널리 알려졌다. 가리발디는 왜 붉은 셔츠를 채택했을까? 이에 대한 일반적인 이론은 두 가지다. 일부 전기 작가들은 그 연관성을 찾기 위해 1840년대 우루과이까지 거슬러 올라간다. 가리발디가 피에몬테에서 봉기를 일으켰다 실패한 뒤 사형을 선고받고 남미로 도주했을 때다. 우루과이의 수도 몬테비데오를 우익 반군으로부터 방어하기 위해 이탈리아 추방자들을 지휘할 때, 가리발디의 부대가 도살장에서 착용하는 붉은 셔츠를 입었다는 것이다. 또 하나는 가리발디가 1850년부터 1854년까지 뉴욕에 살면서 빨간색 플란넬 셔츠를 입은 뉴욕 의용 소방관에게서 영감을 받았다는 설이다. 가리발디가 1848년 이탈리아로 돌아왔을 때 그의 군대가 붉은 셔츠를 입었는지는 확실치 않지만, 1860년 4월 종국엔 이탈리아의 통일로 끝난 운동을 일으키기 위해 시칠리아에 도착했을 때 입었다는 것만큼은 확실하다.

✈ 문서에서 중요한 단어를 강조하기 위해 빨간색을 사용하는 관습은 고대 이집트까지 거슬러 올라간다. 당시 사제들은 중요한 문구를 강조하거나 때로 위험을 경고하기 위해 이 색을 사용했다. 악, 혼돈, 파괴의 신인 아펩Apep(일명 아포피스)에 대해 언급하는 어느 파피루스는 모든 글자가 빨간색이다. 그로부터 수천 년 후, 수도사들은 빨간색을 사용해 원고의 특정 부분을 부각했다. 때론 첫 대문자나 첫 글자를 빨갛게 표현하기도 했는데, 이것이 루브릭rubric'제목'을 뜻하지만 '붉은 문자'라는 뜻도 있다—옮긴이이라는 단어의 의미다. 같은 이유로 필경사들은 달력에 성인의 날을 강조했고, 회계사들은

붉은 잉크를 사용해 재정적 손실을 부각했다. 여기서 '적자'라는 표현이 나왔다.

✈ 고대 그리스의 매춘부들이 사용하던 일부 입술 화장품에는 양의 땀, 인간의 침, 악어의 똥이 들어 있었다. 미국의 첫 영부인인 마사 워싱턴이 가장 좋아한 립스틱은 밀랍, 돼지기름, 경랍, 알카넷 뿌리, 아몬드 오일, 발삼나무, 건포도, 설탕으로 만든 것이었다. 엘리자베스 여왕 1세의 립스틱에는 좀 덜 유해한 코치닐, 아라비아고무, 달걀흰자, 무화과 유액이 사용되었다.

빨간 립스틱은 여전히 이 코치닐로 만든다. 코치닐은 남아메리카와 중앙아메리카, 그리고 북아메리카 남쪽 지역의 프리클리페어선인장에 기생하는 작은 벌레에서 얻는다. 벌레 7000마리를 잡아 건조시켜서 으깬 뒤 적당한 첨가물을 넣으면 카민 염료 1온스를 생산할 만큼의 붉은 카민산을 추출할 수 있다. 이는 잉카, 아즈텍 등에서 옷감, 집, 바구니, 이빨을 물들일 염료를 만들기 위해 수 세기 동안 사용한 방식과 매우 비슷하다. 사포텍어로 빨간색을 뜻하는 단어는 '색깔'이라는 단어와 동일한데, 이는 빨간색이 얼마나 중요했는지를 보여준다.

에르난도 코르테스의 군대가 16세기 초 중앙아메리카와 남아메리카를 정복하고 원주민들을 사실상 노예화했을 때 스페인은 코치닐을 재배해 유럽으로 수출했다. 그렇게 스페인은 밝고 짙고 내구성 좋은 염료를 합법적으로 독점했다. 수십 년이 채 안 돼 코치닐은 스페인이 멕시코에서 가져온 물건 중 은 다음으로 수익성이 좋은 수출 품이 되었다.

코치닐 벌레에서 추출한 붉은 염료. 멕시코 오악사카 계곡의 테오티틀란 데 발레 마을에서 카펫 제작에 사용하고 있다.

독일계 거대 화학회사인 BASF가 19세기 말 합성 대체물을 발견한 이후, 코치닐로 벌어들이는 수익은 예전만큼 크지는 않다. 그러나 여전히 식용 색소, 의약품(연구에 따르면 사람들은 빨간 진통제를 더 많이 신뢰한다고 한다), 화장품에 사용된다. 코치닐 벌레가 그다지 아름답지 않다는 사실도 코치닐이 오래도록 쓰이는 데 한 몫했다. 립스틱을 만들기 위해 자이언트 판다가 죽어야 한다면 항의가 얼마나 빗발칠지 상상해보라.

✈ 빨간색은 국기에 가장 많이 사용되는 색으로, 애국자, 힘, 혁명 정치, 화산(아이슬란드), 융성한 융단 제조 산업(투르크메니스탄 국기의 붉은 세로줄은 카펫을 의미한다) 등을 나타낸다. 라트비아 국기의 위아래 가로줄은 흔히 라트비안 레드라고 불리는 짙은 암적

색이다. 이 깃발은 구소련 시절에는 소비에트 연방의 빨간색 버전으로 대체되었는데, 당시 일부 라트비아 애국주의자들이 FC 스파르타크 모스크바의 빨간색-흰색 줄무늬가 원래 라트비아 국기와 흡사하다는 이유로 이 구단의 팬이 되었다고 한다.

· 노랑의 방 ·

🦋 노란색 이전에 금색이 있었다. 색소가 아닌 순수한 금속의 색은 신과 왕족을 기리는 데 사용되었다. 고대 근동 및 중동의 일부 지역에서는 금을 태양에서 지구로 떨어진 물질이라 여겼다. 이집트에서는 파라오를 상징하는 모든 것을 금으로 장식했으며, 그리스인들은 신의 형상에 금을 입혔고 로마인들은 신과 영웅의 조각상에 금을 추가했다. 베네치아의 성 마르코 성당 입구 위에 서 있는 네 마리의 금빛 말은 원래 금박 모자이크 예술을 최초로 실현한 도시 비잔틴의 경마장에 있던 것이다. 성 마르코 성당의 황홀한 비잔틴 유산은 로마, 라벤나, 팔레르모, 몬레알레의 고대 교회와 마찬가지로 성당 내부에서 뚜렷이 확인할 수 있는데, 그곳의 황금 모자이크는 처음 제작된 후부터 수 세기 동안 그 빛을 잃지 않고 있다.

르네상스 이전의 이탈리아 화가들은 예수와 성모마리아, 성인들을 묘사하며 바탕에 금박을 입혔다. 시간이 지나도 썩지 않고 되려 빛을 발하는 값비싼 금속은 거룩한 이들의 얼굴에 가장 잘 어울리는 배경이 되어주었다. 사실적 관점의 미학이 태동하고 있었음에도, 화가들은 여전히 종교적인 그림에는 금을 사용했다. 르

네상스 미술의 선구자인 뛰어난 화가 조토 디본도네는 왕좌에 앉은 성모마리아와 아이 뒤에 금색 배경을 넣었고, 이후 로렌초 모나코, 프라 안젤리코와 같은 화가들이 금박 제단을 그려 넣었다. 산드로 보티첼리는 〈비너스의 탄생〉에 금색을 덧입혀 명암을 표시했다. 그 후 금은 수도원의 필사본을 제외하고 서양 미술에서 거의 사라졌다가 20세기 초 구스타프 클림트의 그림에서 영적 요소보다 관능과 부를 의미하는 방식으로 다시 등장했다. 클림트가 그린, 금빛에 흠뻑 적셔진 〈아델레 블로흐-바우어의 초상〉은 2006년 당시 그림으로는 최고가인 1억 3500만 달러에 팔렸다.

🎀 클림트의 유명한 작품 〈베토벤 프리즈〉는 처음 출품된 오스트리아 빈의 분리파 전시관을 아직도 장식하고 있다. 이곳의 섬세한 황금 돔은 빈의 도시 경관 중에서도 특히 인기 좋은 촬영 명소다. 하지만 세계에서 가장 유명한 황금 돔은 예루살렘의 스카이라

인을 밝히는 이슬람의 결작 바위 사원이다. 이 사원은 7세기에 세워졌으며 현존하는 가장 오래된 이슬람 건물이다. 물론 그 지붕이 지금처럼 언제나 눈부시게 화려한 모습이었던 건 아니다. 바위 사원의 돔은 1022년에 재건축되고부터 1964년까지 아무 광택도 없었다. 매슈 텔러의 책 『예루살렘의 9쿼터 Nine Quarters of Jerusalem』에는 이에 관해 다음과 같이 쓰여 있다. "942년 동안 돔은 진회색 납빛을 띠었다. 그러다 양극 산화 처리된 황금빛 알루미늄판으로 개조되었고 1994년에 2미크론의 진짜 금을 입힌 구리 패널을 새로 씌웠다."

🎀 2019년 《교육심리학저널 Journal of Educational Psychology》에 게재된 기사를 보자. 55개국 6625명을 대상으로 시행된 여론조사에 따르면 적도에서 떨어져 살수록, 그리고 비가 더 많이 내리는 곳에 살수록 노란색을 행복과 연관시킬 가능성이 높다고 한다. 1년에 평균 3451시간 동안 햇빛을 받는 이집트에서는 노란색을 기쁨과 동일시하는 사람이 6퍼센트 미만이었지만, 짧은 여름 동안 밤에 해가 뜨기도 하지만 겨울이 길고 어두운 핀란드에서는 거의 90퍼센트에 달했다.

🎀 미국의 그래픽 디자이너 하비 로스 볼은 1960년대에 매사추세츠 우스터에서 광고 회사를 운영하던 중 스테이트 뮤추얼 생명보험으로부터 갓 합병을 경험한 회사 직원들의 사기를 높일 수 있는 상징물을 고안해달라는 요청을 받았다. 그는 의뢰를 받고 고민 없이 노란색을 선택했고, 10분도 채 되지 않아 한쪽 눈이 다른 쪽

노란 기쁨: 2021년 바이든 대통령 취임식에서 축시를 낭송하는 아만다 고먼.

보다 큰, 노란색의 웃는 얼굴 일러스트를 그렸다. 그리고 작업료로 45달러를 청구했다. 스테이트 뮤추얼은 직원들이 일하면서 미소를 띠도록 이 디자인으로 포스터, 표지판을 제작했다. 그로 인해 직원들이 정말 더 행복해졌는지는 알 수 없지만, 이 디자인은 곧장 성공적이라고 여겨졌다.

볼은 이 작품에 저작권을 설정하지 않았다. 필라델피아에서 홀마크 카드 점포를 소유하고 있던 버나드와 머레인 형제는 볼보다 수완이 훨씬 좋았다. 그들은 '행복한 하루 보내세요'라는 문구를 추가한 뒤 변형된 디자인에 대한 저작권을 신청했다. 1972년, 그들은 5000만 개 이상의 단추를 팔았다.

1971년 프랑스 저널리스트 프랭클린 루프라니가 긍정적인 뉴스를 부각하기 위해 《프랑스 수아르》에 이 스마일 마크를 사용하기 시작했다. 1996년, 프랭클린의 아들 니콜라스가 공식적으로 '스마일리 컴퍼니'라는 브랜드를 만들었고, 세계 최초의 그림 이 모티콘을 비롯한 여러 가지 상품에 대해 글로벌 라이선스 계약을 체결하며 이 마크를 대중화시켰다. 스마일리는 아주 단순하고 간결하지만 굉장히 효과적이어서, 전복, 축하 등 다양한 목적으로 사용되어왔다. 만화 시리즈 〈와치맨〉을 공동 작업한 영국 만화가 데이브 기번은 피 묻은 스마일리를 크게 강조하며 이렇게 말했다. "그냥 점이 세 개 찍힌 노란 바탕이잖아요. 이보다 더 단순할 수 없죠. 그만큼 의미를 더할 준비가 된 거예요. 아이를 위한 공간에 두어도 잘 어울리지만, 기동 경찰의 방독면에 그리면 의미가 또 완전히 달라집니다."

🎀 노란색은 신을 매혹할 수 있는 색이다.

빈센트 반 고흐

빈센트 반 고흐를 생각할 때 우리는 곧장 노란색과 해바라기를 떠올린다. 그가 남긴 노란 꽃 그림들은 프로방스 아를에 있는 '노란 집'이라고 알려진 주택에서 그려졌는데, 이곳은 반 고흐가 그 짧은 인생에서 유난히 예술성이 폭발한 1888~1889년 사이에 살았던 곳이다. 유독 해바라기에 집착했던 그는 동생 테오에게 보내는 편지에 이렇게 쓰기도 했다. "해바라기는 어떤 면에서 나의 것이야." 두 달 동안 그곳에서 그와 함께 지낸 폴 고갱은 〈해바라기의 화가〉라는 제목의 초상화를 통해 해바라기를 향한 친구의 집착을 포착한 바 있다. 고갱은 이후 이렇게 회상했다. '그래, 그 선량한 빈센트는 노란색을 좋아했다. 햇살의 그 희미한 반짝임이 그의 영혼에 기운을 불어넣었다.'

| 빈센트 반 고흐의 〈별이 빛나는 밤〉. 인디언 옐로 색소로 그려졌다.

　　고흐의 후기 걸작들은 색이 그 전부라 할 만큼 중요한데, 마치 현재의 현대 미술을 예시하기라도 하듯 감정적이고 주관적이며 표현적으로 사용되었다. 그가 아를에서 창조한 200여 점의 그림 중 가장 유명한 작품은 그가 죽기 1년여 전에 그린 〈별이 빛나는 밤〉이다. 빛나는 달과 소용돌이치는 별에는 '인디언 옐로'라고 불리는 복합 색소가 사용되었다. 필립 볼이 『브라이트 어스』에서 "공 모양으로 판매되는 이 색소는 고약한 냄새가 풍긴다"라고 언급한 것처럼, 염색공들은 그 악취 때문에 이 색소가 소나 낙타의 소변이나 뱀의 체액으로 만들어진다고 믿었다.

　　1883년 1월, 큐왕립식물원의 원장인 조지프 후커 경이 인디언 옐로 색소에 대해 이리저리 추측하다 결국 런던의 인도 사무소에 사실을 명확히 밝혀달라고 요청했다. 그해 8월, 그는 인도의 공무원 T.N. 무크하르지로부터 모든 인디언 옐로 색소 덩이는 벵골 미르자푸르 마을의 '그왈라(우유 장수)' 계급이 생산한다는 보고를 받았다.

무크하르지의 설명은 이러했다. "그들은 소에게 오직 망고 잎과 물만 먹입니다. 그러면 담즙에 색소가 증가해 소변이 밝은 노란색을 띠지요. 그래서 그곳 소들이 2년도 채 못 산다는 소문이 돌기도 한다는데, 피우리(인도에서 인디언 옐로 색소를 부르는 명칭) 제조업자들은 제게 낭설이라고 하더군요. 실제로 저도 여섯 살, 일곱 살 된 소들을 직접 봤습니다." 그러면서 그는 소들이 매우 건강하지는 못한 것처럼 보인다는 점을 인정했는데, 주인들이 오줌 색깔이 덜 노래질까 봐 식단을 단순화한 탓으로 추측했다. 피우리 제조업자들은 하루가 끝날 때마다 소변을 데워 노란색 침전물을 분리한 뒤 체에 걸러 뭉친 다음 해외에 수출했다. 무크하르지는 이렇게 덧붙였다. "일반적으로 소 한 마리가 하루에서 되의 소변을 봅니다. 그러면 약 2온스의 피우리가 나오지요."

그가 설명한 그런 특이한 과정에 대해 어떤 형식적인 기록도 없기 때문에, 무크하르지의 설명을 곧이곧대로 믿어야 하는지는 의문이다. 한편 1908년 무렵 인디언 옐로는 거의 사라졌다.

🎀 자연적으로 생겨나는 황화비소 광물$As_2 S_3$, 즉 짙은 노란색을 띠는 석웅황은 기원전 1345년에 조각된 그 유명한 네페르티티의 흉상은 물론, 9세기에 제작된 라틴어 복음서 『켈스의 서』와 타지

마할의 벽에도 존재한다. 석웅황을 뜻하는 '오피먼트Orpiment'는 라틴어 '아우리피그멘툼auripigmentum'의 변형된 형태로, '아우름aurum'은 금을 의미한다. 그 빛나는 색깔에 속아 수많은 연금술사가 석웅황에서 금을 추출하려고 시간을 허비했다. 이 광물은 사람들에게 실망뿐 아니라 질병도 안겨주었는데, 60퍼센트가 비소로 이루어졌기 때문이다. 고대의 수많은 노예가 이 광물을 채굴하다가 죽었다. 이탈리아 화가 첸니노 첸니니는 1390년대에 쓴 전문 서적 『회화서Il Libro dell'Arte』에서 다음과 같이 경고했다. "이 광물을 입에 묻히지 않도록 조심하라. 그렇지 않으면 해를 입을 것이다." 석웅황은 여전히 일부 산업 공정에서 중요한 역할을 하지만, 이 안료를 사용하는 예술가는 극히 드물다.

🎀 캄보디아의 가르시니아 수액을 굳혀서 추출하는 갬부지Gamboge는 그 이름도 캄보디아의 이름에서 변형된 단어다. 이 색소는 603년 네덜란드 무역상들에 의해 유럽으로 들어왔다. 이 수액으로 만들어지는 사프란-머스터드 색소는 불교 승려들의 승복을 염색하는 데 널리 사용되었으며, 렘브란트와 터너를 비롯한 수많은 화가의 팔레트를 채웠다.

이 자황색 안료는 설사약으로도 사용됐는데, 효능이 굉장히 좋아서 1842년 스코틀랜드 내과 의사이자 독물학자인 로버트 크리스티슨이 '자황색 안료가 상당량 들어간 악명 높은 가짜 특효약을 일상적으로 복용할 시 치명적인 해를 입을 것'이라고 경고하기도 했다. 그 의문의 가짜 약은 자칭 '위생학자'인 제임스 모리슨이 홍보하던 '식물성 만능 약'으로, 그는 이 노란색 알약을 1년에

1000만 개나 팔았다. 최소 11명의 영국인이 과다 복용으로 사망했으며, 1836년에는 평소 튼튼하고 건장했던 메켄지라는 대위가 무릎 통증을 완화하기 위해 알약 35개를 삼켰다가 과도한 설사로 사망했다. 이 사건으로 모리슨은 과실 치사 판결을 받았으나 프랑스로 도주했고 부유하게 살다 1840년에 사망했다.

천연 자황색 색소는 금세기 초반까지 생산되었지만, 현재는 합성 자황색과 오레올린aureolin이라는 인공색소로 대체되었다. 이 대체 색소는 천연 색소만큼 밝지는 않아도 빨리 변색하지 않는다.

🎀 1895년 4월 6일 저녁, 런던의 캐도건 호텔에서 오스카 와일드가 음란 행위를 했다는 혐의로 체포되었다. 와일드는 천천히 일어나(그는 영장이 발부됐다는 소식을 들을 때 술을 진탕 마시고 있었다) 코트를 입고 노란 표지의 책을 집어든 뒤 보우 스트리트 경찰서

로 연행됐다. 그 의문의 책은 와일드의 친구 피에르 루이가 집필한 부도덕한 소설 『아프로디테』였다. 당시 노란 표지는 그 속에 담긴 내용이 선정적이고 프랑스어로 쓰였을 가능성이 높음을 뜻하는 일종의 암호였다. 와일드의 소설 속 주인공인 도리언 그레이 역시 『라울의 비밀Le Secret de Raoul』이라는 노란 표지의 책을 읽는다.

신문마다 "오스카 와일드, 노란 책 소지한 채 체포"라는 헤드라인의 기사가 실렸고, 기사는 오해를 낳으며 예상치 못한 파장을 일으켰다. 수많은 시민이 와일드가 읽던 책이 삽화가 오브리 비어즐리의 도발적이고 재기 넘치는 삽화로 악명을 얻었던 전위적 정기간행물 《옐로 북》이라고 판단한 것이었다.

와일드가 이 잡지에 글을 쓴 적은 없다. 오히려 1884년 이 간행물 첫 호를 두고 '멍청하고 혐오스럽다'고 일축하기도 했다. 그러나 그가 책을 출간하던 출판사 '보들리 헤드'가 이 잡지의 출간인이었기에, 사람들은 의심을 거두지 않았다. 와일드가 체포된 뒤 임프린트의 공동 창립자가 와일드의 책을 판매 중지시켰음에도 분노한 군중이 계속해서 런던 사무실에 돌을 던지고 창문을 깨부쉈다.

메리 오거스타 워드라는 유명 소설가 역시 끈질기게 《옐로 북》에 반대하는 캠페인을 벌였다. 그리고 그 잡지에 이따금 글을 기고하던 시인 윌리엄 왓슨을 설득해 비어즐리를 해고하고 그의 그림을 삭제하지 않으면 보들리 헤드를 떠나겠다고 협박하게끔 만들었다. 이 삽화가의 가장 위대한 그림 중 하나인 「클라이맥스」는 와일드의 희곡 『살로메』에 삽화로 실렸는데, 미술사학자 케네스 클라크에 따르면 이는 영국에서 이제껏 제작된 그 어떤 그림

비어즐리의 그림이 실린《옐로 북》. 오른쪽은《프라이빗 아이》의 초판본이다.

작품보다 사람들에게 큰 공포와 분노를 일으켰다고 한다.

비어즐리의 해고는 불가피한 일이 되었다. 발행인으로서는 쉽게 내릴 결정이 아니었지만, 비어즐리를 해고해야만 그의 그림에 '부적절한 디테일'이 있는지 더 이상 신경 쓰지 않아도 되었다. 이후 발행인은 잡지의 이미지를 전환하려고 애썼다. 하지만 안타깝게도 이미 그 무렵《옐로 북》은 그 사건으로 인해 수많은 대중의 눈에 추잡하고 퇴폐적인 잡지라는 낙인이 찍힌 터였다. 마지막 호는 1897년 봄, 빅토리아 여왕의 즉위 60주년 경축 행사가 열리기 몇 개월 전에 출간되었다. 이후《옐로 북》의 창립자는 "와일드의 구속이 옐로 북을 죽였고, 나도 거의 죽일 뻔했다"고 회고했다.

🎀 1961년 10월 25일 발행된 풍자 잡지《프라이빗 아이》의 창간호는 '황색 저널리즘'을 암시하기라도 하듯 머스터드 노란색 종이

에 인쇄되었다. 그렇지만 사실 황색 저널리즘이라는 꼬리표를 처음 붙인 곳은 1890년대 미국의 두 신문사, 《뉴욕저널》과 《뉴욕월드》다.

두 신문사는 역사상 가장 맹렬한 판매 부수 경쟁 속에서 리처드 아웃콜트의 만화를 연재했는데, 이 만화를 처음 흑백으로 실은 곳은 1895년 2월 17일자의 《뉴욕월드》다. 만화 속 등장인물 '옐로 키드'가 큰 인기를 얻자 아웃콜트가 캐릭터에 밝은 노란색 잠옷을 입혔고, 한 면 전체로 비중이 커지면서 이 만화는 해당 신문의 주말판 컬러 부록을 살리는 독특한 판매 포인트가 되었다. 《뉴욕저널》이 아웃콜트를 스카우트해 옐로 키드의 권리를 빼앗아가자, 《뉴욕월드》는 다른 이웃을 배경으로 한 또 다른 옐로 키드를 의뢰했다. 경쟁이 최고조에 이르렀을 때는 라이벌인 두 옐로 키드가 일주일에 수차례 등장하며 신문 산업 최초의 상품화 추진에 영감을 주었다.

이 신문들은 '옐로 키드 저널리즘'을 퍼트리는 곳으로 알려졌고, 이는 곧 '옐로 저널리즘'으로 축약돼 불리다가 두 신문사가 1898년 5월 당시 스페인 식민지였던 쿠바를 침공하자고 대중의 히스테리를 부추기면서 경멸적인 뉘앙스를 풍기는 '옐로 프레스(황색 언론)'라는 용어로 변형되었다.

1898년 2월 15일, 미 해군 전함 메인함이 하바나 항구에서 침몰해 미 해군 260명이 사망했다. 폭발 원인에 대해 여전히 논쟁이 있지만(최근 연구에서는 석탄 벙커에서 일어난 화재가 원인이라고 한다), 다음 날 신문 1면에 다음과 같은 헤드라인이 실렸다. "위기 임박, 내각 회의 소집, 스페인의 배신에 갈수록 힘 실려." 항간에 떠도는 소문처럼 《뉴욕저널》의 대표인 허스트가 삽화가 프레더릭 레밍턴에게 '자네는 그림만 그려, 내가 전쟁을 대령할 테니'라고 전보를 친 건 아니지만, 판매 부수를 늘리려고 폭발과 관련한 중요한 정보를 제보하는 사람에게 5만 달러를 주겠다고 광고하며 스페인 전쟁을 촉발한 것은 사실이다. 물론 이런 선정주의가 새로운 것은 아니었다. 프랑스에서는 18세기의 한 가십 신문이 어떤 기사에 '이 기사의 절반은 사실입니다'라고 각주를 달면서 그 절반이 뭔지 구체적으로 명시하지 않은 적도 있다. 어쨌거나 허스트의 선정주의는 언론의 부정함에 암울한 선례를 남겼다.

🎀 《옐로 북》의 제작자들은 잡지의 상징이 되는 색상을 선택할 때 미학적 세련미에 중점을 두었다. 그 세련미가 '건강한 수준'을 넘어섰지만 말이다. 그들은 초예민하고 병약함을 미덕으로 삼았는데, 퇴폐 문학의 기준이라 할 수 있는 J. K. 위스망스의 소설 『거꾸로À Rebours』의 주인공이 그 병약함의 대표적인 사례다. 훗날 조지 4세가 섭정을 하던 때에도 노란색은 댄디즘dandyism, 즉 멋 부림의 색이었다. 이에 비추어 봤을 때, 1882년 미국 투어에 나섰던 오스카 와일드보다 멋을 더 많이 부린 사람은 없었다. 당시 그는 걸핏하면 노란색 비단 손수건과 해바라기로 치장했는데, 한 인터뷰에서 이렇게 말했다. "어느 수완 좋은 소년이 제 강연에 온 사람들에게 해바라기를 팔아 25달러를 벌었더군요. 그 소년은 나중에 커서 국회의원이 될 겁니다."

🎀 중국에서는 포르노를 가끔 '노란 비디오'라 부른다. 1993년,

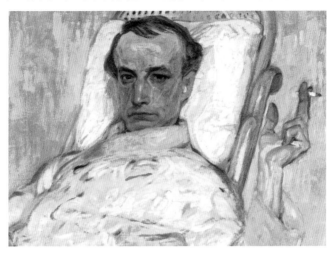

| 프란티세크 쿠프카의 자화상 〈옐로 스케일〉(1907). 멋 부리기의 완벽한 본보기다.

포르노 잡지 출판이 합법화됐을 때 이 잡지들은 '노란 책'이라고
불렸다.

🎀 프랑스어로 노란색을 뜻하는 '존느Jaune'는 황달을 뜻하는 '잔
디스jaundice'의 뿌리로, 황달이란 몸에서 빌리루빈이 너무 많이 분
비되어 피부와 눈의 흰자가 노랗게 변하는 질병이다. 17세기 초
부터 세상에 대한 신랄하고 냉소적인 관점을 설명하기 위해 존디
스트jaundiced '편견을 가진, 황달에 걸린'이라는 의미가 있다─옮긴이라는 표현을 사
용하기 시작한 것으로 보인다. 이 단어는 질병뿐 아니라 노란색과
비열한 감정 사이의 불가사의한 연관성을 보여준다.

  미셸 파스투로는 색에 대한 자신의 저서에서 중세 후기의 문
장학 논문 및 백과사전에서는 노란색이 주로 다섯 개의 악덕(기
만, 시기, 위선, 질투, 배반)과 겨우 세 개의 미덕(힘, 명예, 고귀함)을 의

미한다고 보고한다. 모든 색이 모순적인 의미를 가지고 있지만, 파스투로의 의견에 따르면 당시 그 어떤 색도 노란색만큼 부정적 의미를 많이 가지지는 않았다. 심지어 검은색도.

🎀 1523년 부르봉과 오베르뉴의 공작이었던 샤를 3세가 합스부르크 왕가로 망명을 떠났을 때, 루브르 인근에 있는 그의 저택에 대해 압수 판결이 내려지면서 문과 창문마다 '오명의 색'을 의미하는 노란색이 칠해졌다. 1572년 8월 24일 성 바돌로매 축일의 학살에서는 가톨릭 세력이 위그노파 수장인 가스파르 드콜리니 제독을 죽인 뒤 내장을 제거하고 거세하고 참수하는 것에 만족하지 않고, 그의 저택 문과 창문을 노란색으로 칠했다.

🎀 노란색과 관련된 이야기 가운데 가장 알 수 없는 것 중 하나가 언제, 어떻게, 왜 노란색이 소심함을 의미하게 되었는가 하는 것이다. 1928년 할리우드가 무성에서 유성으로 넘어갈 무렵, '소심한 성격yellow streak'이라는 표현이 대서사 멜로 영화 〈노아의 방주〉에 사용되었다. 특히 〈택시〉(1932)에서 제임스 캐그니가 상대편을 겁쟁이라 칭하며 '옐로'라고 표현했는데, 복수심에 불타는 택시 운전사를 연기한 그가 형제를 죽인 살인범에게 이렇게 소리친다. "이리 나와서 맞장 뜨자, 이 겁쟁이yellow-bellied 쥐새끼야. 아니면 내가 문 안으로 쳐들어갈 테니." 이 시기 서구에서는 겁쟁이를 '기질이 노란 놈yellow-livered'으로 부르거나 척추가 노랗다고 표현하기도 했다. 카우보이 은어 애호가들은 '겁 많은 말썽꾸러기yellow-bellied varmint'라는 표현이 미국 서부 전역에서 발견되는, 포식

│ 〈택시〉(1932)에 등장한 데이비드 란도, 제임스 캐그니, 로레타 영.

자를 피해 바위 더미에 숨어 사는 다람쥐종인 겁쟁이 마르모트 yellow-bellied marmot를 시사한다고 말한다.

온라인 어원사전에서는 '겁 많은yellow bellied'이라는 표현이 1924년 미국에서 비겁함이란 뜻으로 처음 사용됐다고 자신 있게 설명한다. 1842년 동일한 용어가 텍사스에서 전투를 벌이던 멕시코군을 설명할 때도 사용되었는데, 이것이 인종 차별적 비방인지, '배신' 하면 떠오르는 파충류(특히 뱀과 도마뱀)에 대한 비유인지, 아니면 그들의 비겁함에 대한 설명인지는 의견이 분분하다.

🎀 색깔 컨설턴트 샐리 오거스틴은 미국 북동부에서 집을 팔려는 사람들에게 이렇게 조언한다. "대문이 노란색이면 새로 칠하시기 바랍니다. 이유는 아무도 모르지만 그 지역의 많은 부동산 중개업자가 대문이 노란 집은 판매되는 데 한참이 걸린다고 하더군

요." 미국 온라인 부동산 장터 질로우에 따르면, 실제로 미국 전역에 색에 대한 편견이 퍼져 있는 것으로 보인다. 2010년 1월부터 2018년 5월까지 주택 판매량을 분석한 결과, 대문이 노란 집은 평방피트, 연식, 위치, 매매 시기 등의 변수를 고려했을 때 판매 가격이 예상보다 3000달러 낮은 것으로 나타났다. 그에 반해 대문이 검은 집은 예상보다 약 6000달러 더 높게 팔렸다.

🎀 노란색은 전형적으로 세속적인 색이다. 절대 심오한 의미를 가질 수 없다. 인간의 본성으로 치면 광기와 유사하다. 단순한 우울증이나 건강염려증이 아닌, 난폭하게 미쳐 날뛰는 정신병 말이다.

바실리 칸딘스키, 『예술에서의 정신적인 것에 대하여』 중에서

칸딘스키가 색에 대해 가지는 생각이 다소 특이하다 보니 노란색에 대한 이러한 해석을 그의 기행을 증명하는 추가적인 증거라며 일축해버리기 쉽다. 하지만 칸딘스키와 똑같이 생각한 사람들이 더 있다. 러시아에서는 예카테리나 대제가 통치하던 시절, 정신병원에 싸구려 노란색 페인트를 칠했다. 이런 유감스러운 상황으로 인해 제정 러시아 전역의 이러한 시설이 '노란 집'이라는 속칭으로 유명세를 치렀다. 또한 차르 정권은 성매매 노동자들이 노란색 여권을 소지하도록 의무화했다. 이후 노란 여권은 굉장히 널리 사용되었는데, 일부 유대인 여성들은 1791년부터 1917년까지 러시아 서부의 유대인 격리 지정 거주지 너머로 자유롭게 여행하기 위해 이 여권을 신청하기도 했다.

노란색은 그 밖의 곳에서도 매춘부를 의미했다. 수 세기가 넘

도록 성 노동자들은 정권으로부터 노란색을 착용하라는 지시를 받았다. 세비아, 베네치아, 빈에서는 노란 스카프, 피사에서는 노란 머리띠, 베르가모와 라이프치히에서는 노란색 망토였다. 이 둘의 연관성은 1901년 잡지 《르 리르》에 온몸을 노란 옷으로 휘감은 젊은 여성의 캐리커처를 실은 에두아르 투렌과 같은 화가들에 의해 계속 이어졌다.

✂ 고대 로마에서 노란색은 '여성의 색'으로 여겨졌다. 로마의 시인 마르티알리스는 노란색 드레스 차림으로 노란색 침대에 기댄 복장 도착자에 대해 언급했고, 풍자 시인 유베날리스는 연노란색 복장에 대한 애호를 나약함, 위선, 동성애의 증거로 받아들였

다. 정치가 클로디우스는 카이사르의 첫 번째 부인 폼페이아의 집에서 열리는 여자들의 모임에 사프란 색 드레스로 여장하고 몰래 잠입했다가 하인에게 굵은 목소리를 들키고 도망친 적이 있다.

1960년대 후반에 녹음된 비틀스의 수많은 곡과 마찬가지로, 노란 잠수함을 뜻하는 〈옐로 서브마린Yellow Submarine〉 역시 마약에 대한 노래라는 소문이 돌았다. 뉴욕에서 한동안 넴뷰탈Nembutal(안정제인 바르비투르 펜토바르비탈의 브랜드명)이라는 캡슐이 노란 잠수함이라고 불렸던 탓이다. 존 레넌과 함께 곡을 만들어 링고 스타에게 보컬을 맡긴 폴 매카트니는 다음과 같이 말하며 소문을 부인했다. "이 곡은 그냥 동요에 불과합니다. 아이들은 바로 알아듣지요."

1966년 10월, 〈옐로 서브마린〉이 영국 싱글 차트에서 1위를 차지하고 몇 주 후, 비틀스의 곡에 작사가로 참여하기도 했던 싱어송라이터 도너번이 〈멜로 옐로Mellow Yellow〉라는 곡으로 차트 10위권에 올랐다. 도너번의 이 유명 곡은 바나나 껍질에 취해 썼다는 둥, '멜로 옐로'는 마약 대신 흡입하기 위해 건조한 바나나 껍질을 의미한다. 이 가설은 이후 거짓이라는 게 입증됐다—옮긴이 성인용품인 바이브레이터(1960년대에는 전기 바나나라고 불렸는데 가사에 '일렉트로닉 바나나'가 등장한다)와 『율리시스』에 나오는 몰리의 엉덩이에 대한 묘사, '그녀의 포동포동하고 원숙한 노란색 향기를 풍기는 수박 같은 엉덩이에 입을 맞추었다'라는 대목에서 영감을 받았다는 둥 다양한 소문이 난

무했다. 몇 년 후 인터뷰에서 도너번
은 이 노래의 의미에 대해 이렇게 말
했다. "여러 가지를 의미하죠. 긴장
을 풀고 느긋하고 편안하게 쉬는 상
태인 거죠. '그들은 나를 멜로 옐로
라 불러. 나는 당신의 마음을 진정시
키지.' 이런 거예요." 그러면서 제대로 알딸딸한 수준에 도달하려
면 꼭 약이 아니라, 그냥 명상하면 된다고 주장했다. 이 노래를 발
표하기 불과 1년 전, 또 다른 히트곡 〈컬러즈Colors〉에서는 이른 아
침 햇살을 받은 연인의 노란 머리칼을 보았을 때 느끼는 감미로운
mellow 감정을 찬양했다.

🎀 상어에게 물리고 싶지 않으면 노란색 안전 장비는 피하라. 해
안 경비대들이 노란색을 착용하는 경우도 더러 있지만, 일부 다이
버들은 이를 상어를 부르는 색이라고 생각해 '냠냠 노란색'이라고
부른다. 2008년, 디스커버리 채널에서 다양한 색의 가방에 미끼를
넣어 실험한 결과, 노란색이 다른 색들보다 상어들의 공격을 조금
더 많이 받는 것으로 나타났다. 다른 연구에서는 노란색, 오렌지
색, 빨간색 등 선명한 색은 시각적으로 눈에 더 잘 띄기 때문에 특
정 상어종의 관심을 끌 가능성이 있다고 결론지었다.

🎀 미시간주 홀랜드 마을의 지방 당국은 『오즈의 마법사』에서
도로시와 친구들을 에메랄드 도시로 이끌던 노란 벽돌 길에 영감
을 준 것이 바로 마을 인근 바움의 여름 별장 근처 노란 벽돌 길이

라고 주장했다. 이에 바움이 1870년대에 인쇄소를 운영했던 펜실베이니아 브래드퍼드의 주민들이 이의를 제기했다. 그들은 바움이 그 지역의 사업가 윌리엄 헨리가 제작한 크림색이 가미된 연노랑 벽돌에서 영감을 받았다고 주장했다. 사실 두 가지 기원설 모두 상상력이 조금 빈약하다. 날개 달린 원숭이, 에메랄드 도시, 루비 신발이 등장하는 마법의 왕국을 창조해낸 그가, 노란색 길인들 상상력으로 창조하지 못했을까?

🎀 많은 유럽인이 카롤루스 대제의 후손이라 주장할 수 있듯, 많은 중국인이 '황제黃帝'로 더 유명한 헌원軒轅이라는 공통의 조상이 있다고 믿는다. 그가 정말 존재했다면 통치 시기는 기원전 2697년에서 2597년 사이일 것이라는 말이 있다.

기원전 4세기에 도교가 중국에 처음 출현했을 때, 그 중심에는 모든 현상을 물, 나무, 불, 흙, 쇠, 다섯 가지 요소의 상호작용으로 바라보는 오행이 존재했다. 전설적 시조인 헌원의 치세에는 노란색으로 상징되는 흙의 기운이 지배했다고 한다.

중국 황실의 염료, 사회적 지위에 대한 전문가 징한은 노란색을 입있다고 공식적으로 기록된 첫 황제기 서기 581년부터 604년까지 통치한 수 문제라고 말한다. 당나라(618-907)에서는 같은 하늘 아래 두 개의 태양이 있을 수 없고 따라서 황제도 오직 한 명뿐이라고 주장하며 노란색을 독점하는 것을 정당화했다. 징한은 이런 규범은 청나라(1644-1912) 때 더욱 정교해졌다고 말한다. 기록에 따르면 밝은 노란색은 오직 황제와 황후의 궁중 예복과 용포에만 사용될 수 있었다. 세자의 예복은 살굿빛이 도는 노란색, 다른 왕자들의 예복은 황금색이어야 했다.

또 소수 왕족에게는 파란색을 입으라고 명했는데, 황제와 황후가 궁에서 돋보이게 하기 위함이었다. 이 특권은 황제가 스스로 호위무사에게 밝은 노란색을 입을 권리를 하사하면서 점점 약해졌다. 1861년부터 1908년 사망할 때까지 중국을 통치한 서태후는 자신이 좋아하는 열차 기관사에게 노란색 상의를 입혀 물의를 일으켰다.

1912년 2월 청나라가 멸망하면서 황실의 노란색이 가지는 상징적 권력도 사실상 사라졌다. 새로운 공화국의 국기에는 주요 민족을 나타내는 다섯 색깔 줄무늬가 그려졌다. 빨간색은 한족, 검은색은 후이족, 노란색은 만주족, 파란색은 몽골족, 흰색은 티베트족을 의미했다. 그러다 1949년, 마오쩌둥의 공산당 정부가 이를 빨간 바탕에 큰 노란 별 하나와 작은 노란 별 네 개가 그려진 소련식 국기로 대체했다. 큰 별은 공산당의 지도적 역할을, 작은 별들은 애초엔 네 개의 혁명 계급(프롤레타리아, 농민, 소시민, 애국적 자본가)을 나타냈다. 현재는 국가의 주요 민족을 의미한다고 한다.

> 🏹 그런 끔찍한 존재를 상상하면 푸 만추 박사가 떠오를 겁니다. 황화黃禍가 한 남자로 현신한 모습 말입니다.
>
> 색스 로머, 『교활한 푸 만추 박사The Insidious Dr. Fu-Manchu』 중에서

　　푸 만추 박사를 창조한 색스 로머는 사실 황화황인종이 서구에 진출해 서양 문명을 압도하고 해를 입힐 거라는 공포를 일컫는다─옮긴이의 위협을 언급한 최초의 소설가가 아니다. 찰스 디킨스의 미완성 소설 『에드윈 드루드의 비밀The Mystery of Edwin Drood』(1870)에서 볼 수 있듯 지저분한 아편굴과 런던 이스트엔드의 중국 공동체는 일찌감치 영국에서 혐오의 대상이었다. 미국인들의 공포는 훨씬 범위가 넓었다. 1873년, 《샌프란시스코 크로니클》은 이주 노동자들이 유입되는 것을 보고 이렇게 경고했다. "중국의 침략이 시작됐다! 90만 명의 힘센 놈들이 오고 있다!" 이러한 정서는 중국인의 미국 이민을 금지하는 '중국인 배척법'(1882)의 초석이 되었는데, 이 법은 1943년에야 완전히 사라졌다.

　　극작가 아서 밀러는 자서전 『타임밴드Timebends』에서 이렇게 설명한다. "허스트의 언론사들은 통 워Tong War샌프란시스코 내 차이나타운에서 중국인 라이벌 범죄 조직 간에 벌어진 분쟁을 말한다─옮긴이가 중국인이 잔인하고 교활하며 백인 여성을 탐한다는 사실을 보여주는 증거라고 주장하면서 '황화'의 임박에 대해 걸핏하면 열을 올렸다. 수많은 기

사가 신문 1면에 '통 워'라는 검은색 헤드라인을 대문짝만하게 박았고, 중국인들이 서로의 머리통을 자른 뒤 땋은 머리채를 손잡이 삼아 의기양양하게 들고 있는 그림을 기사 옆에 나란히 실었다."

통 워라는 조직 간 폭력은 1880년부터 1913년까지 미국 전역, 특히 샌프란시스코의 여러 차이나타운에서 맹위를 떨쳤다. 싸움이 흐지부지될 무렵, 카이저 빌헬름 2세가 유럽 열강들에게 황화에 맞서 싸우자고 공개적으로 촉구한 것을 계기로 전 세계가 심각한 갈등 위기에 봉착했다. 사실 황화라는 용어를 카이저가 처음 쓴 것은 아니지만, 그의 염려는 1905년 일본이 러시아에 치욕적인 패배를 안겨주면서 결국 폭발했다. 이는 근대 역사상 처음으로 아시아 국가가 전쟁에서 주요 서구 열강을 물리친 사건이었다.

🎀 브라질 축구 국가대표팀은 한때 파란 깃이 달린 흰색 티셔츠를 입었다. 1950년 브라질 월드컵에서 우승을 거머쥐는 데 실패한 후, 리우데자네이루의 한 신문에서는 대표팀의 유니폼에 심리적, 도덕적 상징성이 결여되어 있다며 실패의 원인으로 복장을 탓했다. 결국 팀은 브라질 국기의 파란색, 노란색, 초록색을 반영한 유니폼을 채택했다. 국기의 규격은 1817년 화가 장 바티스트 데브레가 고안한 것인데, 당시는 합스부르크 황제 프랑수아 2세의 딸 마리아 레오폴디나와 결혼한 독립국 브라질 최초의 군주, 돔 페드로 1세 치하였다. 새 깃발에는 합스부르크 왕조를 나타내는 노란색과 브라간사 왕조를 상징하는 녹색이 충실히 합쳐져 있었다. 2세기가 지난 후에도 브라질 축구 대표팀은 여전히 합스부르

| 1958년 스웨덴. 합스부르크의 빛나는 노란색과 브라질의 첫 월드컵 우승.

크 색의 유니폼을 입고 있다.

🎀 1981년, 이란에 인질로 억류됐던 미국인들이 본국으로 돌아왔을 때이란 주재 미국 대사관 인질 사건을 일컫는다―옮긴이 그들을 맞아준 건 수많은 노란 리본이었다. 이 환영 인사는 토니 올랜도 앤 던의 1975년 세계적 히트송 〈노란 리본을 달아주세요Tie a Yellow Ribbon〉에서 영감을 받은 것이었다. 이 곡은 출감을 앞둔 죄수가 연인이 자신을 용서한다는 의미로 노란 리본을 달아주기를 바라는 내용을 담고 있다.

이 노래는 특히 남북전쟁 시절 미군 기병대의 병사 및 장교의 아내와 약혼자들이 일편단심의 상징으로 옷에 노란 리본을 달았다는 옛이야기에 영감을 받았다. 하지만 미국 민속 센터의 연구원들은 당대 기록에서 그런 관행의 흔적을 찾지 못했다. 미국의 민

속학자 제럴드 E. 파슨스는 노란색과 충절의 연관성이 대체로 옛 서부영화 〈황색 리본을 한 여자〉(1949)의 성공과 인기 주제가의 산물이라고 결론지었다.

🎀 사이클 경기는 논란의 중심에서 벗어난 적이 거의 없다. 따라서 가장 중요한 사이클 경기인 '투르 드 프랑스'의 우승자가 착용하는 마요 존maillot jaune(노란색 셔츠)의 기원을 두고 여전히 논쟁이 있다고 해도 전혀 이상한 일이 아니다.

항간에 떠도는 설명은 이러하다. 1919년 7월 19일, 그르노블에서 투르 드 프랑스의 11번째 구간이 시작되기 전, 창립자이자 주최자인 앙리 데그랑쥬가 경주의 선두 주자인 프랑스 사이클 선수 외젠 크리스토프에게 경쟁자, 기자, 관중들이 알아보기 쉽도록 노란색 셔츠를 입으라고 권했다. 데그랑쥬의 본심은 경주의 후원 사이자 신문지 바탕이 노란색이던 자신의 스포츠지 《로토》를 홍보하려는 것이었다. 1919년 7월 19일 스포츠 잡지 《비오그랑에어》 표지가 머스터드 옐로 색 셔츠를 착용한 크리스토프의 모습을 담았다. 전하는 바에 따르면 그가 셔츠를 입은 모습이 꼭 카나리아 같아서 관중들의 놀림을 받았다고 한다.

하지만 1957년에 잡지 《샹피옹제버데트》와의 인터뷰에서 역대 투어 우승자인 벨기에 사이클 선수 필리프 티스가 1913년 당시 마지못해 노란색 셔츠를 입은 적이 있다고 털어놓았다. 그에 따르면 팀 매니저 알퐁스 보제가 후원자를 기쁘게 해야 한다며 눈에 확 띄는 복장을 입으라고 그를 압박했다. 투어의 공식 역사학자 겸 기록 보관가이자 수년 동안 경기 주최자였던 자크 오장드르는 티스가 '믿을 만한' 기억력을 가졌으며, '뛰어난 지성으로 유명한 선수'라고 말하며 이렇게 결론 내렸다. "어떤 신문도 이전에는 노란 셔츠의 비밀에 대해 언급한 적이 없다. 그리고 목격자가 없기 때문에 이 수수께끼는 풀 수 없다."

🎀 시카고, 더비, 하틀풀, 콜카타, 멜버른, 뉴욕, 리우데자네이루 등의 거리에서 볼 수 있듯이 노란 택시는 세계적으로 인기가 높다. 그 이유를 간단히 설명하자면 다른 색보다 눈에 더 잘 띈다는 점이다. 1907년 시카고의 자동차 판매원 존 D. 허츠가 '옐로 캡 컴퍼니'를 설립한 뒤 1912년 앨버트 록웰이 뉴욕에서 '옐로 택시 캡 컴퍼니'를 세웠다. 그러나 허츠도 록웰도 '노란색 택시' 이미지에 결정타를 날린 최초의 인물이 아니다. 1820년대 중반 파리의 거

│ 외젠 들라크루아의 〈마리노 팔리에로 총독의 처형〉.

리를 활보하던 노란 마차가 〈마리노 팔리에로 총독의 처형〉을 작업하던 외젠 들라크루아에게 영감을 줬다는 설이 있다.

알렉상드르 뒤마는 그의 벗 들라크루아가 루브르 박물관에 가기 위해 마차를 잡았던 일화를 설명한 바 있다. 들라크루아는 그림의 복잡한 배색에서 노란색을 가장 잘 활용할 방법을 판단하기 위해 루벤스의 그림을 연구하고자 했다. 뒤마는 당시의 상황에 대해 다음과 같이 남겼다. "들라크루아가 차체 바로 앞에서 걸음을 멈추었다. 바로 그가 원하던 노란색이었다. 도대체 무엇이 그토록 눈부신 색조를 자아낸 걸까? 원인은 색 자체가 아니라 그림자였다. 그림자가 보라색이었다. 들라크루아는 루브르에 갈 필요가 없어졌음을 깨달았다. 그는 마차 비용을 지불하고 방으로 올라갔다. 자신이 원하던 효과를 포착한 것이었다.”

이 화가의 머리에 번뜩 떠올랐던 그 시각 효과는 바로 ‘동시적 대비’였다. 이는 색에 대한 인간의 인식이 인접한 색에 의해 달라지는 것을 의미하는데, 화학자이자 색 이론가인 미셸 외젠 슈브렐이 몇 년 후 이 현상에 대해 자세히 연구하기도 했다.

🏹 모든 유대인은 일곱 살이 되면 길이 6인치, 너비 3인치인 노란색 직사각형 펠트가 결합된 배지를 겉옷에 달아야 한다.

에드워드 1세 통치 시절 유대교 법령(1275)

키가 작고 야비하게 생긴, 노란 망토를 두른 한 남자가 자신이 곧 배신하게 될 친구를 화난 듯 노려보고 있다. 이 둘의 대치가 조토의 프레스코화 〈유다의 입맞춤〉의 핵심이다. 예수의 탄생부터 죽음까지 그의 일생을 묘사한 프레스코화의 일부분인 이 작품은 고리대금업자 엔리코 스크로베니가 1301년부터 1310년까지 파도바에 있는 자신의 저택 인근 성당을 위해 제작해 달라고 의뢰한 것이다. 당시 교회 입장에서는 돈을 빌려주는 고리대금업이 공식적으로 죄에 해당했으므로 그가 예배당에 프레스코화를 그린 것은 아마 속죄를 구하는 거대한 제스처였을 것이다.

조토의 이 걸작은 예수가 겟세마네에서 체포되는 장면을 군중이 린치를 가하는 것처럼 표현한다. 유다는 마음 급한 폭력배처럼 보인다. 조토가 그린 같은 시리즈의 다른 프레스코화를 보면, 유다는 노란 망토를 걸친 채 은화 30냥을 받고 있다. 이 사악

조토의 프레스코화, 〈유다의 입맞춤〉(1304-1306). 이탈리아 파도바의 스크로베니 예배당 소장 중.

한 제자가 중세 미술에서 일관되게 이 색으로 그려진 건 아니지만 12세기 후부터는 노란색으로 묘사된 경우가 많다. 어쩌면 조토가 이 색을 사용하면서 유대인이 예수의 죽음에 책임이 있다는 생각을 강화했을 수도 있다. 이 프레스코화가 만들어졌을 무렵 노란색은 이미 유대인을 고립시키고 박해하는 데 사용되고 있었다.

칼리프 우마르 2세가 통치하던 8세기에 이슬람 제국은 모든 딤미dhimmi, 즉 비무슬림으로 하여금 어떤 민족인지 식별하기 위해 특정 색의 옷을 입도록 명령했다. 유대인에겐 허니 머스터드honey-mustard 색이 주어졌다. 왜 하필 노란색을 택했는지 분명하게 말할 수는 없지만, 어떤 민족인지 식별하기 위해 무언가를 입힌다면 최대한 눈에 띄는 색을 부여하는 게 효율적이었을 것이다.

1269년, 프랑스의 루이 9세는 남녀 유대인 모두에게 수레바퀴 모양의 노란색 천을 두르라는 칙령을 내렸다. 그의 명령은 이렇게 끝맺는다. "이 휘장을 두르지 않은 유대인을 발견할 시, 그 유대인의 윗도리는 그러한 차림의 모습을 발견한 자의 소유다." 그의 아들 펠리페 3세는 이 칙령을 이용해 세금 징수원들에게 배지 판매를 명하며 왕실 금고를 채웠다. 영국에서는 1275년 에드워드 1세가 제정한 유대교 법령에 따라, 마찬가지로 7세 이상의 모든 유대인에게 노란색 배지를 착용하도록 명했다. 1278~1279년에는 유대인 278명이 교수형에 처해졌는데, 조토가 그린 프레스코화의 자금줄이기도 했던 바로 그 고리대금업이 유대인에 대한 사회의 분노를 촉발한 탓이었다.

🎀 당국은 앞뒤로 노란 배지를 달지 않은 유대인에게 최대 총살에 이르는 엄중한 처벌을 내릴 것임을 경고했다.

폴란드 비알리스토크의 유대인 평의회, 1941년 6월

아돌프 히틀러는 1933년 1월 1일 독일 총리가 되었다. 석 달 후, 나치 돌격대와 나치 친위대 회원들이 유대인 사업체를 대상으로 구매 거부 운동을 벌이며 독일 전역의 수천 개 상점 유리창에 노란색과 검은색, 또는 노란색과 빨간색으로 된 '다윗의 별'을 그렸다. 노란색 배지는 나치의 집단 학살을 나타내는 상징 중 하나가 되었다.

1939년 말, 나치 치하의 폴란드 유대인들에게 흰색 띠, 파란색과 흰색으로 된 다비드의 별, 노란색 띠, 노란색 배지, 노란색 다비드의 별을 착용하라는 각양각색의 명령이 떨어졌다. 1939년 11월 14일, 나치 친위대 준장인 프리드리히 위벨호어는 폴란드 중부 칼리시 지역의 모든 유대인에게 '유덴겔버 파르베judengelber Farbe', 말 그대로 '유대인의 노란색'인 10센티미터 너비의 띠를 겨드랑이 아래에 착용하라고 지시했다.

유대인의 노란색이라는 색이 존재한 적은 없지만, 나치 제국 전역에 이런 표식이 적용되었다. 1941년 9월 1일, 나치 독일의 보안본부 장관이었던 라인하르트 하이드리히는 독일에 거주하는 6세 이상의 모든 유대인을 대상으로 검은 바탕에 노란색 다윗의 별을 착용하라는 명령을 내렸다. 크로아티아의 친 나치 우스타셰 정권은 1941년 5월에 노란 배지를 채택해 유대인 대학살에 열심히 활용했다. 1942년 8월에 독일의 압박에 굴복한 불가리아 정부 역시 작은 노란 단추를 도입했지만, 대부분의 유대인이 착용하지 않았다. 노란색 배지를 서유럽에 수출하는 것은 훨씬 더 문제가 많다. 덴마크인들은 외면했고, 네덜란드인들은 공개적으로 반대했으며, 충격을 받은 수많은 프랑스인은 이 별을 중세의 유물처럼 여겼다. 아이러니한 것은 7만 2500명의 유대인이 프랑스에서 추방되어 죽음의 수용소로 보내졌음에도 보르도, 낭시, 파리의 독일 요원들이 보고한 바에 따르면 프랑스 사람들은 유대인과의 연대를 표현하기 위해 노란 손수건과 노란 스카프를 착용하고 노란 꽃을 들고 다녔다고 한다.

· 파랑의 방 ·

⚓ 우리는 왜 이토록 파란색을 좋아할까? 2015년 조사기관 유고프가 발표한 자료에 따르면, 파란색은 조사 대상 10개국에서 가장 인기 있는 색이다. 인도네시아 응답자의 23퍼센트, 중국의 26퍼센트, 미국, 영국, 독일의 30퍼센트 이상이 파란색을 가장 좋아한다고 답했다. 색깔 선호에 영향을 미치는 요소가 무엇인지에 대해 아직 의견이 분분하긴 하지만, 다른 연구에서도 이 결과는 그대로 반복됐다.

파란색의 인기를 어떻게 설명해야 할까? 우리가 특정 색을 왜 좋아하고 싫어하는지에 대한 이론은 다양하다. 일부 과학자들은 잘 익은 과일과 썩은 과일을 구분하는 등 우리가 하나의 종으로 진화하면서 환경에 맞춰 살아 남을 수 있도록 색이 유용한 신호로 기능했으며, 이러한 연관성이 여전히 우리에게 영향을 미치고 있다고 주장한다. 어떤 사람들은 단순히 기분이 좋아지는 색을 좋아하는 거라고 말한다. 즉 어둡고 무거운색보다 밝고 가벼운색을 선호한다는 뜻이다. 2010년 캘리포니아대학의 스티븐 E. 팔머와 캐런 B. 슐로스가 생태학적 유의성 이론을 통해 인간은 자신이 가장 좋아하는 환경, 물체, 경험을 연상시키는 색깔을 좋아한다는 설득력 있는 주장을 펼쳤다. 컬러 컨설턴트인 샐리 오거스틴은 이렇게 말한다. "우리 조상에게 자연의 파란색이란 좋은 날씨를 의미했다. 화창한 날의 파란 하늘, 고요한 바다의 푸르름처럼 말이다. 우리는 무의식적으로 파란색을 고요함, 차분함, 평온함, 안정감과 연관 짓는다. 파란 하늘과 파란 바다는 안전하다고 느끼는 것이다."

이는 세계 100대 은행 중 45곳이 브랜드 디자인에 파란색을 사용한 이유이기도 하다. 심지어 빨간색을 정치적으로 올바른 색, 그리고 행운의 색으로 여기는 중국에서조차 대형 은행 일곱 군데가 파란색을 사용한다.

⚓ 맑은 하늘이 파랗게 보이는 것은 산란 현상 때문이다. 햇빛이 지구 대기에 부딪히면 대기 가스(주로 질소와 산소)의 전자와 양성자가 진동하게 되고, 뒤이어 빛의 산란 작용이 일어난다. 가시광선 스펙트럼에서 파란색은 빨간색보다 파장이 짧고 주파수가 높아 진동 속도가 더 빠른데, 이는 파란색이 산란이 더 잘된다는 것을 의미한다. 그래서 우리가 머리 위로 파란 하늘이 펼쳐져 있는 광경을 보게 되는 것이다. 파란색보다는 바이올렛 인디고Violet-in-digo가 산란이 훨씬 심하게 일어나지만, 햇빛에는 파란색이 보라색보다 많고 인간의 눈도 보라색에 훨씬 덜 예민하다.

하늘이 파랗다가 지평선에 가까울수록 옅어지는 것은 경사광이 우리 머리 위의 빛보다 훨씬 두꺼운 대기층을 통과해야 하기 때문이다. 그 과정에서 스펙트럼의 모든 광자가 여러 차례 흩어지고, 파란색의 지배력을 약하게 만든다. 파란색 빛의 지배력이 감

소하면 백색광의 양이 증가한다. 광원이 하늘의 가장 저점에 위치하는 해 질 무렵이면 파장이 더 긴 붉은빛과 노란빛이 파란빛보다 더 지배적이게 되는데, 이때 파란빛은 뿔뿔이 흩어져 사실상 희석되다시피 한다.

⚓ 호메로스의 『오뒷세이아』와 『일리아스』는 왜 바다를 '오이노파 폰톤oínopa pónton '와인 빛 얼굴의'라는 의미지만 흔히 '짙은 와인색'이라고 해석한다—옮긴이라고 묘사했을까? 왜 파란색이 아닐까? 어째서 호메로스의 책에선 파란색이라곤 찾아볼 수 없을까? 고전 문학자이자 훗날 영국 총리가 된 윌리엄 글래드스턴은 1858년에 펴낸 책 『호메로스와 그의 시대에 대한 연구Studies on Homer and the Homeric Age』에서 이 내용을 처음으로 자세히 다루었다. 그는 호메로스가 '검은'과

'흰'이라는 형용사는 자주 사용하지만 빨간, 노란, 초록은 거의 사용하지 않았음을, 그리고 파란색에 대한 언급을 철저히 피하는 게 다른 고대 그리스 문헌에도 공통으로 나타나는 특징임을 알아냈고, 영웅시대의 그리스인들 사이에서는 색의 조직과 색에 대한 인상이 아주 부분적으로밖에 발달하지 않았다고 추측했다. 괴테도 『색채론』에서 그리스인들의 색 인식에 결함이 있다고 결론지었다. 그들이 문학에서 묘사하는 색은 무채색에 가깝다시피 했다.

문헌학자 라자루스 가이거는 그리스인들만 이런 것이 아니라고 주장했다. 그는 아이슬란드의 영웅전설, 『쿠란』, 중국어와 히브리어로 된 글 등 숱하게 많은 고대 문헌을 연구한 후 그 모든 자료에 파란색이 빠져 있다고 단언했다. 독일의 안과 의사이자 의학 연사학자인 휴고 마그누스는 옛 문헌에 파란색이 누락된 것에 대해 인류가 호메로스 시대 이후로 진화했기 때문이라며 간단하게 진화론적 설명을 제시했다. 우리의 먼 조상들은 빨간색, 주황색, 노란색만 구분할 수 있었으나, 현대인들은 파란색과 보라색도 구별할 수 있다는 뜻이다.

물론 이는 얼토당토않은 생각이다. 고대 그리스인들이 정말 색을 구분할 수 없었다면 왜 그토록 청금을 귀하게 여겼겠는가? 호메로스의 언어에 '파란색'에 상응하는 단어가 없는 이유는 생리학이 아닌 언어학적 문제 때문이다. 그러니까 단지 세상을 묘사하는 방식이 달라서다. 고대 그리스인들이 색을 분류할 때 색조보다는 명암 대비를 사용했다는 글래드스턴의 주장은 옳다. 우리가 바다처럼 '파랗다'고 부르는 곳에 그들은 원래는 '눈부신' 또는 '빛나는'이라는 뜻이었다가 '회색'을 의미하게 된 중립적 표현인 에피테트 글라우코스epithet glaukos(녹내장glaucoma의 어원)를 썼을지도 모른다. 어쩌면 키아네오스kyaneos(생기가 없는 좀 더 어두운색), 포르피레오스porphyreos(보통 파란색에서 보라색, 루비색까지 선명한 색조를 의미함), 멜라스melas(가장 어두운 색조)를 붙일 수도 있다.

세상은 고정된 색의 파노라마를 제공하기보다는 시간에 따라 끊임없이 움직인다. 고대 그리스어는 그러한 유동성을 반영한다. 새벽 바다는 어느 날은 은색이지만 다음 날엔 분홍색이 된다. 해 질 녘에는 핏빛으로 붉게, 또는 검게 물들 수도 있다. 그리고 때로는 짙붉은 와인을 연상하게 하는 깊은 어둠을 품을 수도 있다.

⚓ 왜 우울하거나 울적할 때 'feel blue', 또는 'we have the blues'라고 말하는 걸까? 영어에서 이런 현대적 표현이 처음 등장하는 문

헌은 프랜시스 그로서가 1785년 집필한『고전 비속어 사전Classical Dictionary of the Vulgar Tongue』으로, 여기서는 '우울해 보인다to look blue'를 '당황하고, 겁먹고, 실망한 것처럼 보인다'로 정의하고 있다. 19세기 중반에는 미국 문학에서 '우울한feeling blue'과 '의기소침한to have the blue devils'이란 표현이 수도 없이 등장한다. 파란색과 우울함과의 연관성은 인간이 죽은 뒤 입술이 파랗게 변하는 것과 관련이 있는 듯하다. 물론 선장을 잃은 범선이 고향 항구로 돌아올 때 선체에 파란색 띠를 두르고 파란 깃발을 휘날리곤 했다는 기원에서 유래했다는 설도 있다. 하지만 좀 더 울림이 있는 설은 '마음이 울적하다blue devils'라는 말에서 찾아볼 수 있다. 이 표현은 알코올 금단 현상이 일으키는 환영에서 비롯한 것으로, '블루스 음악'의 어원이라고 여겨진다. 심지어 지금도 미국의 일부 주에서는 일요일에 알코올 판매를 금지하는 청색 법blue law엄격한 법률, 청교도적 법률을 의미한다―옮긴이을 시행하고 있다.

식민지 미국에서 시행된 이른바 청색 법은 종교적 기준을 엄격하게 강화해 안식일에 경솔한 언동을 삼가도록 하고, 알코올 판매를 규제하거나 금지한다. 이 법은 후에 미국 전역으로 퍼지며 안식일과 관련이 있다는 이유로 '일요일 법'으로 알려지게 되었다. 청색 법이라는 명칭은 앞서 말한 것처럼 알코올 금단 현상과 관련이 있을 수도 있지만, 역사학자 패트릭 J. 머호니는 18세기 종교 반대자들이 뉴잉글랜드 청교도주의의 경직성을 개탄한 것에서 유래했다고 본다. 그는 제임스 해먼드 트럼벌이라는 학자의 의견을 인용하는데, 그 시대의 수사법에서 '푸르다'는 것은 법적, 종교적인 의무를 정확히 준수하는 '청교도적'인 것으로, 경직되고,

지나치게 엄격한 것을 의미한다고 한다.

⚓ 대청Isatis tinctoria 잎에서 추출한 염료는 프랑스 남부 부슈뒤론 주의 신석기 동굴, 영국 및 덴마크의 철기시대 유적지, 그리고 기원전 2500년경 이를 처음 염료로 사용한 이집트에서 그 흔적이 발견됐다. 사실 이 야생화는 기원전 1세기부터 서기 10세기까지 스코틀랜드 북부와 동부에 거주하며 자신들의 몸을 파랗게 칠한 것으로 유명한 픽트족과 더 밀접한 관련이 있다. 역사학자 팀 클라크슨은 이렇게 말한다. "픽티Picti라는 단어는 '색칠한 사람들'이라는 뜻의 라틴어다. 그 기원을 보면 로마제국의 국경을 지키던 부대가 저 멀리 야생의 땅에 숨어 있던 야만인들에게 붙인 별명임을 알 수 있다." 가이우스 율리우스 카이사르는 『갈리아 전기』에서 섬 전체에 몸에 색칠한 사람들이 살고 있다고 밝힌다. "모든 영국인이 짙푸른 색을 내는 대청을 몸에 칠하는데, 그래서인지 전투시 훨씬 무서워 보인다." 역사학자들은 부디카 여왕과 이세니족 전사들이 기원전 60년부터 로마군에 저항하며 대청을 몸에 발랐다고 믿는다. 하지만 스코틀랜드 역사를 다룬 영화 〈브레이브 하트〉에서 재현한 것과는 달리, 스코틀랜드의 반란군 윌리엄 월리스와 그의 지지자들은 대청으로 얼굴을 칠하지도 않았거니와 킬트도 입지 않았다.

⚓ 대청은 목서초weld(노란색), 꼭두서니madder(빨간색)와 함께 중세 유럽에서 가장 흔한 직물 염료 중 하나였다. 그러나 필립 볼이 자신의 책에 쓴 것처럼 대청색의 제작 과정은 유쾌하지 않았다.

그에 따르면, 우선 식물에 물을 넣고 으깬 뒤 혼합물을 발효시켰다. 발효를 돕기 위해 보통 오줌을 섞어서 햇빛에 두었는데, 때로 염료를 추출하기 위해 혼합물을 발로 짓밟기도 했다. 당연히 악취가 진동했다.

그 악취는 엘리자베스 1세가 1585년에 시장이나 의복 생산지로부터 6킬로미터 이내, 그리고 그녀의 사유지로부터 13킬로미터 이내에 대청을 심지 못하게 한 이유 중 하나다. 이 염료의 인기는 1586년에 벌어진 기근에 기여했는데, 대청의 수요를 맞추기 위해 농부들이 곡물 재배를 중단했기 때문이다. 기근 발생 1년 후, 교구와 개인이 대청을 파종할 수 있는 대지의 면적에 제한이 생겼다.

해외에서 들여온 인디고 염료와 다양한 파란색 합성염료의 발견으로 인해 대청의 인기는 점차 시들해졌다. 하지만 최근 대청이 천연 항생제 기능을 할 뿐 아니라 생산 과정에서 지구를 오염시키지 않는다는 것이 밝혀지면서 다시 소규모로 생산되고 있다. 대청은 여전히 섬유 및 예술용 안료로 쓰이고 있으며, 대청 기름은 유기농 화장품에도 사용된다. 공교롭게도 그 옛날 부디카가 지배하던 이스트앵글리아(지금의 노퍽 지역) 근처의 데레햄에 현재 이 염료를 상업적으로 생산하는 영국 유일의 농장이 있다.

⚓ 충성스럽고 변함없는 태도를 의미하는 '트루 블루true blue'는 코번트리의 직물 산업에서 기원했는지도 모른다. '코번트리 블루처럼 진실한as true as coventry blue'이라는 문구의 기원은 1377년까지 거슬러 올라가는데, 이는 그곳에서 생산된 대청 염료가 유럽 전역에서 내구성이 좋기로 유명했음을 나타낸다. 하지만 코번트리에서 생산한 파란색 천의 샘플도 발견되지 않았고 제작 비법도 사라졌기 때문에, 그토록 변치 않는 색을 제조하는 데 어떤 비밀 재료가 쓰였는지는 알 수 없다.

⚓ 1968년 크리스마스이브, 아폴로 8호에 탑승한 윌리엄 앤더스, 프랭크 보먼, 제임스 러벌은 달의 궤도를 돈 최초의 인류가 되었다. 앤더스는 궤도를 돌면서 역사상 가장 영향력 있는 사진 하나를 찍었다. 바로 지구가 그림자에 반쯤 가려진 채 달 지평선 위로 솟아 있는 사진이다. 촬영자는 '지구돋이Earthrise'라는 별명을, 나사는 간단히 AS8-14-2383HR라 이름 붙인 이 사진은 지구가 흰 구름에 부분적으로 가려진 파란색 구체이며, 장엄하지만 섬세한 아름다움을 지닌 행성임을 보여주었다. 4년 뒤, 아폴로 17호의 승

무원이 온전한 지구의 모습을 최초로 찍었는데, 세상 사람들은 이 사진을 '블루 마블'이라고 일컫는다. 나사에서는 AS17-148-22727이라고 부른다.

⚓ 인도 북서부에 위치한 조드푸르의 별명은 '파란 도시'다. 데이비드 아브람이 여행 잡지 《원더러스트》에 쓴 것처럼 이 별명은 '건물들이 정신없이 뒤섞인 매우 작은 정육면체의 형태로, 심해의 쪽빛부터 햇빛에 바랜 코발트색까지 상상할 수 있는 모든 파란색으로 칠해진' 오래된 도시의 모습에서 영감을 받은 것이다. 이 지역에 전해지는 이야기로는 상류층인 브라만 계급의 집을 표시하기 위해 파랗게 칠했다고 한다. 그러나 아브람의 설명처럼 '흰개미의 침입을 막기 위해 전통적인 흰색 석회 도료에 황산구리에서 추출한 파란색 염료를 첨가했는데, 이런 관행이 시간이 지나며 유행으로 굳어졌다'는 쪽이 더 그럴싸해 보인다.

| 조드푸르. 인도 라자스탄주의 '파란 도시'.

⚓ 이스라엘 자손에게 명령하여 대대로 그들의 옷단 술을 만들고 청
색 끈을 그 술에 더하라.

「민수기」 15장 38절

1638년, 에든버러의 그레이프라이어스커크 교회에서 귀족과
목사를 포함한 수천 명의 스코틀랜드인들이 교회에서 영국식 기
도서를 사용하도록 강요한 찰스 1세에 맞서 스코틀랜드 장로교회
를 지키겠다는 서약에 서명했다. 사람들은 심지어 왕이라 할지라
도 신의 다스림을 받는 교회를 지휘할 수 없다고 확신했고, 민수
기에 적힌 구절에서 영감을 받아 파란색 모자를 쓰고 파란 깃발
들고 행진하며 자신들의 충성심을 보여주었다. 그들이 파란색을
선택한 건 순전히 신의 말씀 때문만은 아니었다. 다양한 파란색이
수 세기 동안 스코틀랜드 국기의 바탕색으로 쓰인 데다 당시 파란
색 모직 모자는 스코틀랜드 북부에서 인기 제품이었다.

아이러니하게도 꽃 모양의 흰색 휘장이 달린 파란 모자는 훗날 자코바이트의 난을 상징하게 되었다. 파란 모자와 연대의 연관성은 이 반란에 대한 향수 어린 노래들에 아직 남아 있는데, 특히 직접 파란 보닛을 착용하기도 했던 스코틀랜드 시인 월터 스콧 경이 쓴 〈블루 보닛 오버 더 보더Blue Bonnets Over the Border〉에 잘 드러나 있다.

⚓ 아마 '블루 블러드blue blood'고귀한 혈통, 명문 출신이라는 뜻이다—옮긴이였던 최초의 상류층은 9세기 카스티야 귀족이었을 것이다. 그들은 무어인과의 전투를 벌이러 나가기 전에 팔을 들어 파란 핏줄을 자랑하며 인종적 순수성을 강조했다. 이후 유럽 전역에서 창백한 피부와 파란 핏줄은 야외에서 힘겹게 노동하며 햇볕에 피부를 그을린 일반 백성과 귀족을 구분하는 시각적 특징이 되었다.

⚓ 고대 이집트에서 유일하게 안정적으로 생산되었던 청색 안료는 기원전 4000년경 아프가니스탄에서 처음 채굴한 희귀 광석인 청금석으로 만들어졌다. 청금석은 매우 비싸서 상류층의 전유물이었다. 분쇄한 청금석 가루에 동물의 지방이나 식물의 수지를 섞어 만든 두툼한 푸른 반죽은 죽은 왕족을 기리기 위해 사용되었다. 일례로 투탕카멘의 가면에 새겨진 눈썹과 화장에서도 청금석이 발견되었다. 클레오파트라의 아이섀도가 미세한 청금 색상 가루를 바탕으로 하는 것처럼, 죽은 왕이 아닌 살아 있는 왕족도 청색 안료를 발랐으며 기타 장식으로도 널리 쓰였다. 기원전 2200년경 탄생한 최초의 합성색소인 '이집션 블루egyptian blue'는 실

기원전 1100년에 제작된 고대 이집트 여신 하토르의
얼굴. 청금석으로 만들어졌다.

리카, 구리, 석회, 그리고 탄산칼륨과 같은 알칼리 혼합물을 가열
하여 만든 것이다.

⚓ 중세에는 염료 제작이 대개 고된 중노동이었지만 울트라마
린ultramarine, 즉 말 그대로 '바다 저 너머의 색'을 혼합하는 일은 특
히나 복잡했다. 이탈리아의 화가 첸니노 첸니니도 미술에 대한 최
초의 논문 「예술의 서Il Libro dell'Arte」에서 이 점을 확실히 보여준다.
이 작업엔 최고급 청금석(대개 아프가니스탄 북부 바다흐샨주의 청
금석 광산인 사르에상에서 채굴되기 때문에 매우 드물고 비쌌다)은 물
론이고, 수많은 기술, 판단력, 근력, 인내심이 필요했다. 그가 남긴
기록은 다음과 같다. "청금석 가루 1파운드를 가져다 전부 잘 섞
어서 반죽을 만들어라. 아마씨 기름을 손에 계속 묻히고 있어야
반죽을 다룰 수 있다. 반죽은 적어도 삼 일 밤낮을 매일 조금씩 치
대야 한다." 이는 제작 단계 중 겨우 일부에 불과하다. 다행히 첸

니니가 보기엔 그만한 가치가 있었다. "울트라마린은 눈부시게 아름다우며 모든 색 중에 가장 완벽한 색이다. 이 색을 금과 함께 벽이든 판이든 우리가 가진 모든 작품에 장식하면 모든 물건에서 빛이 날 것이다."

값비싼 울트라마린은 성모마리아를 기리기에 완벽한 색이었다. 성모마리아의 테오토코스Theotokos(신을 낳은 자)라는 지위는 431년 제1차 에베소 공의회에서 공식화되었다. 2016년《파리 리뷰》에서 작가 케이티 캘러허가 말한 것처럼, 교회법이 마리아를 신을 낳은 자로 인정한 후 예술가들이 성모의 초상화를 훨씬 많이 그리기 시작했는데 이 작품들은 콘스탄티노폴리스의 영향력 아래서 다소 표준화된 형태를 띠기 시작했다. 바로 성모마리아가 평평한 금박을 배경 삼아 마리안 블루Marian blue 색 옷감을 걸치고 온화한 미소를 띤 채 아기 예수를 안고 있는 모습이다.

성모마리아의 복장을 그릴 때 울트라마린이 필수인 것은 아니었다. 안료를 살 형편이 안 되면 청금석에 저렴한 안료를 섞거나 구리 광석이 풍화되면서 생성되는 짙푸른 광물인 남동석을 사용할 수도 있었다.

중세 유럽이 마리안 블루를 어찌나 숭배했던지 프랑스 왕 루이 7세는 왕조를 구하기 위해 이 색을 사용했다. 그는 부유하고 힘 있는 아키텐의 엘레오노르와 혼인했으나 대를 이을 아들을 얻는 데 실패했고, 제2차 십자군 원정 이후 그들의 결혼은 무효가 되었다. 그 후 루이는 마리안 블루와 샤를마뉴의 상징인 금빛 백합 문장을 의복, 깃발, 가구에 넣어 프랑스 왕가 문장의 본보기로 삼았다. 1165년 드디어 세 번째 아내가 아들을 낳았는데, 그가 바로 프랑스를 유럽에서 가장 부유하고 강성한 나라로 만든 필리프 2세다.

1789년 프랑스 혁명이 일어나고 1870년 마침내 군주제가 붕괴하고 나서도 파란색은 프랑스를 상징하는 색으로 남았다. 파란색은 프랑스의 국기 및 해군기를 (빨간색과 흰색과 나란히) 구성하고, 수도인 파리의 깃발을 (빨간색과 함께) 절반이나 차지하고 있으며, 럭비와 축구 국가대표팀의 유니폼에도 쓰인다.

과거 프랑스 식민지였던 대부분의 국가가 자국 국기에서 파란색을 지웠지만, 퀘벡주의 주기 플뢰르들리제Fleurdelisé는 여전히 파란색 바탕에 흰 십자 문양이 그려져 있고, 각 귀퉁이엔 흰색 백합이 자리하고 있다.

⚓ 파란색이란 무엇인가? 파란색은 보이지 않는 것이 보이게 된 것이다. 파란색에는 차원이 없다. 다른 색들이 차지한 차원 그 너머의 색이다.

이브 클랭

합성 울트라마린은 1820년대에 두 명의 화학자, 프랑스의 장 기메와 독일의 크리스티안 그멜린에 의해 개발되었다. 폴 세잔, 빈센트 반 고흐, 조르주 브라크, 잭슨 폴록, 조르주 쇠라, 아메데오 모딜리아니, 피터르 몬드리안과 같은 다양한 화가들이 전부 이 안료를 사용했지만, 이브 클랭은 기존의 유기물 안료보다 선명도가 떨어지고 탁하고 어둡다면서 실망을 표했다. 그는 34세의 나이에 심장마비로 사망하기 전 짧은 생애 대부분을 울트라마린의 마법

2005년 구겐하임 빌바오 미술관에서 열린 회고전에서 관람객들이 이브 클랭의 작품 〈무제〉를 감상하고 있다.

을 되찾기 위해 노력했다.

클랭은 19세가 되던 1947년에 고향 니스의 해변에 누워 파란 하늘을 바라보다 첫 작품을 만들었다. 그리고 1955년, 살롱 데 레알리테 누벨에 오직 주황색으로만 된 그림을 제출했다가 거절당했다. 한 회원이 그의 어머니에게 이렇게 말했다. "이브가 최소한 줄이나 점, 아니면 그저 다른 색의 흔적이라도 살짝 추가했다면 접수했을 겁니다. 하지만 그냥 단색만 그려진 작품이라니, 그건 절대 안 될 일입니다."

클랭은 살롱이 틀렸다는 것을 근사하게 증명했다. 그는 안료 상인 및 화학자들과 힘을 합쳐 합성 전색제 '로도파스Rhodopas M60A'를 개발했고, 결국 인터내셔널 클랭 블루IKB, International Klein Blue라는 색소를 창조했다. 그리고 인생의 마지막 5년 동안 화가이자 조각가로서 오직 이 색만 사용하다시피 했다. 순수하고 강렬한 IKB는 벨벳과 같은 무광으로, 작가 빅토리아 핀레이의 표현처럼 그 속에서 헤엄칠 수 있을 정도로 깊다. 〈IKB79〉와 같은 그림을 오랫동안 바라보면 왜 화가 마이클 크레이그 마틴이 "누군가의 상상 속에 평생 머무르는 푸른 단색 그림의 힘이란 정말 대단하다"라고 말했는지 단번에 이해할 것이다.

⚓ 데릭 저먼은 자신의 다큐멘터리 〈블루〉(1993)를 통해 이렇게 말했다. "파란색은 인간의 몸을 포용하고 씻어주는 보편적 사랑이자 지상의 낙원이다." 영화를 보면 IKB 색 정지 화면 위로 음악과 내레이션이 흐른다. '깊이를 헤아릴 수 없는 행복의 색'은 저먼이 에이즈에 대해 숙고할 때는 또한 '죽음의 색'이 된다. "바이러스가 급속히 번지고 있습니다. 제 친구들 모두 이미 죽었거나, 죽어가고 있어요. 바이러스가 푸른 서리처럼 그들을 사로잡았습니다."

⚓ 위대한 화가들은 도전을 좋아한다. 토머스 게인즈버러는 자신의 라이벌 조슈아 레이놀즈가 파란색은 너무 차가워서 그림에 주된 색으로 사용하기 어렵다고 말한 것을 보고 그가 틀렸음을 증명하겠다고 나섰다. 그 결과가 영국 화가의 그림을 통틀어 가장 유명한 작품 중 하나인 〈파란 옷을 입은 소년〉(1770)이다. 그는 여기서 소년

의 새틴 코트가 보는 각도에 따라 다른 색으로 보일 수 있도록 울트라마린, 코발트, 점판암, 청록색, 암회색, 인디고를 사용했다.

⚓ 바실리 칸딘스키는 『예술에서의 정신적인 것에 대하여』에서 다음과 같이 파란색의 힘에 거창한 헌사를 바쳤다. "파란색은 깊은 곳으로 향하려는 성향이 너무 강해서 톤이 어두울수록 강렬해지고 보다 독특한 내적 효과를 발휘한다. 색이 짙으면 짙을수록 순수한 (그리고 최종적으로) 초자연적인 힘에 대한 욕망을 일깨우면서 인간을 더욱 강하게 무한으로 이끈다. (…) 파란색은 전형적인 천국의 색이다. 파란색은 가장 낮은 곳에서 평온함을 밝힌다." 그는 짙은 파란색을 선호했는데, 첼로나 더블베이스가 만들어내는 음에 비유하며 그 색이 우리를 심오한 상태로 이끈다고 보았다.

⚓ 피카소가 이른바 '청색 시대'를 겪게 된 계기를 하나만 꼽으라면, 그의 친구였던 화가 카를로스 카사헤마스가 스무 살에 파리에서 자살한 사건일 것이다. 카사헤마스는 우울증, 중독, 성 불능으로 한동안 힘든 시절을 보냈다. 그는 바르셀로나로 돌아가겠다고 선언한 뒤 1901년 2월 17일 리포드롬 카페에서 몇몇 친구를 초대해 송별회를 열었다. 그리고 그 자리에서 총을 쏴 자살했다.

학창 시절 함께 스튜디오를 차린 뒤 18개월 동안 거의 한 몸처럼 붙어 지내고 같이 미술 잡지 창간을 논의한 사이였음에도, 카사헤마스가 자살했을 때 둘의 관계는 소원했다. 한 달 전, 함께 떠난 말라가 여행에서 피카소가 제멋대로 행동하는 카사헤마스에게 니끼 질린 나머지 그를 돌려보냈던 것이다. 카사헤마스가 파리로 돌아오기 전에 화해하려 했으나 실패했다는 설이 있다. 그게 사실이라면 피카소의 '청색 시대'는 슬픔만큼이나 죄책감에서 비롯된 게 아닐까?

보통 이 시기의 시작을 나타낸다고 여겨지는 작품은 1901년 후반에 완성된 〈관 속의 카사헤마스〉다. 이후 3년 동안 피카소는 대부분의 작품에 매춘부, 거지, 주정뱅이를 담았으며 파란색과 청록색으로 그림을 거의 도배하다시피 했다. 청색 시대의 마지막 작품 중 하나인 〈인생La vie〉(1903)에서는 카사헤마스가 또다시 등장해 아랫도리에 천 하나만 걸친 채 나체로 서 있고 벌거벗은 여성이 그를 붙잡고 있다.

⚓ 〈인생〉에서 가장 두드러지는 안료인 프러시안블루는 1704년 독일 화학자 야코프 디스바흐와 요한 콘라트 디펠이 우연히 개발한 것으로, 탄산칼륨을 사용하던 중에 동물성 기름이 섞여 화학적 반응을 일으키면서 코치닐의 붉은색이 파란색으로 변했다고 한다. 최초의 현대적 합성 안료인 프러시안블루는 울트라마린보다 만들기도 훨씬 쉽고 가격도 약 10분의 1 수준으로 훨씬 저렴했다. 1724년경부터 상업적으로 이용할 수 있게 되어 처음에는 프로이센 궁정 예술가들의 사랑을 한 몸에 받다가(그래서 얻은 이름이다) 곧이어 그 강렬한 색조에 이끌린 앙투안 바토와 프랑수아 부셰 등 수많은 화가들 사이에서도 인기를 끌었다. 호쿠사이의 상징적 목판화 〈가나가와 해변의 높은 파도 아래〉는 오랜 세월을 거치며 색이 바랬음에도 불구하고 여전히 프러시안블루 색채가 가진 힘을 잘 보여준다.

⚓ 셸레 그린Scheele's green 등 18세기에 만들어진 일부 합성색소와 달리 프러시안블루는 유독하지 않았다. 이 색은 독일, 일본, 미국에서 방사선 중독 치료에 미량으로 사용되기도 한다. 한편 오랫동안 프러시안블루로 치료받은 환자들의 눈물과 땀이 파랗게 변했다는 보고가 있다.

⚓ 프러시안블루의 뒤를 이어 1805년에 세룰리안cerulean, 1807년에 코발트블루cobalt blue, 1824년에 인공 울트라마린 등의 파란색 합성색소가 탄생했다. 이후 잠시 주춤했다가 1920년대에 선명한 프탈로시아닌 블루phthalocyanine blue가 발명되어 곧장 인기를 끌었다.

2021년 3월, 울트라마린의 강렬함을 잔뜩 머금은 인망 블루YInMn blue가 상용화되었다. 프러시안블루와 마찬가지로 인망 블루의 탄생도 갑작스러웠다out of the blue. 2009년, 오리건주립대학의 재료과학 교수인 마스 서브라매니언이 대학원생 앤드루 E. 스미스와 함께 전자기기에 사용할 무기물질을 만들고 있었다. 그런데 놀라운 일이 벌어졌다. 표본 하나를 용광로에서 꺼냈는데 강렬하고 선명한 파란색을 띠는 것이 아닌가. 한때 화학회사 뒤퐁에서 일한 적 있던 서브라매니언은 즉각 이 물질의 가능성을 알아보았다. 인망 블루(주기율표의 화학 성분 기호, 이트륨yttrium, 인듐indium, 망간manganese에서 따온 이름이다)는 코발트 등과 달리 제작 과정에서 독성물질이 발생하지 않고 매우 안정적이며 적외선을 잘 반사해 외부 표면을 식히는 용도로도 사용될 수 있다. 그렇지만 안타깝게도 이트륨과 인듐이 희귀 광물이라 값이 매우 비싸다.

| 인망 블루. 마스 서브라매니언이 개발한 가장 최신의 합성색소다.

⚓ 1847년, 모리셔스가 영국 식민지 최초로 우표를 발행하면서 프러시안블루와 울트라마린이 포함된 잉크로 2펜스짜리 우표를 인쇄했다. 현재 12개밖에 존재하지 않는 데다 경매에서 100만 파운드의 값어치가 있는 것으로 추정돼 '우표 수집계의 꽃'으로 알려져 있다.

⚓ 켄트의 투들리에 위치한 올세인츠 교회에 마르크 샤갈이 남긴 스테인드글라스 창문은 영적, 정서적, 미적으로 우리의 마음을 움직이는 파란색의 힘을 강력하게 일깨워준다. 지역 지주인 헨리 경과 그의 부인 다비드고르 골드스미스는 1963년 스물한 살의 나이로 바다에 빠져 죽은 딸 세라를 기리기 위해 샤갈에게 첫 번째 창문의 제작을 의뢰했다. 두 해 전, 세라가 살아 있을 적에 샤갈이 예루살렘의 하다사 메디컬센터를 위해 만든 스테인드글라스를 루브르 박물관에서 접하고 놀라움을 금치 못했기 때문이다.

샤갈은 랭스의 스테인드글라스 거장 샤를 마크와 작업하며 유리에 직접 안료를 바르는 특별한 기술을 개발했고, 그 덕분에 그의 작품은 특별한 광채를 얻게 되었다. 첫 번째 창문은 세라의 죽음을 묘사하지만 그의 부활한 영혼이 그리스도의 품 안으로 달려가는 모습도 담고 있다. 1967년, 샤갈은 투들리 교회에
서 열린 창문 제막식에 참석해 자신이 나머지 창문도 작업하겠다고 선언했다. 12번째이자 마지막 창문은 1985년, 샤갈이 사망한 해에 설치되었다. 이 모든 창문을 찬란한 코발트블루가 장식하고 있다.

⚓ 파란색은 거룩한 색이기도 하지만 포르노 영화blue movie, 비속어blue language, 음담패설blue humor처럼 불경스러운 의미도 지니고 있다. 파란색이 지저분한 뉘앙스로도 쓰이는 이유에 대해 여러 가설이 있지만 어떤 것도 결정적이지 않다. 1859년, 속어 전문가 존 캠던 호텐은 그러한 연관성이 17~18세기 프랑스에서 통속적인 책들이 싸구려 파란 종이에 인쇄된 것에서 기인했다고 주장했다. 하지만 옥스퍼드 영어 사전에서는 "보통 그러한 책들의 어조는 매우 도덕적이었던 것으로 보인다"고 말한다.

1824년, 스코틀랜드 갈로비디아 백과사전에서 형이상학자 존 맥타가트가 '파란 실타래thread of blue'를 '곡을 만들거나 수다를 떨거나 글을 쓸 때 외설스러운 느낌을 살짝 넣는 것'으로 정의했다. 하지만 이러한 용법이 어디에서 유래했는지에 대한 단서는 제공하지 않았다. 파란색과 섹스와의 연관성이 16세기 영국에서 유죄판결을 받은 매춘부들에게 파란색 옷을 입힌 것과 관련이 있다는 둥, 중국 사창가의 파란색 벽과 관련이 있다는 둥 설은 다양하다. 19세기 후반에 통속적인 연극에서 파란색 조명을 사용하면서 이러한 연관성이 더욱 강화된 것으로 보인다.

⚓ 영국에서 '음담패설blue humor'을 대중화시킨 사람은 스탠드업 코미디언 맥스 밀러다. 그는 뮤직홀 관객들에게 '깨끗한' 하얀 책과 '더러운' 파란 책 중에서 어디에 적힌 농담을 듣고 싶으냐고 즐겨 물어보곤 했다. 밀러는 파란 책으로 출세 가도를 달렸다. 보통은 이렇게 농담을 시작했다. "장미가 붉게 물들면 그 성숙하기가 꺾어도 될 정도이고, 소녀가 열여섯이 되면 그 원숙하기가…" 그러다 어느 지점에서 말을 멈추며 관객들로 하여금 '에이!' 하고 분노의 야유로 공백을 메우게 했다.

⚓ "어느 날 저녁, 앨프리드 히치콕이 12명가량의 손님을 위해 마련한 연회가 생각납니다. 집에 들어서자 현관 탁자 위에 놓인 파란 꽃이 보이더군요. 안으로 들어가니 모든 것이 파란색이었어요. 테이블보도 파란색, 스테이크도 파란색, 포크와 나이프도 파란색이었죠." 1989년 한 인터뷰에서 배우 제임스 스튜어트가 할리우드에서 겪은 가장 이상한 저녁 식사 중 하나라며 떠올린 장면이다. 스튜어트는 히치콕이 이미 한차례 런던 트로카데로에서 배우 제럴드 듀 모리에 경과 브로드웨이 스타 거트루드 로런스를 기

리기 위해 파란색 연회를 벌인 적이 있다는 사실을 알지 못했다. 그 연회에서는 갈색 롤빵도 속을 가르면 파란색이었다고 한다.

⚓ 옥스퍼드 단어 기원 사전은 '블루 데블스blue devils'가 원래 죄인을 벌하는 사악한 악마를 칭했으며 18세기 사람들은 기발하게도 이들이 우울증의 배후라고 상상했다고 설명한다. 물론 19세기 후반에도 이런 의미가 통용되었다. 이에 관해 『블루스의 언어The Language of the Blues』의 저자인 기타리스트 데브라 데비는 블루스라는 장르의 이름이 다른 종류의 블루 데블스, 즉 알코올 중독자들이 섬망 증상을 겪을 때 생기는 환각 상태를 일컫는 용어에 뿌리를 두고 있다고 주장한다.

미시시피 델타 지역 대농장의 흑인 노예들은 민속학자 앨런 로맥스의 표현처럼, 노동할 때마다 '억압에 짓눌린 민족의 애환이 서린 강렬한 시'를 불렀다. 이것이 우리가 현재 블루스라고 부르는 노래다. 1903년, 흑인 밴드의 리더 W. C. 핸디는 미시시피주 터트윌러에서 열차를 기다리다가 우연히 처지가 딱해 보이는 한 남자를 보았다. 그는 자신의 자서전 『블루스의 아버지Father of the Blues』에서 이렇게 회상했다. "열차를 기다리며 졸고 있던 내 옆에서 비쩍 마르고 팔다리에 힘이 없어 보이는 한 흑인이 앉아 기타를 연주하기 시작했다. 그의 얼굴에는 세월의 슬픔이 묻어 있었다. 하와이 기타리스트들이 쇠로 된 톤바로 연주하는 것처럼 그가 칼로 기타 줄을 누르며 노래를 불렀다. 그 곡을 들었을 때의 기분은 평생 잊지 못할 것이다. 이제껏 들어본 것 중 가장 기이한 음악이었다."

W. C. 핸디의 대표곡 〈세인트 루이스 블루스〉. 루이 암스트롱이 즐겨 불렀다.

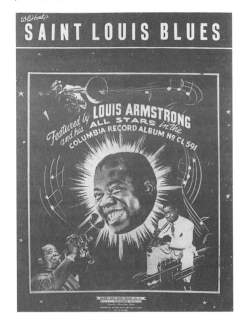

그가 부른 노래의 후렴구는 미시시피주 터트윌러에서 남쪽으로 42마일 떨어진 뮤어헤드에 있는 두 철도의 교차로에 대한 내용이었다. 핸디는 이 노래에 강한 흥미를 느꼈고 이에 영감을 받아 〈세인트 루이스 블루스St Louis Blues〉 등의 곡을 만들고 연주하기 시작했다. 그의 획기적인 연주곡 〈멤피스 블루스Memphis Blues〉는 1912년 발표된 후 미국 전역의 댄스홀에서 큰 인기를 끌었고, 곧 '블루스'는 마케팅 용어가 되었다. 남부의 래그타임 형식으로 발표된 〈멤피스 블루스〉는 원조 블루스보다는 빅밴드 재즈에 좀 더 가깝다. 핸디의 인상적인 발소리가 전형적인 16마디 멜로디에 섞여 있는데, 그중 12마디에 오늘날 '블루노트'라고 부르는 부분이 포함돼 있다. 핸디의 말에 따르면 이는 3음과 7음을 반음 낮춰 연주하는 것으로, 흑인 특유의 이어지듯 끌리는 소리를 표현하려는 시도였다.

⚓ 1829년, 옥스퍼드대학과 케임브리지대학 간에 사상 최초의 조정 경기가 열렸다. 옥스퍼드의 조정 선수들 중 다섯 명이 크라이스트처치의 색인 짙은 파란색 유니폼을 입고 있었다. 이것이 오늘날 우리가 옥스퍼드 블루oxford blue라 부르는 색이다. 반면 케임브리지 선수들은 흰색 유니폼에 세인트존스대학의 분홍색 타이를 띠처럼 두르고 있었다. 월터 브래드퍼드 우드게이트가 들려주는 이 대회의 역사에 따르면, 7년 후 두 번째 경기가 열리기 직전 케임브리지가 흰색 유니폼을 입으려는 찰나 필립이라는 사람이 행운을 가져다 준다는 이튼대학의 하늘색 리본을 급히 공수해 왔고 바람은 현실이 되었다. 케임브리지가 이긴 것이다.

하지만 이튼대학을 대표하는 파란색인 연한 하늘색(현재 공식 이름은 팬톤 7464c다)은 RGB 색상환에서 스프링그린spring green이라 분류되는 케임브리지 블루cambridge blue(팬톤 557c)와 다르다. 케임브리지 블루가 녹색을 띠게 된 것은 1934년부터 1984년까지 대학 보트 대여업자로 일했던 앨프 트윈 때문이라는 말이 많다. 그가 럭비 유니온 팀의 색과 조정팀의 색을 구분하기 위해 색을 바꾸는 바람에 변한 것일 수도, 시력이 나빠져 노깃에 사용하는 파란색 페인트에 노란색을 살짝 더 추가하는 바람에 변한 것일 수도 있다.

1829년《일러스트레이티드 런던 뉴스》에 실린, 하늘색의 케임브리지와 파란색의 옥스퍼드
가 조정 경기를 하는 모습.

⚓ 왜 이탈리아 국가대표팀은 국기 색 중에 주로 파란색 셔츠를
입을까? 답은 파란색이 1861년 이탈리아를 통일한 사보이아가를
기리는 색이기 때문이다. 이탈리아 축구팀은 세계적으로 '아주리
군단Azzurri'이탈리아어로 'assurro'가 '파란, 하늘색의'이란 뜻이다—옮긴이이라 불리
지만 1910년 5월 프랑스와의 첫 경기에서는 흰색 셔츠를 입었다.
색에 대한 합의가 이루어지지 않아 무색인 흰색으로 타협한 결과
였다. 1911년 1월, 밀라노에서 헝가리에 1 대 0으로 패한 뒤, 당국
이 파란색을 자국의 색으로 낙점했다.

⚓ 1935년 리처드 로저스와 로렌즈 하트가 만들었던 〈블루 문
Blue Moon〉을 부른 가수는 셀 수 없이 많지만, 아마 가장 뛰어난
버전은 1955년 썬 레코드가 녹음한 엘비스 프레슬리의 곡일 것

이다. 적어도 미술사학자 사이먼 샤마는 그렇게 생각한다. 그는 2017년 《파이낸셜타임스》에 파란색에 대한 에세이를 실으며 이렇게 썼다. "시대를 초월한 우울한 울부짖음을 듣고 싶을 때, 파란색 스웨이드 신발엘비스 프레슬리의 곡 〈블루 스웨이드 슈즈blue suede shoes〉를 의미한다—옮긴이을 찾으며 떠올릴 연주는 딱 하나다. 바로 말발굽이 부드럽게 다그닥다그닥하는 소리에 맞춰 엘비스가 노래하는 〈블루 문〉이다. 로렌즈 하트의 말도 안 되게 훌륭한 엔딩을 버리고도 살아남은 유일한 버전이다."

⚓ 보통 한 달에 한 번 보름달이 뜨지만, 달의 주기가 29.5일인지라 이따금 13번째 보름달이 뜨기도 한다. 이것을 '블루 문'이라고 부른다. 왕립천문대는 이 용어가 지금은 사라진, '배신하다to betray'를 의미하는 'belewe'를 잘못 발음한 것일 수 있다고 주장한다. 수 세기 전에는 달이 한 번 더 뜨면 사순절이 언제 그리고 얼마나 오래 시작되는지 판단하기 어려웠기 때문이다. 실제 파란 달을 본 적이 있다면, 대개는 화산 폭발로 인해 대기 중에 먼지 입자가 많아져서일 것이다.

⚓ 유대인의 성전 『탈무드』에 따르면, 모세가 시나이산에서 십계명을 받은 돌 판은 푸른색 돌로 만들어졌다고 한다. 마르크 샤갈이 〈십계명을 든 모세〉(1960)에서 이를 묘사한 바 있다.

⚓ 힌두교의 신 크리슈나, 라마, 시바, 비슈누는 침착함, 용기, 직관, 초월성을 상징하는 이미에서 보통 파란색으로 묘사된다. 「브

라흐마 삼히타」라는 고대 종교 문헌에서 크리슈나는 온몸이 푸르스름하다. 다른 문헌에서는 흰색과 파란색 꽃잎을 가진 연꽃에 비유된다.

⚓ 아메리칸 인디언 이로쿼이족의 신화에 따르면, 만약 파랑새가 노래하지 않았다면 우리는 영원히 겨울 속에 살았을 것이다. 우리가 봄과 여름, 가을을 만끽할 수 있는 이유는 파랑새의 노래가 겨울을 다스리는 파괴적인 반신반인 다위스가론Tawiscaron을 물리친 덕분이다. 푸에블로족과 나바호족은 파랑새를 태양과 연관짓는다. 체로키 인디언은 파랑새는 바람을 나타내며 날씨를 예측하는 힘을 갖고 있다고 여긴다. 한 아메리카 원주민 설화에서는 파랑새의 깃털이 원래 보기 흉한 다른 색이었으나 강물이 흘러들지 않는 호수에서 네 번 헤엄치고 목청껏 노래한 뒤 파랗게 변했다고 한다.

⚓ 파랑새는 중국 신화, 러시아 동화, 프랑스 로렌 민담에서 행복을 상징하는 존재로 등장한다. 특히 로렌 민담은 벨기에 시인이자 극작가인 모리스 마테를링크의 희곡 『파랑새』(1908)에 영감을 준 것으로 여겨진다. 여기서 틸틸과 미틸 남매는 파랑새로 상징되는 행복을 찾아 나선다.

모리스의 이야기가 인기를 얻으면서 '행복의 파랑새' 신화는 영어권 국가들에 널리 퍼졌다. 작사가 이프 하버그가 〈오즈의 마법사〉에서 주디 갈런드가 부를 노래에 "무지개 너머 어딘가에, 파랑새가 날아다니죠Somewhere over the rainbow, blue birds fly"라는 가사를 넣어 마테를링크를 넌지시 언급했다는 설도 있다. 20세기 폭스사는 MGM 뮤지컬에 자극받아 셜리 템플을 주인공으로 내세운 영화 〈파랑새〉를 제작했다. 흑백과 테크니컬러로 촬영된 이 뮤지컬 판타지는 원작을 각색해 미틸(템플)을 욕심 많고 버릇없는 아이로 바꾸었다.

마테를링크가 오스카 와일드와 알고 지낸 것을 생각하면, 그가 와일드가 1891년 펴낸 에세이 『거짓의 쇠락』에도 영감을 줬을지 모른다. 이 에세이는 소크라테스식 대화로 이루어져 있는데, 여기서 와일드의 차남 비비안은 '파랑새가 아름답고 불가능한 것들을, 사랑스럽고 절대 현실에서 일어나지 않는 것들을, 존재하지 않지만 존재해야 하는 것들을 노래하며 머리 위로 날아다니는' 세상을 꿈꾼다.

⚓ 원래 인디고Indigofera tinctoria와 관련 식물에서 추출하는 색소인 인디고는 데님과 동의어가 되기 훨씬 저부터 이집트, 인도, 일본,

음악가를 그린 프레스코화. 마야 블루가 쓰였다. 멕시코 치아파스주 보남팍 유적지에서 출토했다.

페루에서 널리 사용되었다. 마야인들은 서기 300년경부터 인디고에 팔리고스카이트라는 점토 광물을 섞은 뒤 열을 가해 마야 블루Maya blue라는, 좀처럼 부서지지 않는 밝은 색소를 만들었다. 그리고 프레스코화, 도자기, 비의 신 차악chaak에게 제물로 바칠 사람들의 몸에 칠했다.

마야 문명은 8~9세기에 붕괴했지만 인디고의 역사는 그 후로도 1000년 동안 지속되었다. 인디고 잎이 발효되면서 유독 가스를 뿜는 바람에 해충이 꼬였고 남미와 인도 아대륙의 수많은 농장주(사실상 일을 도맡던 노예들)의 목숨을 앗아갔다. 1858년 벵골에서는 동인도회사의 무자비한 농작물 관리에 반대하는 소극적 저항 운동이 일었고, 영국 정부는 위원회를 꾸려 조사한 끝에 '인간의 피로 물들지 않고 영국에 도착한 인디고는 단 한 상자도 없다'고 결론 내렸다. 다행히 19세기 말 즈음, 바스프와 같은 화학 회사들이 합성 인디고를 제조하기 시작했다.

⚓︎ 네이비 블루Navy blue는 너무 흔하게 쓰이는 용어라 그 기원이 어딘지 찾는다는 게 이상할 정도다. 하지만 영국에서 유래했다는 구체적인 정황이 있다. 해군 군복에 사용되는 짙은 푸른색은 1748년 영국 해군 장교들에게 처음 채택되었다가 전 세계 해군에게로 서서히 퍼져 나갔다. 원래 '마린 블루'라 불린 이 색은 인디고 식물을 원료로 하는데, 해양 분야에서 이 색을 선호하는 까닭은 햇빛과 소금물에 노출돼도 색이 바래지 않기 때문이다. 또한 실크, 면화, 울을 염색할 때 효율성이 모두 비슷하다. 영국 동인도회사가 무역 통제를 강화하고 뒤이어 식민지를 확장한 시기와 맞물리는 것을 보면 인디고가 18세기에 유입된 것은 우연의 일치가 아니다. 그렇지만 아이러니하게도 1877년부터 열대 지방에서 복무하는 영국 해군의 제복은 순백의 튜닉과 바지로 바뀌었다.

⚓︎ 인디고가 없으면 데님도 없다. 네바다주의 재단사 제이컵 데이비스는 1870년 노동자를 위한 견고한 바지를 디자인한 뒤 직물 공급업자 리바이 스트라우스에게 이렇게 말했다. "이 바지의 비밀은 주머니에 붙인 리벳rivet입니다." 두 사람은 1873년 이 디자인으로 특허를 신청했다. 하지만 이 바지가 '리바이스'라는 이름으로 성공을 거둔 비결은 리벳이 아니라 인디고 염료다. 대부분의 염료와 달리 인디고는 면사에 얹히기만 하고 직물 속에 침투되지 않았다. 세월이 흘러 천이 닳고 헤지면서

염료 분자가 떨어져 나갔고 그 바람에 모든 청바지가 제각각 다른 방식으로 빛이 바랬다. 마치 바지가 겪는 세월 그 자체가 맞춤식 재단사이기라도 한 것처럼 말이다.

청바지는 빅맥 햄버거와 함께 우열을 가릴 수 없을 정도로 미국에서 가장 오래되고 성공적인 수출품이 되었다. 무엇보다 카우보이와 할리우드 서부영화에서, 그리고 후에는 제임스 딘과 말런 브랜도가 등장하는 영화에서 반항의 상징으로 쓰인 덕이다. 해외주둔 미군들이 꾸준하게 입었던 것도 일조했다.

⚓ '가늘고 푸른 선thin blue line' '법의 방어벽'이라는 의미로 사용된다—옮긴이이라는 표현은 텍사스에서 한 경찰관이 살해당한 사건을 다룬, 에롤 모리스의 다큐멘터리 〈가늘고 푸른 선〉(1988)으로 유명해졌다(이 표현은 때로 경찰이 범죄 현장에서 군중을 가로막을 때 사용하는 제지선에 쓰이기도 한다). 사실 파란색은 수 세기 동안 법과 질서와 동의어였다. 1829년, 런던 최초의 경관들은 군 경찰의 빨간색 제복과 구분하기 위해 파란색 연미복 형태의 코트를 입었다. 어떤 사람들은 경찰에게 붙은 블루보틀bluebottle이라는 별명이 런던 토박이들이 운을 맞춰 사용하던 은어에서 유래했다고 말한다. 다시 말해 보틀 앤드 글래스bottle and glass가 '멍청이'를 의미하니, 결국 경찰이 '파란 멍청이'란 뜻이다. 셰익스피어의 『헨리 4세 2부』에서 매춘부 돌 테어시트는 법원 직원(법정에 사람들을 데려오는 일을 책임지는 하급 직원)을 '블루보틀 불한당'이라고 비난한다.

⚓ 파란 꽃은 1802년 프리드리히 폰 하르덴베르크, 즉 노발리스

의 미완성 작품이자 사후 출간된 소설 『푸른 꽃』의 발표와 함께 독일 낭만주의의 핵심적 모티브 중 하나가 되었다. 그가 표현한 푸른 꽃은 복잡하고 유동적인 상징성을 지니는데, 닿을 수 없는 무한한 것에 대한 동경을 나타낸다. 겨우 열다섯 살에 폐결핵으로 사망한 노발리스의 약혼녀 소피 폰 퀸의 상징이기도 하다. 그가 스물여덟에 사망한 것도 폐결핵 때문이라는 설이 있지만 현재의 의학적 소견으로는 낭포성 섬유증 때문으로 보인다. 그의 생애는 페넬로페 피츠제럴드의 소설 『푸른 꽃』에 잘 나타나 있다.

⚓ 꽃은 때로 단순한 꽃 그 이상의 의미를 지닌다. 노르베르트 호퍼는 2016년 오스트리아 대선 출마 당시 가슴에 파란색 수레국화를 달았다. 많은 오스트리아 정치인이 단춧구멍에 꽃을 꽂는데, 자유당과 호퍼는 그저 보기가 좋다는 이유로 파란색 수레국화를 선택했다. 하지만 빈의 역사학자 베른하르드 바이딩어가 BBC에서 말한 것처럼 수레국화는 복잡한 상징을 가지고 있다. 그것은 카이저 빌헬름 2세가 가장 좋아하던 꽃이면서 19세기 범게르만주의자들이 사용하던 꽃이다. 그래서 1934년부터 1938년까지 오스트리아에서 나치주의를 금했을 때 이 꽃은 나치가 서로를 알아보기 위한 비밀스러운 상징이었다. 2017년 자유당은 연정 파트너로서 정부 활동에 잠시 참여하기 직전, 당의 부정적인 이미지를 누그러뜨리려 수레국화를 오스트리아 국화인 에델바이스로 교체했다.

⚓ 파란 장미는 자연적으로 생산되지 않는다. 장미가 꽃을 푸르게 만드는 색소 델피니딘을 합성하지 못하는 탓이다. 하지만 일본

회사 산토리의 식물 육종가들은 포기하지 않고 유전자 변형을 통해 파란 장미를 만들려고 노력해왔다. 이 프로젝트는 2010년 '어플로즈Applause'라는 품종이 개발돼 줄기당 무려 24파운드에 판매된 이후로 큰 진전이 없다. 어플로즈의 색도 파란색보다는 연보라색에 가까워 보인다.

⚓ 예쁜꼬마선충Caenorhabditis elegans이라는 아주 작은 회충은 눈은 없지만 파란색을 싫어한다. 빛을 감지하는 아주 기본적인 시스템만 있음에도 파란색에서 멀어지려고 몸을 꿈틀거린다. 이는 퇴비에서 먹이를 구할 때 녹농균이 생산하는 아주 치명적인 푸른 독소를 피하려는 본능 때문이다. 미국의 생리학자 디폰 고시는 2021년 3월 《사이언스》에서 이 회충이 푸른 독소를 피하는 속도가 밝은 곳보다 어두운 곳에서 훨씬 더 느리다고 발표했다. 그렇

지만 베이지 색으로 변형된 변종 박테리아를 넣자 밝기에 상관없이 똑같이 반응했으며 푸른 독소를 마주했을 때보다 기어가는 속도가 전반적으로 느려졌다. 고쉬는 다음과 같이 결론지었다. "이 회충은 세상을 흑백으로 감지하지도, 밝기의 정도를 평가하지도 않는다. 그저 사실 파장의 비율을 비교하고 그 정보를 통해 판단을 내린다." 다시 말해 예쁜꼬마선충은 세포계의 다른 부분들을 이용해 앞을 본다.

. 주황의 방 .

🍋 1976년 7월 11일, 바버라 막스는 미국의 가수이자 배우인 프랭크 시나트라의 네 번째 부인이 되었다. 작가이자 저널리스트 데이비드 맥클린틱이 《아키텍처 다이제스트》에 쓴 것처럼 바버라는 결혼식이 끝난 직후부터 '주황색과의 조용한 전쟁'을 시작했다. '주황색은 가장 행복한 색이다'라는 시나트라의 믿음은 1950년대 중반부터 1995년까지 그가 소유했던 팜 스프링스 랜초 미라지의 소박한 저택 인테리어에 그대로 녹아 있었다. 맥클린틱도 말했듯이 카펫, 타일, 냉장고, 휘장, 수건, 소파까지 모두 주황색이었다. 시나트라가 자신의 반려견 링고와 친구 율 브리너와 함께 이 집에서 찍은 두 장의 사진을 보면 주황색 셔츠에 갈색 바지를 걸치고 있는데, 훗날 취미로 추상화를 그리기 시작하면서 이 색 조합을 또 사용한다.

바버라와 베벌리힐스의 인테리어 디자이너인 버니스 코샤크는 거실, 바, 영사실의 주황색을 대부분 옅은 모래색과 흰색으로 교체했다. 바버라가 모든 방에 시나트라의 노래 제목을 붙여 디자인하자고 제안하며 잔꾀를 부린 덕분에 그가 교체를 승인한 것이다.

　그렇지만 코샤크의 '조용한 전쟁'도 시나트라의 팜 스프링스 저택에서 주황색을 완전히 몰아내지는 못했다. 이후 그가 친구 및 가족과 함께 주로 어울렸던 열차 승무원실시나트라의 직원들이 1971년 선물한 승무원실 형태의 작은 가옥으로 별칭이 '시카고'다 ─옮긴이은 이 저택이 팔렸을 때도 여전히 화려한 주황색이었다. 새로 단장한 침실에도 더블 침대의 머리맡 나무판에 주황색과 흰색 직물이 남아 있었다.

　1980년대에 들어 시나트라는 마크 로스코, 로버트 맨골드, 엘즈워스 켈리에 영감을 받은 추상 표현주의 작품을 만들며 진지하게 그림 작업에 매진했다. 그는 자신이 1984년에 주황색, 갈색, 흰색을 사용해 그린 추상화 〈사막〉이 너무 자랑스러운 나머지 친구들을 위해 판화로도 제작했다.

'오렌지'라는 단어는 인도에서 많이 나는 오렌지 나무를 뜻하는 산스크리트어 나란가naranga에서 유래했다. 인도 중부의 나그푸르는 여전히 '오렌지 도시'라 알려져 있다. 오렌지는 색을 의미하기 훨씬 전에는 과일만을 설명하던 용어였다. 산스크리트어 나란가가 페르시아어 나랑narang으로, 다시 아랍어 나란지naranj로 바뀌었다가, 발음이 잘못 전달돼 고대 프랑스어에서 오렌제orenge로, 그리고 영어 오렌지orange로 변했다는 게 정설이다.

이 색깔 용어는 오렌지라는 과일 때문에 일상에서 더욱 쉽게 사용되었다. 오렌지는 8세기에 정복자 무어인들에 의해 스페인에 소개되었지만, 영국에는 15세기가 되어서야 수입되었다. 고대 영어에서 이 색은 '지올로레드geoluhread(노랑-빨강)'로 불렸다. 1390년대에 출간된 제프리 초서의 『캔터베리 이야기』 중 「수녀원 신부의 이야기」에서는 수탉이 자신의 악몽에 등장한 여우를 '노란색과 빨간색 사이의 색'을 가졌다고 묘사한다. 셰익스피어의 책에서 주황색은 단독이 아닌, 언제나 '타우니tawny'(황갈색)와 함께 사용된다. 『한여름 밤의 꿈』에서 바텀은 황갈색 부리를 가진 검은 새에 대해 노래한다. 그가 오렌지를 독립된 단어로 사용하는 건 과일을 가리킬 때다.

과일 오렌지는 큰 인기를 얻었다. 처음에 일부 유럽인들은 이 과일의 정체를 알지 못해 '황금 사과'라고 불렀다. 17세기 영어에

서는 오렌지가 색깔 용어로 더 널리 사용되었다. 그러다 마침내 아이작 뉴턴이 무지개의 일곱 색깔 중 하나로 공식 인정하기에 이르렀다.

🍋 시나트라는 주황색에서 무엇을 봤던 걸까? 공감각자이자 색 이론가였던 화가 바실리 칸딘스키는 『예술에서의 정신적인 것에 대하여』에서 이렇게 주장했다. "주황색은 자신의 힘을 확신하는 남자와 같다. 노란색 덕분에 인류와 더 가까워진 빨간색이다." 미국의 소셜미디어 에이전시 '이매지브랜드'는 주황색의 특징을 다음과 같이 열거한다. "모험적이고, 위험을 감수하고, 생기 넘치고, 대담하고, 감각을 자극하고, 비싸지 않으며, 따뜻하고, 사교적이고, 낙천적이고, 열정적이고, 발랄하고, 자신감 있고, 독립적이고,

외향적이고, 거리낌 없고, 창의적이고, 다정하고, 상냥하고, 격식에 매이지 않는다." 시나트라라면 이 에이전시가 주장하는 주황색의 다음과 같은 특징에는 동의하지 않을 것이다. "깊이가 없고, 진실하지 못하고, 의존적이고, 고압적이고, 제멋대로고, 과시욕이 강하고, 비관적이고, 저렴하다."

🍂 시인 프랭크 오하라는 「왜 나는 화가가 아닌가Why I Am Not A Painter」라는 시에 이렇게 적었다. "어느 날 색에 대해 생각한다. 주황색. 주황색에 대해 한 줄 끼적인다." 하지만 주황색에 대해 전혀 묘사하지 않은 채 그저 '주황색들'이라는 시를 썼다는 내용으로 끝을 맺는다. 이 매력적인 시는 오하라가 미국의 추상화가 마이크 골드버그를 만난 뒤 영감을 얻은 것이다. 다소 허무한 시지만, 크리스티나 G. 로세티의 「색Colour」보다는 구체적인 편이다. 로세티는 분홍색, 빨간색, 파란색, 흰색, 노란색, 초록색이 무엇인지를 나열하다가 이렇게 마무리한다. "무엇이 주황색인가? 아, 주황색. 그냥. 주황색." 영국 시인 클로디아 대번트리는 이에 대해 "그가 색에 대해 이런 뻔하디뻔한 시를 쓴 것은 주황색orange에 운율을 맞추는 게 힘들었기 때문으로 보인다. 모든 색을 전부 언급하면서 각각에 대한 이미지를 끌어내지만, 이 시는 이상하게도 죽어 있다. 모든 이미지가 진부해서 상상을 발휘할 공간이 없어서인 것 같다"라고 말한다.

🍂 1809년 요한 볼프강 폰 괴테는 자신의 색상환에서 주황색을 배제했다. 괴테의 색상환에서 주황색으로 칠해진 부분은 적황색

과 황적색yellow-red으로 불리는데, 그는 전자의 경우 그 색의 '따뜻함과 즐거움'이 '불의 강렬한 빛'을 나타낸다면서 좋아했지만 후자는 야만 국가들 사이에서 인기가 높고 동물의 화를 돋우는 색이라며 싫어했다. 심지어 "교육받은 일부 사람들은 흐린 날 진홍색 망토를 걸친 자를 보면 견딜 수 없어 한다"면서 혐오했다.

🍋 수많은 책을 저술한 미국의 색 이론가 파버 비렌은 주황색에 대해 양면적인 입장을 보였다. 그는 시나트라와 색 취향이 비슷한 사람들을 두고 "착하고, 호감형이고, 사교적이며 미소를 자주 지으면서 한담을 나눌 줄 안다"고 하면서도 한편으론 "결혼을 하지 않을 가능성이 높고 만약 한다면 가벼운 애정 관계가 될 것이다. 이들은 진지하게 숙고하거나 엄격하게 자신을 단련하는 법이 좀처럼 없다"고 말했다. 비렌은 기업과 정부의 고객들에게 경고문이나 치료용 강장제 패키지에 주황색을 사용하라고 권했지만, 살짝 느슨한 현대판 청교도인으로서 예술에서는 은은한 색을 쓰는 걸 선호했다. 이는 고상함과 무미건조함 사이를 어색하게 맴도는 색을 쓰던, 그의 아버지이자 풍경 화가인 조지프 비렌의 영향인 듯하다.

🍋 사프란 계열의 주황색은 세 개의 동양 종교에 없어서는 안 될 요소다. 특히 불교에서 이 색은 가장 완벽한 상태를 상징하는데, 현존하는 가장 오래된 교단인 소승불교에서는 승복에 좀 더 밝은 색조를 사용한다. 힌두교에서는 무지함을 불태우는 불길의 색을 상상하며 금욕주의자, 성인, 깨달음을 추구하는 자들이 이 색을

시크교의 창시자인 구루 나나크가 산야시 다테트레야를 우연히 만나는 장면. 1800년경 카슈미르 유파가 그렸다.

입는다. 시크교를 창시한 구루 나나크가 물질적인 것과 쾌락을 삼가는 산야시 다테트레야Sanyasi Dattetreya를 우연히 만나는 그림에서도 이 색을 찾아볼 수 있다. 이 색은 곧 힌두교 민족주의와 동의어가 되었고, 극우 민족주의자들이 폭력 행위를 벌이자 그에 반대하는 정당 의원들이 '사프란 테러'라는 용어를 만들었다. 오랫동안 시크교도의 공동체, 유대감의 색으로 여겨진 사프란 계열의 주황색은 인도 정부의 농업 규제 철폐 정책에 항의하는 펀자브 농부들이 저항의 색으로 쓰기도 했다. 주로 시크교를 믿는 농민과 그들의 지지자들은 집회에서 사프란 색 현수막과 사프란 색 배경에 파란색 문양이 그려진 시크교의 깃발 니샨 사힙Nishan Sahib을 흔든다.

서구에서 주황색은 태닝에 과하게 집착하는 이른바 '태닝광', 그리고 구릿빛 피부를 흉내 내기 위해 로션을 바른 사람들이 자랑스레 내보이는 '주황색으로 달아오른 안색'과 동의어로 쓰인다. 이런 외모는 리얼리티 TV 스타들과 도널드 트럼프 덕분에 특히 인기를 끌었다. 2017년 8월에는 독일 북서부의 오스나브뤼크에서 오스트리아인 부자가 도널드 트럼프를 닮은 당근색 엑스터시 알약 수천 정이 가득 담긴 가방 다섯 개를 소지한 혐의로 운전 중 체포되었다. 보도에 따르면 이 마약은 불법 네트워크 상에서 '트럼프가 파티를 다시 위대하게 만든다'라는 홍보 구호로 판매되고 있었다고 한다.

'에이전트 오렌지'는 1960~1970년대 미군이 베트남전쟁 때 썼던, 악명 높은 무지갯빛 고엽제다. 그 밖에 그린, 핑크, 퍼플, 블루, 화이트라는 이름의 제품도 있었다. 오렌지는 세 종류가 있었는데, 미국 화학회사 다우 케미컬이 강화 오렌지, 오렌지 플러스, 슈퍼 오렌지 등 더욱 강력한 변종을 개발했다. 300만 명의 베트남 사람이 이 고엽제 후유증으로 질병과 장애를 얻은 것으로 추정된다.

주황색을 제품이나 브랜드에 사용한 경우도 많은데, 대표적으로 펭귄북스, 레코드 레이블 RCA, 슈퍼마켓 세인즈버리, 저가 항공 이지젯, 플라이모 잔디깎이(1977년까지 파란색과 흰색을 사용했으나 정원사들의 눈에 더 잘 띈다는 이유로 주황색으로 바꿨다), 미국 통신대, 명품 브랜드 에르메스(나치가 프랑스를 점령하던 시절, 다른 색 상자를 구할 수 없어 어쩔 수 없이 주황색을 선택했다), 프린스턴대학(1928년부터), 과거 마이크로텔이라는 이름으로 운영됐던 거대 통신사 등이다. 1994년, 마이크로텔의 브랜드 컨설턴트인 울프 올린스는 색이 풍수와 관련 있다는 점에 착안해 회사의 슬로건 '미래는 밝다, 미래는 오렌지다'에 딱 들어맞는 주황색 사각형 이미지를 만들었다.

🍊 1874년, 클로드 모네는 〈인상, 해돋이〉를 훗날 '인상파 전시회'라고 불리게 된 한 전시회에서 처음 선보였다. 이 그림의 제목과 스타일은 예술적 혁명을 선도했다. 미술 평론가 테오도르 뒤레는 모네가 실제 그대로의 풍경이 아닌, 순간적으로 포착된 분위기를 담았다고 평했다. 주황색은 태양, 하늘, 수면에 비친 석양의 색으로 쓰이는 등 모네의 이 획기적인 그림에서 단연 핵심적 역할을 했다.

〈인상, 해돋이〉가 모든 사람에게 좋은 인상을 남긴 것은 아니다. 인쇄업자이자 극작가이기도 했던 화가 루이 르루아는 '이제 막 만들기 시작한 벽지가 이 바다 그림보다 완성도가 높다'며 비웃었다. 하지만 인상주의는 곧 대세가 되었고, 통념에 대항한 천재 화가들, 사용 가능한 밝은 합성색소의 증가, 1841년 미국 초상화가 존 G. 랜드가 개발한 튜브형 물감이 이 유행을 가속화했다. 피에르 오귀스트 르누아르는 "튜브형 물감이 없다면, 세잔도, 모네도, 피사로도, 인상주의도 없을 것이다"라고 말하기도 했다.

인상파 화가들이 좁고 답답한 화실을 벗어나 실외의 자연 광선 속에서 그림을 그릴 때면 주황색과 노란색의 화창한 분위기가 제 기량을 발휘했다. 1909년에 소개된 크롬오렌지는 르누아르의 〈보트〉에서 중요한 역할을 하는데, 여기서 르누아르는 크롬옐로, 코발트블루, 리드 화이트lead white, 레몬옐로, 비리디언 이렇게 다섯 가지 다른 합성색소를 사용했다. 모네는 또 다른 합성색소인 카드뮴 오렌지cadmium orange를 사용했다. 로마 시대에 유행했던 천연 색소 오렌지 오커orange ochre는 카미유 피사로의 〈에르미타주의 코트 데 뵈프〉와 에드가 드가의 〈목욕 후에 몸을 말리는 여인〉에 절묘하게 사용됐다.

🍋 계관석realgar 색소는 '동굴의
먼지'를 뜻하는 아랍어 라히지-
알-가르rahj-al-gár에서 유래한 만
큼 그 어원은 몹시 정겹지만 아쉽
게도 황화비소처럼 독성이 굉장
히 강했다. 합성색소가 발명되기
전 수많은 화가들이 이 색소가 밝은 주황색을 만드는 유일한 수단
이라고 생각했다. 생김새가 매우 비슷한 웅황과 마찬가지로 계관
석 또한 오늘날 거의 사용되지 않지만, 16세기 베네치아에서는 벨
리니, 틴토레토, 티치아노, 베로네세 등 색의 거장들이 즐겨 사용
했다. 티치아노는 〈성가족과 목동〉(1510)에서 요셉이 걸친 겉옷의
오묘하게 아름다운 주황색을 얻기 위해 가장 밝은 부분에는 계관
석을, 어두운 부분에는 흙에서 얻은 색소를 섞어 사용했다.

🍋 네덜란드의 주황색 사랑은 유럽에서 가장 오래된 왕조 시절
부터 시작됐다. 8세기, 기욤 드 겔론이 그의 사촌이자 정치적 협력
자인 샤를마뉴로부터 현재 오랑주라 부르는 프로방스 마을을 하
사 받고 오라녀Oranje 가문을 세웠다. 그는 793년 나르본에서 10만
명의 무어군을 물리친 후 자신이 건립을 도운 수도원으로 물러났
다. 이러한 독실함과 용맹함, 기사도 정신을 높이 사서 그는 성인
으로 추대되었고 중세 프랑스 음유시인들이 노래하던 무훈시의
주인공이 되었다. 최초의 무훈시 중 하나가 그를 칭송하는 〈기욤
의 노래The chanson de cuillanme〉다.

1544년, 후계를 이을 사람이 없자 오라녀공이라는 직위는 나

사우(현재는 독일 영토)의 일부를 소유하고 있던 11살의 사촌 빌럼에게 넘어갔다. 그는 왕위를 상속받기 위해 가톨릭으로 개종해야 했는데, 당시 프로방스의 개신교도들은 프랑스 국왕 프랑수아 1세의 명으로 인해 박해받고 있었다. 신성 로마제국의 황제이자 스페인의 왕인 카를 5세의 피후견인으로써 굉장한 신임을 얻은 빌럼은 1559년 카를의 아들 필리페 2세에 의해 스페인령 네덜란드의 총독(사실상 지배자)으로 임명됐다. '오라녀의 빌럼'이 된 그는 네덜란드 독립운동을 이끌었고, 마침내 1648년 네덜란드를 독립시킨 최초의 지도자가 되었다.

공작기Prinsen Vlag, 즉 주황색, 흰색, 파란색이 가로로 그려진 삼색기는 빌럼을 상징한다고 여겨진다. 이 깃발은 빌럼이 암살되고 3년 후 1587년 네덜란드 해군의 공식 깃발이 되었고, 뉴욕시의 깃발과 남아프리카공화국의 첫 국기에 영감을 주었다. 하지만 주황색 염료가 빨리 변색하고 바다에서 포착하기 어렵다는 점이 해상무역 강국으로서는 심각한 단점이었다. 그리하여 1630년대에 주황색을 빨간색으로 변경했다. 결국 1937년, 빨간색, 흰색, 파란색의 삼색기가 네덜란드의 국기가 되었다.

🍊 가장 유명한 네덜란드 주황색, 즉 오라녀는 1907년 네덜란드 축구 국가대표팀이 착용한 주황색이다(팬톤 16-1462-TCX). 이 색이 스포츠계에서 띠는 상징성은 1974년 네덜란드 축구팀이 요한 크루이프의 천재적 활약상으로 월드컵 결승에 진출하며 절정을 이루었다. 이들은 한 치의 오차도 없는 경기 운영 덕분에 앤소니 버제스의 소설 제목을 빌린 '시계태엽 오렌지'라는 별명을 얻었

다. 정확성과 더불어 경기를 완전히 새로이 재창조하는 듯한 '토탈 사커'라는 형식은 사람들을 열광시켰다. 결국 우승에는 실패했지만 당시 이들이 입었던 주황색은 역사상 가장 기억에 남는 축구 유니폼으로 남았다. 심지어 1988년 유럽 축구 선수권 대회에서 네덜란드에 우승을 안겨 준 마르코 판 바스텐, 루드 굴리트, 프랑크 레이카르트와 같은 위대한 선수들이 입었던 기하학적인 문양의 셔츠보다 훨씬 권위를 얻었다.

그러나 주황색은 스포츠에서 여전히 소수의 취향이다. 야구에서는 샌프란시스코 자이언츠가 흰색, 검은색과 함께 주황색을 착용한다. 영국 축구에서는 바넷, 블랙풀, 던디 유나이티드, 헐 시티, 루턴 타운, 뉴포트 카운티 등 다양한 클럽이 채택하고 있다. 2002~2003년 시즌, 글래스고 레인저스는 원정 유니폼으로 주황색을 착용했으나 시즌 말에 상업적인 이유로 포기했다. 여전히 종교로 양분된 도시에서(레인저스는 전통적으로 개신교 클럽으로, 라이벌인 셀틱은 가톨릭으로 여겨졌다) 열광적인 개신교 교단을 떠올리는 색을 선택해 쓸데없이 도발적인 메시지를 던진다며 레인저스 주주로부터 비판을 받은 것이다. 18년 후에 주황색으로 돌아가긴 했지만, 검은색 원정 유니폼에 글자만 주황색으로 바꿨다.

🍊 1688년, 빌럼의 증손자이자 개신교도인 오라녀의 빌럼은 영국을 침공해 장인인 가톨릭교도 제임스 2세를 폐위시키고 스스로 윌리엄 3세로 즉위했다. 이후 그가 아내 메리 2세와 함께 공동 통치를 시작하며 오렌지색은 종교적 의미를 얻었다. 윌리엄이 1690년 7월 1일 보인 전투에서 제임스의 군대를 격파하며 아슬아슬한 평화는 끝이 났다. 1780년대에 아일랜드의 가톨릭교도들이 영국 왕실에 충성심을 유지하고 미국의 독립전쟁에 고무되지 않게 만들려는 장려책으로, 영국 장관들은 그들에게 부여된 제약 사항 중 일부를 완화했다. 그에 대한 반발로 1795년 오라녀 협회가 창설되었다.

보수색이 짙은 오라녀 협회는 그 후로 북아일랜드 및 그 외 지역의 정치적 상황에 두루 영향을 미치며 논란을 일으켰고, 개신교 불법 무장 단체들과 밀접히 연관됐다며 비판받아왔다. 최근 지도자들 사이에서 조직 이미지에 문제가 있다는 인식이 생기기 시작했고 머빈 깁슨 목사는 이렇게 인정했다. "우리 단체를 비난하는 사람들은 이렇게 말합니다. 우리가 너무 구식이고, 야만스러운 이미지를 가지고 있다고요."

2008년, 협회는 브랜드 이미지를 새롭게 하고자 힘을 썼다. 그 일환 중 하나로 '오렌지맨 다이아몬드 댄'(1795년 댄 윈터라는 후원자가 소유한 러프걸의 다이아몬드 농장에서 조직이 창설됐음을 기리기 위해 지은 이름이다)이라는 슈퍼히어로 캐릭터도 출시했다. 이러한 시도가 큰 성공을 거두지는 못했지만 여전히 협회 홈페이지에서 오렌지맨 다이아몬드 댄 캐릭터의 냉장고 자석과 퍼즐을 구매할 수 있다.

협회가 진심으로 '야만스러운 이미지'를 버리고자 했다면 매년 7월 12일에 윌리엄 3세의 승리를 축하하기 위해 열리는 행진을 재고하는 편이 나았을 것이다. 이런 행사들이 협회에 대한 인식을 전 세계 대중의 뇌리에 너무 강하게 고정한 탓에 마블 식의 슈퍼히어로 캐릭터를 동원해도 인식을 바꾸지 못한 것으로 보인다.

🍋 주황색은 과일 외에 또 다른 식품인 당근을 가리키기도 한다. 네덜란드 농부들이 자신의 왕족을 기리기 위해 당근의 뿌리줄기를 주황색으로 바꾸었다는 낭만적인 이야기는 안타깝지만 신화에 불과하다. 당근이 원래 아프가니스탄에서 재배됐을 때는 보라색 또는 노란색이었던 게 사실이지만, 그리스 식물학자 디오코리데스의 책을 비잔틴 시대에 베낀 사본인 6세기경의 『율리아나 아니키아 고문서Juliana Anicia Codex』에서는 스타필리노스 케라스Staphylinos Keras('경작된 당근'을 의미한다)가 오늘날 우리가 먹는 당근과 흡사하게 생긴 곧게 뻗은 주황색 뿌리 식물이라고 설명한다. 이로부터 4세기가 지난 뒤 이슬람 칼리프를 위한 한 요리책에는 아흐마르ahmar(붉은 주황색), 노란색, 흰색, 이렇게 세 가지 품종의 당근이

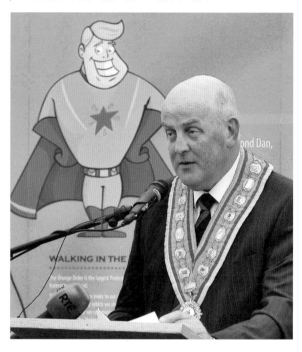

등장한다. 세계 당근박물관은 이렇게 말한다. "주황색 당근이 먼
저고, 네덜란드의 민족주의가 두 번째다."

🍊 남아프리카와 나미비아에 거주 중인 약 300만 명의 유럽계
백인들은 대개 네덜란드 정착민의 후손으로, 고국의 색인 오렌지
색은 그들에게 오랫동안 상징적 의미를 지녀왔다. 네덜란드 국기
와 매우 흡사한 깃발 아래서 운영된 네덜란드 동인도회사는 남아
프리카공화국에서 가장 긴 강에 '오렌지강'이라는 이름을 붙였다.
이 강 덕분에 1854년부터 1902년까지 부어인들의 독립국이었다

가 영국령에 편입된 남아프리카 지역은 '오렌지자유주'라는 이름을 얻게 되었다(이 강이 한쪽 국경과 맞닿아 있다). 인종차별 정책이 실시되는 동안 다수 흑인에게는 이 이름이 매우 아이러니하게 다가왔을 것이다. 이후 아프리카 민족회의가 집권하면서 이름에서 오렌지가 빠졌고, 지금은 그냥 자유주라고 불린다. 1928년, 남아프리카공화국 정부는 새 국기 채택을 둘러싼 열띤 논쟁을 해결하기 위해 유니언 잭, 오렌지자유주 깃발, 옛 남아프리카공화국 깃발, 이렇게 세 가지 깃발이 작게 그려진 공작기(주황색, 흰색, 파란색이 가로로 칠해진 삼색기)를 채택했다. 오렌지자유주의 주기 자체가 네덜란드 국기를 축소한 형태였기 때문에 이 국기는 깃발 안에 깃발이 포함된 유일한 국기가 되었다. 전해지는 이야기에 따르면, 공작기가 선택된 까닭은 이것이 1652년부터 1662년까지 네덜란드 케이프 식민지를 지휘한 항해사 얀 반 리베크가 남아프리카 땅에서 최초로 올린 깃발이기 때문이다.

이 국기는 남아프리카공화국이 1961년 독립을 선언할 때도 변함없이 사용되었지만, 1994년에 아프리카 민족회의와 프레데리크 빌렘 데클레르크 대통령 행정부가 협의를 거치면서 식민지와 인종차별주의의 상징이라며 폐기됐다.

🍋 아일랜드의 첫 번째 국기에는 녹색 바탕에 금색 하프가 그려져 있었다. '녹색 국기'로 알려진 이 국기는 1642년 아일랜드 지도자 오웬 로 오닐에 의해 게양되었다. 이 녹색 깃발은 1790년대에 개신교도 울프 톤 아일랜드 연합의 깃발로 쓰이면서 주로 저항을 상징하다가 1870년대 무렵 아일랜드 민족주의의 상징으로 진화했다. 오스카 와일드의 어머니 제인은 영국 육군 장교와 결혼한 열혈 통합론자인 언니에게 녹색 편지지에 편지를 써 보내며 장난을 쳤다고 한다.

1921년 아일랜드 자유국이 채택한 녹색, 흰색, 주황색의 삼색기를 1848년 최초로 휘날린 사람은 청년 아일랜드 운동의 기수였던 토머스 프란시스 미거였다. 이 깃발은 군주제 타도를 축하하던 프랑스 혁명가들이 그에게 건넨 것이었다. 미거는 이런 명언을 남겼다. "중앙의 흰색은 주황색과 녹색 사이의 지속적인 휴전을 의미한다. 그 아래에서 아일랜드 개신교도의 손과 가톨릭교도의 손이 너그럽고 용감무쌍한 형제애로 서로를 꽉 부여잡고 있을 거라고 믿는다."

1916년, 아일랜드 반군은 영국을 상대로 부활절 봉기를 일으킬 당시 최소 세 개의 깃발을 흔들었다. 하나는 '아일랜드 공화국'이라고 선명하게 쓰인 녹색 깃발, 또 하나는 녹색, 흰색, 주황색으로 된 삼색기, 마지막은 들판을 상징하는 짙은 녹색을 배경으로 금색 쟁기와 검은색과 은색으로 된 별이 그려진 '쟁기와 별'이다. 삼색기는 1919년부터 1921년까지 이어진 아일랜드 독립전쟁 동안 아일랜드 공화국의 깃발로 쓰이다가 1937년에 공식 깃발로 승인되었다. 하지만 〈죽어가는 반란군 The Dying Rebel〉과 같이 아일랜

드 혁명을 기리는 많은 노래들은 시적 허용을 제멋대로 누리면서 '녹색, 흰색, 금색' 깃발을 찬양한다.

🍊 1970년대와 1980년대 초, 인도의 자칭 신비주의자 바그완 슈리 라즈니쉬의 추종자들은 강렬한 주황색에 인생을 바쳤다. 산야신, 즉 운동에 참여한 일명 '진실의 추구자' 중 대부분은 일출과 일몰의 신성한 색을 입으라는 라즈니쉬의 지시에 따라 주황색(과 더불어 보라색과 빨간색)을 걸쳤다. 인도에서 주황색은 힌두교 금욕주의와도 밀접한 관련이 있다.

영국 저널리스트 팀 게스트는 자신의 책 『주황색으로 둘러싸인 삶My Life in Orange』에서 어머니가 산야신이 되는 바람에 『피터팬』과 『파리대왕』 사이 어딘가에 놓인 독특한 어린 시절을 보냈다고 고백했다. 그는 이렇게 회상한다. "산야신은 그야말로 주황색 사람들이었다 (…) 우리 집 거실 빈백 의자에 둘러앉은 사람 중

오리건주의 거대한 수행 공동체에서 '역동적 명상'에 빠져 있는 라즈니쉬.
넷플릭스 시리즈 〈오쇼 라즈니쉬의 문제적 유토피아〉의 주 무대다.

주황색을 걸치지 않은 사람은 없었다. 모두가 주황색 바지, 주황색 윗옷을 입고 주황색 샌들을 신고 있었다."

이 조직은 최고 절정기에 32개국에서 500개의 산야신 센터를 운영했다. 라즈니쉬는 미국으로 건너간 뒤 자신을 '비트젠'이라고 홍보하면서 2000명의 추종자와 함께 오리건주 앤털로프 마을을 점령했다. 이 운동은 1980년대에 사기, 성폭행, 살인 미수, 독살 의혹과 함께 와해되기 시작했는데, 그 모든 과정이 2018년에 제작된 넷플릭스 다큐멘터리 시리즈 〈오쇼 라즈니쉬의 문제적 유토피아〉에 연대순으로 기록되었다. 1984년에는 라즈니쉬의 개인 비서인 마 아난드 쉴라가 생물학 테러를 시도하기도 했다. '주황색 사람들'이 지방 선거를 바로 잡는다는 명목으로 지역 샐러드 바와 식료품 제품들을 살모넬라균으로 오염시켜 751명의 주민을 독살한 사건이다.

🍊 자신들이 노란색인지 주황색인지도 모르는 자유민주당을 어떻게 신뢰할 수 있겠는가?

이안 스테드먼, 《뉴스테이츠먼》, 2015

영국 자유민주당의 공식 스타일 가이드에서는 기본 홍보 색을 팬톤 1235C라고 규정한다. 일부는 금색, 또 일부는 호박색이라 주장하는 이 색은 2009년에 당을 대표하는 색으로 채택되긴 했지만 당 대회의 배경색이 주황빛이 도는 노란색 계열 내에서 매번 달라지는 데서도 알 수 있듯 일관되게 적용되지 않고 있다. 자유민주당과 합당하기를 완강히 거부하는 자유당은 단순 주황색을 고수하는데, 이 색이 1920년대부터 글래드스턴, 애스퀴스, 로이드 조지가 이끌던 자유당을 연상시키기 때문이다.

주황색은 진보적이지만 너무 좌파스럽지는 않음을 보여주고자 하는 정당들이 선택하는 색이다. 신민주당(캐나다), 오렌지민주운동(케냐), 당신의운동당(폴란드), 국민당(자메이카), 사회민주당(포르투갈)과 같은 정당들이 이 색을 선택한 것도 그런 이유 때문이다.

🍊 이단적 해학가이자 예술사를 공부하는 학생이자 병역 의무를 거부하며 '소령' 행세를 했던 활동가 발데마르 피드리흐가

1981년 폴란드 브로츠와프에서 오렌지 대안 운동을 시작하면서, 폴란드에서 주황색은 공산주의 체제에 대한 불만을 상징하게 되었다. 영화감독 벤 루이스는 공산주의의 역사를 농담을 통해 풀어낸 다큐멘터리 〈망치와 간지럼Hammer & Tickle〉에서 이렇게 설명한다. "피드리흐의 첫 번째 운동은 바르샤바 전역을 주황색 난쟁이 낙서로 뒤덮는 것이었다. 그와 연대한 활동가들은 폴란드 전역의 담벼락에 자신들의 로고를 그렸다. 당국이 흰색 페인트로 낙서를 지우면 뒤이어 흰색 얼룩 위에 주황색 난쟁이를 덧그렸다. 개혁을 억압하려는 정부의 노력을 조롱하는 것이었다."

왜 피드리흐는 주황색과 난쟁이를 택했을까? 우선 주황색은 사회주의의 빨간색과 바티칸 깃발의 노란색을 합친 색이다. 지금으로서는 난쟁이 표식이 사회적으로 부적절해 보이지만, 당시 피드리흐가 루이스에게 한 말에 따르면 이는 마르크스·레닌주의의 부조리를 폭로하기 위한 선택이

었다고 한다. '난쟁이가 없으면 자유도 없다'는 구호는 제대로 먹혔다. 그가 남긴 말이 그 까닭을 설명해준다. "경찰이 '난쟁이들의 불법 모임에 참여하신 이유가 뭡니까?'라고 물어본다고 생각해보세요. 그 경찰이 제정신으로 보이겠어요?"

1981년에서 1991년 사이에 오렌지 대안 혹은 폴란드 진

역에서 60차례 이상 운동을 벌였다. 한 익살스러운 시위에서는 상황주의 운동에 걸맞게 시위자들이 브로츠와프 동물원의 침팬지 우리에 모여 스탈린주의 노래를 부르기도 했다. 안타깝게도 피드리흐가 1990년 폴란드 첫 자유 대선에서 겨우 1퍼센트의 득표율을 거두면서 오렌지 대안 운동의 열기는 곤두박질쳤다.

그러나 폴란드에서 피드리흐의 위상이 완전히 땅에 떨어진 것은 아니었다. 그가 예술사를 공부했던 브로츠와프에 세워진 292개의 주황색 난쟁이 조각상은 이후 관광 명소가 되었다. 피드리흐는 그답게 저작권 위반 혐의로 지방 자치 단체를 고소했다.

🍊 2004년 겨울, 피드리흐는 주황색 목도리를 떴다. 빅토르 야누코비치 대통령의 부정 선거와 야당 지도자 빅토르 유셴코가 독살될 뻔한 사건을 비난하는 우크라이나인들의 시위를 지지하기 위해서였다. 피드리흐와 그의 추종자들은 바르샤바에서 키이우까지 주황색 전투 버스를 타고 간 뒤, 수천 명의 저항 세력이 지켜보는 가운데서 유셴코에게 15미터 길이의 주황색 목도리를 전달하는 의식을 거행했다.

유셴코의 중도우파 정당 '우리의 우크라이나'는 야누코비치의 파란색과 공산당의 빨간색과 차별화하기 위해 공식 색상을 주황색으로 채택했다. 체계적으로 조직된 청년 단체가 선거 조작에 저항하며 키이우의 독립 광장을 점령한 뒤 주황색으로 꾸며진 텐트를 우후죽순 세웠다. 그들의 용기가 혁명에 영감을 주었고 결국 유셴코는 재선에 승리했다.

우크라이나에서 일어난 정치적 지진은 모스크바에서도 진동

2004년 12월 키이우 독립 광장에서 야누코비치의 부정선거에 항의하는 오렌지 혁명이 한창 벌어지고 있다.

을 일으켰다. 블라디미르 푸틴 정부는 '오렌지 열풍'을 미국이 바람을 넣은 반러시아적 음모라고 해석하고, 극우 성향의 길거리 폭력배들을 동원해 민주화 운동가들에게 대항하게 했다. 러시아 정부의 후원으로 반 오렌지 시위가 열렸고, 러시아 국민들은 해고 협박을 받으며 강제로 집회에 참여해야만 했다. 이들의 강경한 태도는 주먹으로 주황색 뱀을 조르고 있는 공식 로고에서도 엿볼 수 있다.

🍋 1990년대 초반, 헝가리 정치가 빅토르 오르반은 소련이 헝가리에서 철군해야 한다고 선언하면서 국가적 영웅이 되었다. 이때 그가 속한 피데스당은 주황색 원형을 공식 로고로 채택했고, 그들이 펴내는 주간지를 '미지르 나란치Magyar narancs', 즉 '헝가리 오렌

지'라고 불렀다. 헝가리의 공산주의 정권이 실제로 오렌지를 재배하려고 애를 썼다는 점을 생각하면 흥미로운 명칭이 아닐 수 없다. 당연히 기후가 맞지 않아 오렌지 재배는 실패로 돌아갔다. 페테르 버초 감독의 영화 〈목격자The Witness〉(1969)가 이 대규모 사업 전략의 실패를 익살스럽게 표현했다. 영화의 한 장면에는 당 대표가 과학협동조합을 방문해 노력의 결실을 맛보고 싶다고 부탁한다. 하필 잘 익은 오렌지가 다 떨어진 탓에 협동조합은 이렇게 설명하며 당 대표에게 레몬을 건넨다. "새로운 헝가리 오렌지입니다. 좀 더 노랗고 시큼하지만 우리 것이지요."

🍂 호랑이가 아무리 사나운 맹수라 해도 주황색이 자신의 몸을 숨기며 사냥하기에 아주 적합한 색은 아닌 것 같다. 그렇지만 문제없다. 먹잇감이 되는 사슴 등의 우제목 동물이 색맹이어서 호랑이의 주황색을 주변 식물과 같은 초록색으로 보기 때문이다. 게다가 호랑이로서는 운 좋게도 검은 세로줄 무늬가 그의 형체를 흐트러뜨려 생물학자들이 '분단성 색채disruptive coloration'라 부르는 현상, 즉 해군 함정이 '위장 도색dazzle camouflage'을 한 것과 같은 효과를 낳는다('회색의 방'을 참조하라).

🍂 "시계태엽 오렌지는 오래된 런던 속어로 기괴함과 광기가 극에 달해 본성을 뒤엎을 수도 있음을 의미한다. 그 어떤 개념이 시계태엽 오렌지보다 기괴할 수 있을까?" 앤서니 버지스가 1973년 《뉴요커》에서 자신이 쓴 문제작 제목을 설명하며 쓴 글이다. 그렇지만 안타깝게도 '시계태엽 오렌지'는 런던 속어 사전에 등장하지

않는다. 어쩌면 '이상한, 특이한, 동성애'를 의미하는 '초콜릿 오렌지만큼 기괴한as queer as a chocolate orange'이라는 1960년대 런던식 표현을 버지스가 잘못 들었거나 윤색한 건지도 모른다.

. 보라의 방 .

♫ 페테르 파울 루벤스의 그림 〈헤라클레스와 보라색의 발견〉에서 그리스의 영웅은 자신의 개가 입에서 피를 흘리는 것을 보고 염려한다. 다행히 헤라클레스의 충직한 벗은 그저 달팽이를 씹은 것뿐이다. 루벤스의 그림 속 개는 앞발로 달팽이 껍데기를 건드리고 있다. 그리스 수사학자 율리우스 폴룩스의 믿기 어려운 증언에 따르면, 이리하여 티리언 퍼플Tyrian purple이 발견되었다.

그런데 왜 그림 속 개의 입이 보라색이 아닐까? 사실 페니키아인이나 로마인, 미노아인이 봤더라면 보라색, 즉 티리언 퍼플이라고 했을 것이다. 고대에는 수천 마리의 바다 달팽이로 색소를

만들었는데, 보라색부터 짙은 빨간색까지 각양각색이었다. 로마의 박물학자 가이우스 플리니우스 세쿤두스는 이렇게 남겼다. "티리언 퍼플은 응고된 핏빛일 때 그 진가를 가장 크게 인정받는다. 그냥 보면 검게 보이지만 햇빛

에 비추어 보면 눈부시다.”

♩ 티리언 퍼플을 만드는 과정은 복잡한 데다 돈이 많이 들었다. 무엇보다 냄새가 고약했다. 고대에는 이 염료를 항구도시 티레에서 풍부하게 잡히는 볼리누스 브란다리스Bolinus brandaris, 스트라모니타 하이모스트로마Stramonita haemostroma, 무렉스 트룽쿨루스Murex trunculus 이렇게 세 종류의 조개에서 보통 추출했다. 이 염료는 페니키아인의 정착지인 티레에서 처음 만들어졌는데, 그리스인들이 티리언 퍼플을 의미하는 단어 ‘포이니케스phoinikes’에서 이름을 따 그곳 사람들을 페니키아인이라 불렀을 가능성도 있다. 사람들은 덫에 걸린 조개를 해안으로 옮긴 뒤 으깨거나 짓눌러 껍질을 열고 조개 머리의 ‘꽃’이라 알려진 분비샘에서 맑은 액체를 추출했다. 이 액체가 햇빛이나 공기에 노출되면 연노란색이 섞인 녹색, 파란색, 뒤이어 보라색으로 변했다. 추정치는 저마다 다르지만 1온스의 염료를 생산하는 데 약 25만 마리의 조개가 필요했을 것으로 짐작된다. 이것이 이 염료가 그토록 비쌌던 이유다. 필립 볼은 『브라이트 어스』에 “3세기까지 보라색으로 염색한 양모 1파운드의 가격이 제빵사의 3년 치 연봉에 맞먹었다”고 썼다. 최고급 티리언 퍼플 식물은 디바파dibapha라고 불렸는데, 이는 ‘두 번 담갔다’는 뜻이다.

♩ 티리언 퍼플은 알렉산더 대왕과 떼려야 뗄 수 없는 색이다. 그의 전기 작가 로빈 레인 폭스에 따르면, 기원전 323년 그가 죽었을 때 관 속에 누운 그의 시체 위로 금요료 수놓아진 아름다운

보라색 예복이 놓였다고 한다. 율리우스 카이사르와 그의 양아들 옥타비아누스 등 알렉산더를 우상으로 여긴 몇몇 이들은 알렉산드리아에 위치한 그의 무덤을 직접 찾아가기도 했다. 서기 27년, 옥타비아누스가 로마의 초대 황제 아우구스투스가 되고 난 후, 티리언 퍼플은 황실만 사용할 수 있는 색이 되었다. 이후 여러 황제가 다양하게 독점을 시행했다. 로마의 역사가 수에토니우스에 따르면, 자신만의 보라색 욕조를 주문한 것으로 유명한 네로 황제는 황제의 특권에 대한 집착이 매우 강했다. 일례로 그는 한 연주회에서 보라색 옷을 입은 여인을 발견하자 부하들에게 그를 끌고 나가 그 자리에서 옷은 물론이고 몸에 걸친 것을 전부 벗기라고 지시했다. 이는 나름대로 관대한 처벌이라 할 수 있었는데, 네로와 이후 발렌티니아누스 3세가 세운 공식 방침대로라면 하층 계급이 황제의 색을 입다가 걸리면 처형될 수도 있었기 때문이다. 반면, 셉티미우스 세베루스와 아우렐리아누스가 재위한 기간에는 모든 여자에게 보라색을 허락했다. 디오클레티아누스 치하에서는 그로 인한 세금을 낼 여유가 있는 사람만 보라색을 입을 수 있었다. 별종이었던 칼리굴라는 자신의 애마에게 보라색 담요만 둘렀다.

♫ 비잔틴제국에서 '보라색으로 태어났다'는 의미의 포르피로게니투스porphyrogenitus라는 호칭은 아버지가 황제가 되고 난 후에 콘스탄티노폴리스의 황궁에 있는 보라색 침실에서 태어난 왕자에게만 주어졌다.

♫ 티리언 퍼플의 전통적인 제작법은 1453년 콘스탄티노폴리스가 오스만제국에 함락되며 서구에서 자취를 감췄다. 그러다 1856년에 재발견됐다(공교롭게도 윌리엄 퍼킨이 합성염료 모브mauve를 발명한 해다). 지중해에서 한 어부가 조개 즙으로 셔츠에 노란 무늬를 그리자 햇빛을 받아 보라색 계열의 빨간색으로 변하는 광경을 프랑스 동물학자 펠릭스 앙리 드 라카즈 뒤티에가 포착하면서다.

♫ 1509년, 새 법이 제정되면서 헨리 8세와 그의 직계 가족만이 보라색과 금색 비단을 입을 수 있게 되었다. 왕실 기록에 따르면 헨리 8세는 보라색 벨벳 발 받침과 쿠션을 좋아했다. 1542년, 그

는 소매에는 모피가 덧대져 있고, 가장자리에는 130개의 다이아몬드와 131개의 진주가 박힌 금이 둘려 있으며 보석 다발마다 네 개의 녹색 진주가 박힌 보라색 새틴 가운을 구입했다. 관대함을 베풀고 싶을 땐 사냥 동지들이 보라색을 입는 것을 허락했지만 이런 후사는 아주 특별한 것이었다.

♫ 혈연이 아닌 자신의 힘으로 왕족의 지위를 쟁취한 나폴레옹은 1804년 12월 2일 파리의 노트르담 대성당에서 열린 대관식에서 왕위에 올랐다. 그는 보라색 벨벳 망토를 두른 채 황제의 왕관을 직접 집어 들어 머리에 얹음으로써 자신에게 왕관을 씌워주기 위해 파리까지 먼 길을 행차한 교황 비오 7세의 화를 돋우었다. 장 오귀스트 도미니크 앵그르가 그린 〈왕좌에 앉은 나폴레옹 1세〉(1806)에서 새 황제는 아우구스투스 황제의 영광을 나타내는 보랏빛 망토를 걸친 모습으로 묘사되어 있다.

♫ 1814년 4월 엘바섬으로 추방된 나폴레옹은 추종자들에게 돌아올 때 자신이 코르시카섬에서의 유년 시절부터 가장 좋아한 꽃인 제비꽃을 품고 오겠다고 약속했다. 제비꽃이 봄에 피니 늦어도 1815년 4월까지는 복귀할 것임을 암시하는 메시지였다. 그때까지 보나파르트 지지자들은 건배사로 나폴레옹의 건강과 행복을 기원하는 '제비꽃 상사Caporal La Violette'를 외치며 믿음을 굳건히 지켰다.

♫ 일본에서 짙은 보라색을 칭하는 '무라사키'는 수 세기 동안

장 오귀스트 도미니크 앵그르의 〈왕좌에 앉은 나폴레옹 1세〉
(1806).

평민들에게는 금지된 색이었다. 서기 603년, 쇼토쿠 태자가 출신이 아닌 공적에 따라 지위를 정하는 '관위 12계'를 제정했다. 각 지위는 유교 덕목에 맞게 정해졌으며 구별이 쉽도록 모자 색을 달리했다. 오직 높은 지위의 각료와 관리(다이토쿠)만이 짙은 보라색 모자를 쓸 수 있었다. 두 번째로 높은 지위는 옅은 보라색을 착용했다.

당시 일본에서 보라색 염료는 귀한 약초로 쓰였던 지초라는 식물의 뿌리로 만든 탓에 값이 엄청났다. 염료를 만드는 과정 자체도 간단하지 않았다. 2015년 염료 전문가 야마자키 가즈키가 전통 방식으로 짙은 합성 보라색을 만드는 실험을 실시했는데 며칠에 걸쳐 반복적으로 반숙하고 넘색하고 배넘세를 사용애아 했나.

| 무라사키 옷을 입은 쇼토쿠 태자.

| 무라사키 옷을 입은 쇼토쿠 태자.

한 유명 설화에 따르면 쇼토쿠 태자가 굶주린 거지에게 먹을 것과 마실 것, 그리고 자신의 보라색 망토를 주었는데 그 거지가 실은 중국에 선불교를 들여온 승려 달마였다고 한다. 이러한 설화 덕분에 보라색의 위신은 더욱 높아졌다. 14세기에 처음 무대에 오른 고전 무용극 노能에서 황제와 신의 의상에 보라색과 흰색이 쓰이기도 했다. 오늘날 일본에서 학문이나 예술적 성취가 뛰어난 사람에게 보라색 리본이 달린 훈장을 수여하는 것처럼, 지금도 보라색은 탁월함을 나타내는 공적인 표시다.

♬ 보라색에 대한 제국주의적 헤게모니는 서양에서는 '에도의

2006년 도쿄에서 가부키 배우 사와무라 무니야가 사케로쿠 연기를 펼치고 있다.

꽃'이라는 제목으로 알려진 전통극 〈스케로쿠助六〉(1713)로 인해 서서히 무너졌다. 미국 비평가 제이 키스터에 따르면 이 복수극과 동명인 주인공은 당당히 거리를 활보하는 씩씩한 멋쟁이로, 일본 연극에서 가장 인기 있는 캐릭터 중 하나다. 스케로쿠의 특징은 강렬한 화장과 과녁 문양의 우산, 그리고 보라색 머리띠다. 〈스케로쿠〉는 오늘날에도 여전히 정기적으로 공연되고 있다.

스케로쿠는 가부키 가문인 이치가와에서 태어나거나 입양된 배우들이 사용하는 예명 이치가와 단주로市川團十郎와 곧 동의어가 되었다. 보라색 머리띠는 단주로 2세가 쇼군의 모친을 위해 일하던 상류층 여성에게 선물로 받은 것이지만, 이치가와 가문은 이 머리띠를 스케로쿠가 입장할 때 추는 우아하고 도발적인 춤의 핵심 상징물로 만들어버렸다.

♫ 왕오색나비영어 이름은 '대보라색황제나비the great purple emperor'다—옮긴이는 일본의 국가 나비다. 2019년 일본 정부는 한때 일본 전역의 산림에서 대거 서식하던 이 종의 개체수가 급속도로 줄고 있으며 2025년 무렵이면 야생에서 더 이상 볼 수 없을 거라는 연구 결과를 발표했다.

♫ 퍼플purple이라는 단어는 티리언 퍼플 염료를 의미하는 그리스어 포르피라porphyra를 거쳐 라틴어 퍼퓨라purpura로, 그리고 여기서 파생된 고대 영어 퍼풀purpul에서 온 것이다. 퍼플과 운율이 완전히 일치하는 유일한 단어는 커플curple로, 이는 말의 엉덩이나 말 안장을 고정하는 끈을 나타내던 스코틀랜드어 크루퍼crupper에서 변형된 단어다. 스코틀랜드의 국민 시인 로버트 번스는 1787년 '워코프 가문의 훌륭한 부인' 스콧 여사를 칭송하는 서한에서 'curple'과 'proud imperial purple'의 운율을 맞췄다.

♫ 수많은 보라색이 제비꽃, 라벤더, 페리윙클, 라일락, 히아신스, 난초, 가지, 보이즌베리Boysenberry, 뽕나무, 헤더, 헬리오트로프, 오칠, 엉겅퀴, 그리고 협죽초라고도 하는 플록스 등의 꽃이나 식물과 연관이 있다. 참고로 플록스는 지미 헨드릭스가 가장 좋아했던 일명 '사이키델릭 퍼플' 색이다.

음식 및 음료도 보라 계열의 일부 색상에 영감을 주었는데, 대표적인 것이 포도, 자두, 건포도, 상그리아다. 음식이나 음료에서 영감을 얻지 않은 색상은 일렉트릭 퍼플(바이올렛과 마젠타의 중간 색을 컴퓨터 화면에서 보면 딱 이 색이다)과 애머시스트amethyst(자수정에서 딴 이름이지만 자수정보단 조금 더 옅다), 크레욜라 크레용의 분홍 기가 도는 보라색인 퍼플 피재즈purple pizzazz다.

♬ T.S. 엘리엇은 「황무지」에서 보라색, 특히 제비꽃, 라일락, 히아신스의 색상이 일으키는 수많은 연상 작용을 이용해 신비로움, 파괴, 죽음, 구원, 불운한 로맨스를 암시한다. 그는 두 번째 행에서 죽은 땅에서 솟아나는 라일락을 언급하는데, 이는 월트 휘트먼이 에이브러햄 링컨을 추모한 시 「라일락이 앞마당에 피었을 때When lilacs last in the dooryard bloom」를 넌지시 알리는 것으로 보인다. 라일락은 보통 4월에 피기 때문에 봄의 부활을 의미하지만, 엘리엇은 암살당한 대통령을 암시하며 이 꽃을 비통함, 파괴, 죽음과 연관 짓는다.

또 다른 문장에서 히아신스는 실패한 사랑, 그리고 때 이른 죽음과 연관된다. '히아신스 아가씨'는 옛 애인과 함께 '히아신스 정원'에 왔던 일을 가슴에 소중히 품고 있지만, 옛 애인은 그런 기억에 아무 감정적 동요가 없는 듯하다. 그리스 신화에서 히아신스는 아름다운 스파르타 왕자의 이름으로, 그가 방향을 잃은 원반에 목숨을 잃자 그의 연인 아폴로가 그의 피를 '아아'라고 새겨진 보라색 꽃으로 변신시켰다. 엘리엇이 대놓고 밝히진 않지만 보라색 히아신스와 후회, 용서, 슬픔과의 연관성으로 보아 '히아신스 아가씨'가 받은 꽃이 보라색이라고 짐작할 수 있다.

그리고 늦은 오후가 초저녁으로 바뀌는 '보랏빛 시간'을 묘사하는 유명한 구절이 등장하는데, 이는 불확실성과 권태(타이피스트가 아주 쉽게 유혹에 굴복한다)의 시간이자, 숑발본석인 변화와 낭극적으로는 구원의 시간을 의미한다. 기독교에서 보라색은 그리스도의 탄생과 부활을 준비하고 회개하는 시간인 강림절과 사순절 예배에 쓰이는 색이다. 「황무지」에서 이 시간은 '보랏빛 황혼 속의 어린애 얼굴을 한 박쥐들'에서부터 예루살렘, 아테네, 알렉산드리아, 빈, 런던과 같은 대도시를 비현실적으로 만드는 '보랏빛 하늘의 폭력적인 분위기'까지 온통 보라색으로 묘사되는데, 극단적이지만 새로 태어나기 위해선 꼭 필요한 과정으로 작용한다.

♫ 영국과 미국의 여성 참정권 운동가들이 공식 복장에 보라색을 넣은 것은 여성의 힘을 찬양하기 위함이었다. 영국에서는 흰색 드레스에 보라색과 초록색 띠를 둘렀고, 미국에서는 보라색과 금색 조합을 사용했다. 여성 참정권을 위한 신문 《여성에게 투표권을Votes For Women》의 편집자 에멀라인 페틱 로런스는 이렇게 말했다. "보라색은 고귀한 색이다. 이 색은 모든 여성 참정권 운동가들의 혈관에 흐르는 고귀한 피를, 자유와 존엄에 대한 본능을 상징한다." 영국에서는 이 색으로 만든 신발과 속옷도 판매된다.

영국 시인 제니 조지프는 큰 인기를 끌었던 그의 시 〈경고 Warning〉(1961)에서 다음과 같은 도입부로 보라색이 지닌 해방의 힘을 찬양했다. "나이가 들면 난 보라색을 입을 거야 / 내게 어울리지 않는 빨간색 모자를 쓴 채." 재미있는 사실은 2018년에 85세의 나이로 그가 세상을 떠나기 전 언젠가 "보라색은 못 견디겠어요. 저한테 안 어울리거든요"라며 단 한 번도 보라색을 입은 적이 없다고 고백한 것이다.

1908년 6월 21일 일요일 여성 사회정치연합이 주최한 하이드파크 시위의 입장권.

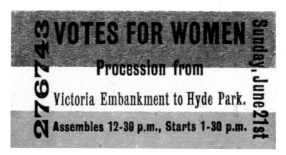

♫ 1660년 9월 16일, 영국의 정치가 새뮤얼 피피스는 그날 런던 관공서 거리에 갔던 일을 이렇게 기록했다. "거기서 나는 죽은 형제를 애도하는, 보라색 의복을 걸친 왕을 보았다." 덧붙여 설명하면, 여기서 왕은 찰스 2세이며 그의 형제는 천연두로 사망한 글로스터 공작이다. 19세기 영국에서는 남편을 잃은 지 2년이 지난 과부들은 애도를 아직 끝내지 않았다는 의미로 연보라색 옷을 입었다. 가톨릭 국가들, 특히 브라질에서 보라색은 그리스도의 수난과 결부되어 주로 장례식장에서 착용된다.

과테말라 안티과에서는 부활절에 수백 명의 참회자가 보라색 예복과 해당 지역에서는 쿠쿠루초스cucuruchos 또는 카피로테스capirotes라고 부르는 고깔모자를 착용하고, 그리스도의 고난과 부활을 기리기 위해 꽃으로 장식한 수레를 끌며 행렬한다. 70명이 수레를 나르고 50팀의 참회자들이 행렬에 참여하는데, 이는 가슴 아픈 종교적 의식이면서 총천연색의 길거리 예술 작품이기도 하다.

♫ 1856년, 윌리엄 퍼킨이라는 18세의 과학자가 서빈늘에게 새

로운 보라색을 선사했다. 그가 말라리아를 치료할 합성 퀴닌을 만들기 위해 석탄 폐기물 콜타르에서 얻은 저렴한 추출물 아닐린으로 실험하고 있을 때였다. 그러나 실험이 불발로 돌아가면서 비커에 더러운 갈색 찌꺼기가 생겼다. 퍼킨이 알코올로 잔여물을 닦아내자 색이 푸크시아 퍼플fuchsia purple로 변했다. 그렇게 우연히 합성 염료가 탄생했다. 처음에 그는 이 염료를 엉뚱하게도 티리언 퍼플이라 불렀다. 이후 좀 더 세련되게 보이도록 이름을 모베인mauveine 으로 바꿨다. 지금은 모브라 부른다.

나폴레옹 3세의 아내 외제니 황후는 모브가 자신의 눈동자 색깔과 비슷하다고 판단했다(사실 눈동자 색이 보라색이 아니었을 가능성이 크다). 모브는 황후의 지지를 받으면서 부유층의 애용품이 되었다. 1858년 1월, 빅토리아 여왕이 큰딸 빅토리아 공주와 프리드리히 빌헬름 왕자의 결혼식에서 짙은 모브 색상의 벨벳 드레스를 입었다.

1850년대의 패션도 오늘날만큼이나 변덕스러웠다. 왕실 결혼식이 있은 지 1년도 채 되지 않아 잡지 《펀치》에서 '모브 홍역'에 대해 한탄했다. 이 색이 자신의 나이보다 젊게 입는 나이 많은 여성을 연상시키는 색이 된 탓이었다. 1891년 출간된 오스카 와일드의 『도리언 그레이의 초상』에는 다음과 같은 구절이 적혀 있다. "모브 색 옷을 입는 여자는 절대 믿어선 안 되네."

♩ 산업 공정을 통해 합성색소를 생산하게 된 것은 진정한 혁명이었다. 역사상 처음으로 일반인들이 과거 부유층의 전유물이었던 색을 사용할 수 있게 되었다. 빅토리아 여왕이 모브를 선보인

바로 그해, 독일의 화학자들이 두 번째 아닐린 염료, 밝은 빨간색인 푹신fuchsine를 생산했다. 마젠타라고도 알려진 이 염료는 모브보다 제조 비용이 저렴했다.

1860년대 중반, 합성색소는 현대 화학 산업의 토대를 마련해주었고 패션에도 혁명을 일으켰다. 물론 난제도 일부 있었다. 영국의 예술가 윌리엄 모리스는 이렇게 불평했다. "새로운 염료들은 색이 바래면서 온갖 종류의 꺼림칙한 검푸른색으로 변한다." 스코틀랜드의 직물 제조업자 제임스 모턴은 염료의 색이 얼마나 오래가는지 시험하기 위해 햇빛이 잘 드는 곳에 둔 후 햇빛에 잘 버티는, 그의 표현으로는 '햇빛에 강한 염료sundour'만 엄선해 팔았다. 이후 버버리와 같은 브랜드들이 이런 염료와 의상을 두고 '변색하지 않는다'고 마케팅을 펼쳤다.

사실 패션이 처한 더 큰 문제는 환경에 지울 수 없는 얼룩을 남긴다는 점이다. 세계은행은 전 세계 수질 오염의 5분의 1이 직물의 염색 및 처리에서 발생한다고 추정한다. 패션업계가 되도록 독성이 없으며 생분해가 가능하고 내구성이 좋은 염료로 전환할수록 인류에겐 훨씬 이득일 것이다.

♫ 최초의 인조 색소인 이집션 블루가 기원전 2200년경에 발명되어 조각상, 도자기, 파라오의 무덤을 칠하는 데 사용되었다는 사실을 기억하는가? 그로부터 약 1400년 후, 중국 장인들이 한 퍼플Han purple이라는 인조 색소를 창조했다. 한 퍼플이라는 이름은

이 염료가 널리 사용되던 한 왕조에서 땄으며, 노장 철학을 신봉하던 유리 장인들이 옥빛 유리를 완성하던 중에 발견했다고 전해진다. 원료를 정확한 비율로 간 다음 약 850~1000도로 가열하는 등 색소를 만드는 과정이 그리 쉽진 않았지만, 중국인들은 구슬을 염색하고, 벽화를 그리고, 진시황의 병마용을 칠하고도 남을 정도의 한 퍼플을 생산했다. 이 색은 기이하게도 220년경 한나라와 함께 역사 속으로 완전히 사라졌으며, 애석하게도 진시황릉의 병마에 묻은 보라색은 대부분 발굴 후 산화되었다.

1992년 물리학자들이 한 퍼플의 제조 공식을 되살리다가 이 색소가 3차원을 무너뜨릴 수 있음을 발견하고 깜짝 놀랐다. 저술가 캐시 라이언은 《비전타임스》에서 이렇게 밝혔다. "극심한 추위나 강한 자기장에 노출되면 색소가 양자 임계점이라 불리는 상태로 바뀌며 수직적 차원을 상실한다. 이는 이 색소를 통과하는 빛의 파동이 오직 두 방향으로만 이동할 수 있다는 의미다. 이 광물의 타일 같은 구조가 원인인 듯싶다."

♫ 지상의 그리스도 대리인들이 사제복을 결정하는 데는 1000년이 넘는 세월이 걸렸다. 1215년, 제4차 라테란 공회의에서 성직자들에게 빨간색과 초록색을 착용하지 못하도록 했다. 1453년에 콘스탄티노폴리스가 함락되면서 서구에 티리언 염료의 공급이 제한되었고, 그로 인해 바티칸이 성직자의 예복 색깔을 세세히 관리하게 되었다. 1464년, 교황 바오로 2세가 추기경들에게 스칼릿 색상을 입도록 명했다. 주교들은 좀 더 저렴한 분홍빛 계열의 보라색을 할당받았지만, 교황은 '진짜 보라색'을 독점했다.

빨간색이 교회를 수호하기 위해 기꺼이 피를 흘리겠다는 추기경들의 의지를 상징한다는 주장은 그 이후에 제기된 것이다.

가톨릭교회의 색깔 코드는 시간이 지나면서 보다 정교해졌고, 교회에서의 위계 서열에 따라 구분되었다. 규정이 어느 정도 간소화된 것은 1966년 제2차 바티칸 공의회에 이르러서다. 새 규정은 보라색을 교황과 그의 예식 및 세속적 업무를 도와주는 고위 관리들의 전유물로 남겼다. 또 스칼릿은 추기경들에게(콘클라베를 행할 때 모자, 띠, 예복에만), 검은색은 일반 사제들의 카속에 배정했다.

♫ 1508년에 보라색은 교황의 위선을 입증하는 증거로 사용됐다. 당시엔 매독 환자의 피부 발진을 '보라색 꽃'이라고 불렀다. 공식적으로 결혼이 금지된 교황과 추기경이 이런 성병에 걸려서는 안 됐다. 그러나 한 기록에 따르면 1508년 '성 금요일 교황 율리오

2세의 발에 너무 많은 '보라색 꽃'이 피어서 신자들이 그에게 입맞춤할 수 없었다고 한다.

♬ 보라색은 일본 불교 일련정종日蓮正宗의 한 분파인 본문불립종本門佛立宗에서 가장 높은 두 사제의 전유물이기도 하다. 유대교에서 보라색은 여성을 의미하는 빨간색과 남성적인 파란색의 통합, 그리고 하늘(파란색)과 땅(빨간색)의 통합을 상징한다. 오라를 믿는 사람에게 보라색 오라는 직관력, 초능력, 영성과 관련이 있다고 전해진다.

♬ 벌은 인간의 눈에는 보이지 않는 보라색을 볼 수 있다. 빨간색에 대한 광수용체는 없지만 볼 수 있는 가시 스펙트럼에 자외선, 그리고 노란색의 조합이 들어 있기 때문이다. 과학자들은 이를 '벌의 보라색'이라 부른다. 벌은 자외선을 이용해 식물에서 꽃가루가 풍부한 부분을 찾아간다. 벌의 색 구분 능력은 인간의 다섯 배로, 지구상의 그 어떤 종보다 빠르고 뛰어나다.

한 연구에 따르면 벌은 다른 색보다 보라색, 자주색, 파란색에 더 이끌린다고 한다. 작가이자 교육자인 샬라 리들은 미국의 공식 양봉 잡지 《비 컬처》에서 이렇게 말한다. "벌이 슈퍼히어로가 된다면 그들의 초능력은 시력일 것이다."

♬ 마침내 대기의 진짜 색깔을 찾았네. 그건 보라색이야. 신선한 공기는 보라색이라네.

클로드 모네가 폴 세잔에게 보낸 편지 중에서

| 벌의 시선으로 본 색깔. 벌은 노란색과 자외선의 조합을 통해 그들만의 보라색을 본다.

1926년 12월 5일, 장의사가 모네의 관을 검은색 천으로 덮으려는 찰나, 프랑스의 전직 총리이자 모네의 절친한 친구였던 조르주 클레망소가 그를 가로막았다. 모네가 자기 작품에서 검은색을 없애려 한 것을 기억한 것이다. 그는 소리쳤다. "안 돼! 모네에게 검은색은 안 되네!" 결국 노르망디 지베르니의 모네의 집에서 가져온 보랏빛 꽃무늬 천이 검은 천 대신 사용되었다.

인상파 화가 대부분이 보라색을 어찌나 사랑했던지, 비평가들이 그들을 '보라색광'이라고 비난할 정도였다. 칸딘스키는 보라색을 '병적인 색'이라고 일축하기도 했다. 1869년 폴 세잔에게 보낸 편지를 보면 모네는 이런 시선에 전혀 개의치 않았다. "보라색과 녹색 사이 어딘가, 바로 그곳에 모든 것을 연결하는 색이 놓여 있다네. 공기와 물의 사이, 무한대의 어딘가에 말이야." 대략 230점에 달하는 그의 수련 그림에는 이러한 신조가 고스란히 담겨 있다.

♫ 세잔은 언젠가 모네에게 이렇게 말했다. "외눈이지만 얼마나 대단한 눈인가." 비평가들은 모네의 눈이 특별한 이유가 단지 시신경이 약하고 안구가 떨려서일 뿐이라고 비웃었다. 심지어 당시에는 이런 증상을 히스테리 및 정신병과 연관 지었다.

모네가 1908년부터 시력 때문에 힘들어했던 건 사실이다. 하지만 이 증상이 그가 색을 보고 그리는 방식에 실제로 영향을 미쳤을까? 1912년, 그는 양쪽 눈에 백내장 진단을 받은 뒤 색을 잘못 고르지 않기 위해 물감 튜브에 라벨을 붙이고 팔레트에 늘 같은 순서로 물감을 놓기 시작했다. 세인트 토머스 병원의 안나 그루거는 2015년 《영국 일반 의료 저널British Journal of General Practice》에 실은 소론에서 모네에 대해 이렇게 적었다. "그의 붓놀림은 더욱 자유분방해졌고 그의 그림은 백내장에 걸린 그의 눈처럼 갈색빛을 띠며 탁해졌다." 1923년, 수술을 통해 오른쪽 눈의 수정체를 제거하고 스위스 회사 칼 자이스가 그에게 새로운 광학 렌즈를 제공하면서 그의 시력도 마침내 안정을 되찾았다.

오른 눈에서 수정체를 제거한 이후 모네는 자외선을 볼 수 있었을까? 보통 안구의 수정체는 자외선을 차단하는데, 수정체 없이 태어나거나 부상을 겪거나 수술로 수정체를 잃은 일부 사람도 자신이 자외선을 볼 수 있다고 주장한다. 한쪽 눈에 수정체가 없는 미국인 학자 빌 스타크는 자외선이 희끄무레한 파란색이나 보라색으로 보인다고 말한다. 모든 사물이 파란색을 띠거나 물체가 불그스레하게 보인다고 말하는 이들도 있다. 이 두 가지 색 모두 눈 수술을 받은 이후 모네의 그림에서 두드러진 색이다. 어떤 구체적인 물질적 형상도 자세히 보이지 않는 그의 마지막 작품들은 추상적 표현주의의 이른 버전처럼 보인다.

♫ 보라색이 쓰이는 국기는 두 개다. 하나는 중앙에 무지개가 등장하는 니카라과 국기이고, 또 하나는 도미니카연방이다. 도미니카연방 국기에는 카리브해 국가의 야생에서만 서식하는 멸종 위기종 황제아마존앵무Sisserou Parrot가 그려져 있는데, 이 앵무새의 몸이 보라색이다. 또한 보라색은 공동체의 단결을 상징하는 색으로, 무성애자 연합의 공식 깃발에도 쓰인다.

♫ 부모들은 주의하시라! 그의 몸은 동성애 프라이드의 색인 보라색이고 그의 안테나는 동성애의 상징인 삼각형 모양이다.
1999년 2월 제리 펄웰의 《내셔널 리버디 저널》에 실린 기사 중에서 미국의 복음주의자 제리 폴웰은 자신이 만든 《내셔널 리버티 저널》에 보라색 텔레토비인 보라돌이가 동성애를 조장한다는 기사를 실은 후 손가락질을 받았다. 보라색인 것도 모자라 포옹하기 좋아하고 빨간 가방을 들고 다니며 '핑클 윙클 팅키 윙키'라고 노래한다는 게 그가 이런 의혹을 제기한 이유였다.

그런데 보라돌이에게 처음 이런 의혹을 제기한 곳은 폴웰의 잡지가 아니다. 1997년 BBC가 이 시리즈를 처음 방영한 직후부터 온라인상에서 보라색 텔레토비의 성 정체성에 대한 추측이 여기 저기서 퍼지기 시작했다. 1999년 1월, 진보 언론의 대표인 《워싱턴 포스트》는 보라돌이를 '새로운 엘런 디제너러스'라고 칭했다.

♫ 사실 이러한 이야기가 퍼지기 전부터 보라색, 특히 라벤더색 은 성소수자와 결부되었다. 가수 마크 아몬드도 2010년에 발표한 곡 〈라벤더Lavender〉에서 이 부분을 충분히 인지하고 있었다. 이 노래에서 그는 동성애가 불법 행위였던 1950년대와 1960년대 영국 사회를 회상하는데, 배우 더크 보가드를 묘사하며 '그에겐 보라색의 기미가 있었지'라는 후렴구를 반복한다. 보가드가 성 정체성을 공개적으로 인정한 적은 없다. 하지만 바질 디어던 감독의 영화 〈희생자〉(1961)에서 협박범과 한판 대결을 벌이는 변호사로 변신해 위험천만한 연기를 펼쳤는데, 이 영화는 영국 영화 최초로 '동성애자'라는 단어를 언급한 것으로 유명하다.

1950년대에 '라벤더'는 미국 정부에서 일하는 성소수자를 박해하기 위한 경멸적 용어로 사용되었다. 조지프 매카시 상원의원 은 해리 트루먼 행정부를 악랄하고 맹렬하게 공격하여 미 국무부

가 91명의 성소수자 직원들의
사임을 허락하게 했다.

1952년 대통령 선거가 열
리기 전에는 공화당 상원의원
에버렛 더크센이 '라벤더 청년'
들을 외교단에서 쫓아내겠다고
맹세했고, 1953년 4월 27일 공
화당 대통령 드와이트 아이젠하워는 성소수자의 연방 정부 근무
를 금지하는 행정 명령에 서명했다. 겉으로 내세운 공식적인 변명
은 그들이 협박당할 위험이 있다는 것이었다. 이에 따라 5000명
의 직원들이 일자리를 잃었다. 당시 미국 분위기상 커밍아웃을
했다는 오명을 견디지 못하고 자살하는 사람들도 있었다. 아이
젠하워의 금지령은 법원에서 대부분 무효가 되었으나 군대에는
1995년 빌 클린턴이 폐지할 때까지 적용되었다.

매카시의 마녀사냥이 시작됐을 때 폴웰이 열두 살이었으니,
성장기였던 그가 이러한 일련의 사건에 영향을 받았을 수도 있다.
성소수자에 대한 그의 적개심은 확실히 깊었다. 1981년에는 이런
글도 남겼다. "기억하길 바란다. 성소수자들은 번식하는 게 아니
다. 그들은 모일 뿐이다! 그리고 수많은 성소수자가 내 아이와 여
러분의 아이들을 노리고 있다." 확실한 결론은 폴웰이 성소수자
음모론을 믿었다는 것이다.

♫ 1933년 설립돼 미국에서 가장 오랫동안 운영 중인 유명한 성
소수자 바 '카페 라피트 인 엑시일'의 본거지는 뉴올리언스의 프

패션 저널리스트 해미쉬 보울즈가 2019 뉴욕 멧 갈라 셀러브
레이팅 캠프에 참석해 패션을 선보이고 있다.

랑스 거리로, 이곳의 일부 지역은 '라벤더 라인'이라고 불린다.
1975년 브라이턴에서 시작한, 영국 최초의 성소수자 전화 상담
서비스도 같은 이름이다.

♫ 하늘에 피가 흐르면 빨간색과 파란색이 합쳐져서 (…) 보라색이 되
죠 (…) 보라색 비는 세상의 종말을 말합니다. 사랑하는 사람과 함
께 믿음에 의지해 그 보라색 빗속을 헤쳐 나가는 거죠.
프린스 로저 넬슨, 자신의 최고 히트곡 〈퍼플 레인〉에 대한 설명 중에서

프린스 로저 넬슨은 보라색 점프슈트를 애용했으며, 미네소
타 페이즐리 파크에 있는 스튜디오와 자기 집 음악실을 온통 보

라색으로 꾸몄다. 〈퍼플 레인 Purple rain〉은 그가 가장 좋아하는 노래이자 앨범이자 영화다. 그가 가장 좋아하는 미식 축구 팀 미네소타 바이킹스는 보라색 유니폼을 착용한다. 1970년대에 빈틈없는 수비를 자랑한

바이킹스는 '보라색 식인 생명체'라고 불렸다. 프린스는 자신의 노래 〈퍼플 앤드 골드Purple and gold〉에서 그들에게 찬사를 보냈다. 프린스의 이 유명한 보라색 사랑을 기리기 위해 팬톤사는 사후 그에게 그만의 보라색 'Love Symbol #2'를 바쳤다. 하지만 2017년 8월, 프린스의 여동생은 《이브닝 스탠더드》와의 인터뷰에서 이렇게 말했다. "사람들이 늘 보라색을 프린스와 연관 짓는 게 이상해요. 오빠가 가장 좋아한 색은 사실 주황색이거든요." 록 저널리스트 이언 펜맨의 말을 인용하자면 '모든 미세한 보라색들이 독특하고 별난 그만의 통제 방식 하에 위아래로, 서로서로 연결된 세상에 살았던 록 스타'와 주황색을 연결시키기란 쉬운 일이 아니다. 1998년에 발표한 앨범 〈러브섹시〉의 커버에서 나체로 자세를 잡은 프린스의 머리 뒤에도 보라색 꽃잎이 그를 후광처럼 감싸고 있다.

♫ 프린스가 보라색에 애착을 보인 유일한 록 스타는 아니다. 록 밴드 '딥 퍼플'의 그룹명은 가수 빙 크로즈비의 동명의 노래 제목에서 딴 것인데, 딥 퍼플의 멤버인 리치 블랙모어의 할머니가 가장 좋아한 곡이 있냐고 한다. 니나금 완식세에 내한 노래도 해식뇌

는 지미 헨드릭스의 〈퍼플 헤이즈Purple Haze〉는 그가 즐겨 읽던 SF 소설들에서 영감을 받은 것으로 추측된다. 1966년 헨드릭스는 필립 호세 파머의 소설 『빛의 밤Night of Light』을 읽고 꿈까지 꾸었는데, 이 책에서 '보라색 연무'가 등장해 행성의 주민들을 동요하게 만든다. 그는 또한 뉴욕에 사는 한 여자가 부두교를 이용해 그의 사랑을 얻으려고 애쓰는 꿈을 꾸고 영감을 받았다고 말한 적도 있다. 이로 미루어 보아 그 곡에 담긴 의미가 하나는 아닐 것이다. 헨드릭스는 언젠가 인터뷰에서 이렇게 말했다. "아, 여러분이 초반에 쓴 〈퍼플 헤이즈〉를 들어봐야 하는데 말이에요. 대략 열 소절인데, 조금씩 바뀌어요. 그냥 '퍼플 헤이즈, 어쩌고저쩌고…' 하는 게 아니라."

♫ 황제와 록 스타만 보라색을 소유한 것은 아니다. 소비자에게 자사의 초콜릿 맛이 고급스럽다는 것을 상기시키려고 보라색을 선택했던 캐드버리는 색에 대한 독점권을 지키고자 네슬레를 상대로 7년에 걸친 값비싼 법정 투쟁을 벌였다. 캐드버리는 심지어 영국 성공회 축일에 기독교적 메시지가 담긴 공정무역 초콜릿을 보라색으로 포장해 판매한 사람들까지 괴롭혔다. 캐드버리는 최고 법원이 '누구도 보라색에 대한 독점권을 가질 수 없다'고 결정한 뒤에야 결국 단념했다.

2017년, 미국 대법원은 다른 견해를 내놓았다. 색상이 특정 제품을 연상시키고 그 제품이 특정 회사 것임을 암시한다는 것을 증명할 수 있다면 색상도 트레이드마크로 공인될 수 있다고 판결한 것이다.

♫ 프린스가 사랑한 미네소타 바이킹스를 비롯해 몇몇 축구팀이 보라색을 선택했지만, 보라색이 초록색 잔디밭에서 얼마나 눈에 잘 띄는지를 생각하면 이 색이 스포츠에서 더 인기를 누리지 못한다는 사실이 의아하다. 보라색을 선택하는 건 매우 구체적인 상징이 있어서인 경우가 많다. 호주 축구팀 퍼스 글로리는 서호주에 축구가 재탄생한 것을 상징하는 의미로 축구팀의 전통적인 색이 아닌 보라색을 채택했다. 일본 프로 축구 교토 상가의 보라색 셔츠는 황제가 머물던 도시라는 의미와 불교 사제와의 관련성을 반영했다.

RSC 안더레흐트, FK 오스트리아 빈, 레알 바야돌리드 모두 보라색 유니폼을 입고 뛰지만 보라색으로 가장 유명한 축구팀은 보라색이라는 뜻의 '라 비올라La Viola'라는 별명을 가진, 피렌체의 ACF 피오렌티나다. 1926년 이 구단이 창단되었을 적에는 유니폼이 절반은 빨간색, 절반은 흰색이었다. 구단 전설에 따르면, 2년 후 누군가 실수로 아르노강에서 유니폼을 빨았는데 우연히 셔츠가 보라색으로 바뀌는 바람에 지금까지 이 색을 입게 되었다고 한다. 1961년 리즈 유나이티드는 새하얀 유니폼을 채택했는데, 신임 감독 돈 레비가 흰색 유니폼을 입고 유러피언컵 최초로 다섯 번이나 우승한 레알 마드리드의 성공을 모방하고자 했기 때문이다. 레알 마드리드가 1957년 두 번째 우승컵을 거머쥐었을 때 경기 상대가 피오렌티나였다. 혹시라도 라 비올라가 승리했다면 레비가 보라색을 채택했을까?

♫ 그 부분은 깊은 보라색입니다. 제발 보라색으로 연주해주세요! 장

밋빛이 아니라고요.

프랑스 리스트가 오케스트라를 지휘하면서 했던 말

누구도 그런 하프시코드는 본 적이 없었다. 프랑스 예수회 일원이자 수학자이자 물리학자였던 루이 베르트랑 카스텔은 하프시코드 위에 6피트 길이의 사각형 틀을 놓았다. 틀 위에는 색이 다른 60개의 판유리가 붙어 있었는데, 각 유리 뒤에는 불붙인 양초가, 앞에는 하프시코드의 특정 건반과 연결한 작은 막이 설치돼 있었다. 그가 건반을 치자 그에 연결된 판유리 앞의 막이 올라가면서 색을 내보였다.

클라베신 오쿨레어clavecin oculaire(가벼운 키보드)를 통해 색의 스펙트럼과 음계를 일치시키려던 카스텔의 이러한 시도는 독일 작곡가 게오르크 필리프 텔레만을 비롯해 호기심 넘치는 수많은 영혼이 파리에 있는 그의 스튜디오로 먼 걸음을 하게 만들었다. 카스텔은 언젠가 파리의 모든 가정에 클라베신 오쿨레어가 놓이기를 꿈꿨지만, 자신의 발명품 때문에 거의 파산에 이르렀다. 악기를 판매할 수 있었다고 해도 비용이 저렴하지는 않았을 것이다.

한번은 런던 소호 스퀘어 콘서트 룸에 공연이 예정돼었으나, 화재 위험으로 취소되기도 했다. 안타깝게도 카스텔의 악기나 도해는 전해지지 않는다.

그의 도전은 예수회 일원이자 박식가인 아타나시우스 키르허의 "악기가 소리를 낼 때 공기의 아주 미세한 움직임을 알아차릴 수 있다면, 분명 놀랍도록 다채로운 색깔의 그림밖에는 보이지 않을 것이다"라는 발언에 영감을 받은 것이다. 카스텔의 실험

보라의 방

은 뉴턴의 빨주노초파남보 스펙트럼을 토대로 한 색깔 건반으로 시작되었다. 그는 무지개에 적어도 1000개의 색이 있다고 판단한 뒤, 진홍색, 빨간색, 주황색, 포브fauve, 노란색, 올리브, 초록색, 청자색, 파란색, 아게이트agate, 짙은 보라색, 보라색까지 12가지 색을 12음계에 맞춘 새로운 건반을 만들었다. 그의 도식에 따르면 A 노트는 보라색, B 노트는 짙은 보라색이었다.

제임스 필이 그의 에세이 『음계와 스펙트럼The Scale and the Spectrum』에 쓴 것처럼, 카스텔은 총천연색의 음악이 전 인류가 함께 사용하던, 사라진 낙원의 언어와 비슷하다고 생각했다. 그는 자기 악기가 소리를 색으로 표현한 덕분에 청각장애인도 음악을 즐길 수 있게 되었다고 주장했다. 스티븐 스필버그의 공상과학 영화 〈미지와의 조우〉의 클라이맥스에서는 인류와 외계인이 음악과 색을 결합해 공통의 언어로 소통하는 법을 배운다. 카스텔이 디지털 시대에 살았다면 무엇을 이루어냈을지 궁금해진다.

🎵 카스텔과 비슷한 영혼을 가진 사람이 또 있다면 바로 러시아 작곡가 알렉산드르 스크랴빈이다. 그는 20분 길이의 호화로운 교향곡 〈프로메테우스, 불의 시〉를 연주하면서 미국 조명 전문가 프레스턴 밀러가 설계한 색광 오르간 크로몰라chromola를 사용했다. 멀티미디어라는 용어가 만들어지기 전이었지만, 사실상 멀티미디어 쇼나 다름없었다. 스크랴빈의 비전을 충족시키려면 색이 음악에 맞추어 공간을 흠뻑 적실 수 있는 강당에서 연주됐어야 했다. 그의 곡에서 빨간색은 「요한계시록」에 등장하는 파괴의 천사이자 메뚜기떼의 왕인 아바돈의 색을, 파란색과 보라색은 이성과

영성을 상징했다.

철학과 종교가 결합한 신비스러운 세계관으로 당시 크게 유행했던 신지학의 열혈 신봉자였던 스크랴빈은 자신의 체계가 보편적 진리를 나타낸다고 믿었다. 이를테면 그가 E 플랫을 '금속광택이 나는 강철색'과 연관 짓는 것에 비웃는 사람도 있겠지만, 음악, 시, 춤, 미술이 신비롭게 연결되어 있다는 그의 신념은 호주의 예술가이자 색채 이론가, 그리고 비올라 연주자였던 로이 드 메스트르와 같은 일부 사람들에게 영감을 주었다.

1910년에 쓰인 〈프로메테우스〉는 그 무대 중 단 하나도 스크랴빈을 만족시키지 못했다. 그는 조명을 다루는 직업을 가지고 있던 두 번째 부인 타티아나 슐뢰저와 함께 이따금 집에서 녹음된 연주를 틀곤 했  다. 이윽고 그는 자신이 히말라야 산기슭으로 사람들을 불러 모아 그들의 감각과 그의 피아노 연주, 향수, 시로 만든 예술을 하나로 통합해야 할 운명을 타고난 신이라고 믿게 되었다. 1915년 3월 20일, 그가 죽기 일주일 전에 뉴욕 카네기홀에서 열린 〈프로메테우스〉 공연을 계기로 《사이언티픽 어메리칸》에서 색채 음악을 새로운 예술 형태로 인정했다. 하지만 그것조차도 스크랴빈의 비전을 온전히 구현한 공연은 아니었다. 색이 화면에 투사되기만 하고 온 강당에 흘러넘치지는 않았기 때문이다. 한 평론가는 이 공연을 두고 '허풍만 가득한 쇼'라고 조롱하기도 했다.

♫ 앨리스 워커의 작가 인생에 결정타가 된 소설 『컬러 퍼플』에서 블루스 가수 슈그 에이버리는 이렇게 말한다. "들판에서 그 색을 지나면서도 알아차리지 못하면 신이 노여워할 것이다." 슈그는 소설의 주인공 셀리에게 신이 제공한 인생의 좋은 것들을 즐기라고 부추긴다. 이 책이 보라색을 선택한 배경에는 인종적 차원도 있다. 워커는 라벤더가 미국 내 백인 여성들에게 페미니즘feminism을 의미한다면, 보라색은 그가 미국 내 흑인 여성들의 해방을 위해 사용했던 용어인 여성주의womanism를 나타낸다고 줄곧 말해왔다. 소설에서 오베르진aubergine은 셀리의 친구 소피아가 경찰에게 심하게 구타당한 뒤 몸에 생긴 멍의 색이다. 셀리는 소피아에게 구원의 힘을 상징하는, 빨간색과 보라색으로 된 바지를 만들어주기도 한다.

♫ 병사들에게 고귀한 야망을 심어주고 온갖 종류의 무공을 키워주고자 하는 장군이라면, 병사가 공적을 쌓을 때마다 심장 모양의 보라색 천 또는 비단에 가는 레이스나 장식으로 가장자리를 덧댄 훈장을 왼쪽 가슴 옷깃에 착용하도록 지시할 것이다.

조지 워싱턴, 1782년 무공훈장을 제정하며

'퍼플 하트 훈장'의 전신인 무공훈장이 제정될 당시 미국은 독립전쟁에서 거의 승리를 거둔 상태였다. 평화 회담이 파리에서 4개월째 진행되고 있었다. '애국심 넘치는 군대와 자유국가의 영광으로 가는 길은 모두에게 열려 있다'는 워싱턴의 신념을 반영해 당시로서는 이례적으로 하사관과 병사도 새 훈장의 수여 대상자가 되었다. 아마 서너 명의 병사들, 그것도 병장에게만 훈장이 돌아갔을 테지만. 어쨌거나 전쟁은 1783년 2월 4일 공식적으로 종료되었고, 훈장은 워싱턴 탄생 200주년인 1932년 2월에 국방부가 '퍼플 하트 훈장'을 발표하기까지 수여가 일시 중지되었다. 공식 추산에 따르면 이제까지 수여된 메달은 길이로 따지면 1.8미터가 넘는다.

왜 보라색일까? 아마 독립전쟁 당시 미군들이 입었던 갈색, 파란색, 회색으로 된 유니폼 위에 달면 눈에 띄었기 때문일 것이다. 보라색이 미국 문화에서 용기를 상징한다는 명백한 사실을 짚어낸 이들도 있지만, 1782년 워싱턴이 '보라색 천으로 된 심장 형상'의 훈장을 제정하기 전에는 이런 연관성에 대한 결정적인 증거를 찾기 힘들다.

미국의 군 통수권자이자 초대 대통령은 색깔에 매우 까다로

웠다. 마운트 버넌에 거
주할 때 식당의 취록이
예상대로 구현되지 않
자 심하게 불평했다는
일화도 있다. 따라서 보
라색은 그에게 아주 사
적인 선택이었는지도

모른다. 플리니우스는 티리언 퍼플을 설명하며 '고귀한 젊음의 표
식'이라 불렀다. 워싱턴의 머릿속에 이런 연관성은 한 고귀한 젊
은이, 즉 알렉산더 대왕까지 거슬러 올라갔을지도 모른다. 그는
군에서 중요한 순간을 만날 때면 로마 작가 퀸투스 쿠르티우스
루푸스가 쓴 알렉산더 대왕의 전기를 참고했다. 또한 알렉산더가
승리를 맞이한 순간을 묘사한 초대형 인쇄물을 다섯 개나 가지
고 있었다. 그중 하나의 제목이 '덕으로 모든 고난을 극복한다'이
다. 알렉산더 대왕의 보라색이 미국 병사들의 고귀한 야망을 보상
하기에 적절한 색이라는 생각이 워싱턴의 머리를 스친 게 아닌가
싶다.

.초록의 방.

🌱 대부분의 사람은 초록색이 세상에서 가장 인기 있는 색 중에 하나라는 데 동의한다. 조사 기관에 따라 다르지만, 보통 아무리 적게 잡아도 파란색 다음으로 선호하거나 빨간색에 이어 세 번째로 꼽힌다. 사실 우리는 태생적으로 초록색을 좋아하게 되어 있다. 지구상의 생명체는 광합성으로 유지되고 광합성의 대표적인 색이 엽록소의 초록색이다. 초록색 공간은 몸은 물론이고 정신 건강에도 좋다. 왕립원예협회의 과학 및 수집 책임자인 앨리스터 그리피스는 이에 대해 다음과 같이 말했다. "누구나 아는 사실이겠지만, 자연에 노출되면 스트레스와 불안이 감소하고 기분이 좋아지며 심박수가 낮아진다. 2002년 74세 이상의 일본 시민 3000명을 대상으로 한 연구에서 자연환경 접근성이 좋아지면 기대 수명이 늘어난다는 사실이 밝혀졌는데, 영국에서 노령자를 대상으로 실시한 연구에서도 비슷한 결과가 나왔다. '비타민 G'의 힘이라고 불러도 좋을 것이다." 하지만 녹색은 행운뿐 아니라 불운을, 비옥함과 부활뿐 아니라 괴저로 인한 부패를 의미하기도 한다.

🌱 수많은 영국 술집이 이름을 빌려온 '그린맨Green Man'은 바쿠

스, 디오니소스, 탐무즈, 오시리스와 같
은 풍요를 상징하는 신의 후손일 것이
다. 초기 기독교 교회에서 재생의 상
징으로 채택된 이후 상황에 맞게 변형
되어온 이 그린맨은 초록색 나뭇잎으
로 둘러싸여 있거나 얼굴의 전체 혹은
부분이 식물로 덮여 있는 것으로 묘사된다. 후자에 해당하는 특
히 인상적인 사례는 독일 밤베르크 성당에서 볼 수 있는데, 이곳
의 그린맨은 머리가 아칸서스 잎처럼 생겼다. 윈체스터 성당에서
는 60개가 넘는 남자 그린맨과 두세 명의 여자 그린맨을 찾을 수
있다. 프랑스의 샤르트르 대성당에는 70개가 있는 것으로 추정된
다. 그린맨의 이미지가 특히 영국과 프랑스에서 자주 발견된다는
것은 이 형상이 켈틱 사회에서 반향을 일으켰음을 알려준다. 미
켈란젤로도 피렌체의 메디치 예배당 장식에 이 모티브를 사용했
지만, 그 무렵 그린맨은 그 상징성을 잃어 거의 장식품에 지나지
않았다.

🌱 14세기에 쓰인 작품 『가원 경과 녹색기사』의 중심인물인 녹
색기사는 이 작품을 현대 영어로 번역한 존 로날드 로웰 톨킨이
'해석하기 가장 난해한 캐릭터'라고 설명할 정도로 굉장히 이해하
기 힘든 인물이다. 피부와 옷이 녹색인 것으로 보아 분명 그린맨
을 암시하는 것처럼 보이지만, 그는 또한 악마(가원 경은 기사를 만
나는 녹색 예배당을 지옥 같은 장소로 여긴다), 예수(녹색은 부활의 색
이냐), 심시어 네인자, 신지자, 비마른 땅을 미법치림 비옥하게 민

『가윈 경과 녹색기사』의 초판 원고 원본에서 발췌한 그림. 녹색기사가 자신의 잘린 머리를 들고 있다.

들 수 있는 마법사 알 히드르('그린맨'이라는 뜻)와도 관련이 있다. 알 히드르는 무함마드의 명언집 『하디스』에서 두 번이나 언급되고, 직접적이진 않지만 『쿠란』에도 등장한다. 그에 관한 이야기가 십자군 전쟁 이후 유럽으로 퍼져 나갔을 가능성이 있다. 초자연적 적대자라는 가윈의 설정도 8세기 아일랜드의 신화 이야기 「브리크리우의 향연Bricriu's Feast」에서 영감을 받았을 수 있다. 여기서도 쿠흘린Cuchulain이라는 영웅이 가윈 경이 그랬던 것처럼 녹색 망토를 두른 거인의 목을 내리친다.

🌱 녹색기사의 먼 친척뻘 중 가장 무서운 존재는 중세의 상상력이 낳은 가장 이상한 결과물 중 하나인 '녹색 사냥꾼'이다. 산 존재

와 죽은 존재, 그리고 여러 사악한 생명체를 거느리고서 밤새 사냥감을 쫓기만 하고 잡지는 못하는 그의 운명은 영원히 유령처럼 떠돌아야 하는 '플라잉 더치맨'을 연상시킨다. 누구라도 그를 만나면 죽음의 세계로 인도된다. 이 사악한 인물은 괴테의 유명 시 「마왕」에도 등장한다.

🌱 1964년, 키프로스의 영국군 사령관 피터 영 소장이 뭉툭한 색연필을 꺼내 지도에 녹색으로 휴전선을 그었다. 최근 교전을 멈추고 휴전에 합의한 키프로스인들을 민족별로 나누기 위함이었다. 북쪽은 튀르키예계 키프로스인이, 남쪽은 그리스계 키프로스인이 차지했다. 그리고 영이 그린 두 지역 사이의 완충지대는 '경계선Green Line'이 되었다. 이 경계선은 1974년에 벌어진 내전을 막지는 못했지만, 여전히 유엔군의 감시 하에 300킬로미터 넘게 뻗어 있다.

1975년 4월, 레바논의 수도 베이루트가 즉흥적 조치에 따라 자체 경계선을 그으면서 15년간 이어질 잔혹한 내전의 시작을 알렸다. 북쪽의 순교자 광장에서 시작해 다마스쿠스 거리를 따라 남쪽으로 8킬로미터가량 이어진 이 경계선은 베이루트를 기독교인이 사는 동쪽과 무슬림이 사는 서쪽으로 나누었다. 흙무더기, 모래주머니, 철조망, 전복된 버스, 포격된 건물 잔해로 만들어진 이 장벽을 사이에 두고 양쪽에서 저격수들이 서로를 향해 총을 쏘았다. 여전히 시민들이 그곳에 거주하긴 했지만, 관목, 덤불, 식물, 나무들이 건물과 길을 뒤덮기 시작했다.

🌱 자연과의 분명한 연관성을 감안하면 초록색이 환경운동을 정의하는 색으로 다소 늦게 등장한 것은 매우 의아한 일이다. 1970년대에 '원자력은 사양합니다Nuclear Power No Thanks'라는 로고에 쓰인 노란색과 빨간색은 눈에는 더 잘 띄었다. '환경을 상징하는 초록색'의 도래는 1971년 9월 캐나다 활동가들이 알래스카 해안의 알류샨 열도에 속한 암치트카섬에서 계획된 핵실험에 항의하기 위해 선박을 전세 냈던 때로 거슬러 올라간다. 그들은 배에 '그린피스Greenpeace'라는 별명을 붙였는데, 결국 미 해군의 저지로 배가 회항했음에도 그 이름은 대중의 관심을 끌었다. 1972년 '파도에 반대하는 위원회Don't Make a Wave Committee'로 활동하던 이 활동가들이 운동 조직을 출범시킬 때는 아예 이름이 '그린피스'로 굳어졌다. 하지만 초록색이 정당에 쓰인 건 훨씬 뒤였다. 녹색 선언으로 선거에서 싸운 최초의 정당 '통합 태즈메이니아 그

룹'은 1972년 호주에서 선거 운동을 벌이며 검은색, 흰색, 빨간색 로고를 채택했다. 1975년에 창당한 영국의 '생태당'은 초록색 로고를 사용했지만, 1980년 서독에서 출범한 '녹색당'의 선거 승리에 힘입어 생태당의 당명을 녹색당으로 바꾸는 데까지는 10년이 걸렸다. 독일 녹색당은 당의 상징에 해바라기를 넣어 디자인했다. 이는 석유 및 가스 대기업인 BP가 2000년 '석유를 넘어'라는 슬로건 아래에서 태양광 사업으로 친환경 캠페인을 시도하면서 기존의 방패 로고를 '폭발하는 태양'으로 바꾸며 채택한 디자인이기도 하다. 물론 BP의 친환경 캠페인은 2010년 석유시추선 딥워터 호라이즌 폭발 사고로 멕시코만에 1억 3400만 갤런(올림픽 수영 경기장 200개가 넘는 양)의 석유를 유출하면서 실패로 돌아갔지만 말이다.

🌱 1968년, '도로표지판과 교통신호에 대한 빈 협약'에서 빨간색은 정지를, 초록색은 보행을 의미한다는 원칙이 법제화되었다. 하지만 일본에서 초록 불은 초록색보다는 파란색에 가깝다. 일본 경찰청의 교통 매뉴얼은 보행자들에게 신호등이 아오ぁぉ(파란색과 초록색을 구분하지 않는 그루 언어다)로 바뀌면 거리를 건너라고 조언한다. 기고 작가 피터 바크하우스는 2019년 《저팬타임스》에 다음과 같이 적었다. "일본 신호등의 빨간색, 노란색은 다른 모든 곳과 똑같지만, 초록 불은 초록색이라기보다 청록색 비스름한 색이

다." 이러한 불일치의 시작점은 1973년 일본 정부가 교통 법규에서 '아오'를 확실한 녹색 '미도리みどり'로 바꾸는 대신 신호등 자체를 푸르스름한 색으로 개조하기로 하면서부터다.

🌱 뉴욕 시러큐스의 티퍼러리힐에는 세계에서 유일하게 위아래가 거꾸로인 신호등이 있다. 이 신호등은 맨 위가 초록색, 중간이 노란색이, 맨 아래가 빨간색이다. 그 지역의 일부 아일랜드계 미국인들이 맨 위에 있는 '영국다운' 빨간색이 맨 아래에 있는 '아일랜드다운' 초록색보다 우월하다는 암시냐면서 불만을 표한 것이 이런 신호등을 탄생시킨 계기였다. 이들은 1925년에 설치되었던 기존 신호등에 계속 돌을 던졌고, 이후 3년간 공공 기물 파손 행위가 반복적으로 이루어지자 마침내 시 공무원들이 신호등의 빨간색과 초록색의 위치를 바꾸었다.

🌱 샌프란시스코 외과 의사 해리 셔먼은 1914년 세계 최초로 녹색 수술실을 만들었다. 셔먼은 벽, 시트, 유니폼이 흰색이면 눈이 부셔서 수술 시 환자의 세세한 해부학적 상태를 알아차리기 힘들다는 사실을 깨달았다. 그는 '시금치 녹색spinach green'이 붉은색 피를 잘 보완해주는 색이라고 주장했고, 세인트 루크 병원 관계자들을 설득해 벽과 시트, 의사 유니폼을 초록색으로 교체하도록 했다.

비슷한 시기에 미국의 반대편 해안에서는 건축가 윌리엄 루드로가 병원 인테리어에 쓰인 흰색의 무익함을 개탄하며 차분한 초록색과 기타 자연색을 사용하자고 주장했다. 1930년대, 색상 컨

병원에서 시금치 녹색을 사용하자던 해리 셔먼의 아이디어는 색
상 컨설턴트 파버 비렌에 의해 좀 더 보완되었다.

설턴트 파버 비렌은 셔먼의 시금치 초록색을 보완해 그 색보다 선명도가 살짝 떨어지는 옅고 부드러운 초록색을 병원에서 사용하도록 장려했다. 그는 밝은색이 외면적 관심을 환경으로 돌리도록 자극하는 경향이 있다고 주장했고, 자신이 보완한 색이 의사와 간호사의 업무 집중도를 높일 수 있다고 판단했다. 이 시기 초록색이 가진 치유 능력에 대한 믿음은 정점을 찍었다.

현재 병원은 과거보다 녹색을 훨씬 덜 쓴다. 수술 장갑은 대개 파란색인데, 의사의 시야를 환기해주고 환자의 피 묻은 장기 상태를 더욱 쉽게 파악하도록 만들어준다는 이유다.

🌱 모든 피가 붉은 것은 아니다. 뉴기니섬과 솔로몬제도에는 독성의 라임 그린 피를 가진 도마뱀속 파충류가 있다. 더 이상한 것

은 뼈, 근육, 세포 조직도 초록색이라는 점이다. 담록소라 불리는 담즙 색소가 너무 진한 것이 그 이유다. 이 도마뱀들이 왜 이렇게 진화했는지는 정확히 알 수 없지만, 현재의 가설에 따르면 이 색소가 특히 말라리아를 퍼트리는 일부 기생충으로부터 그들을 보호해주기 때문이라고 한다.

🌱 초록색과 부패의 연관성에 쐐기를 박은 것은 '괴저gangrene'라는 단어다. 하지만 발음만 비슷할 뿐, 괴저는 초록색과 전혀 관련이 없다. 이 단어는 부패를 의미하는 고대 그리스어 '강그라이나gangraina'에서 나와 라틴어를 거쳐 탄생한 것이다.

🌱 미국의 운전 강사들은 가끔 예비 수강생들로부터 '불운한' 초록색 자동차로 강습받지 않게 해달라는 전화를 받는다. 초록색은 물론이고 다른 어떤 색도 특정 색이 사고를 더 많이 일으킨다는 과학적 증거는 없다(전 세계적으로 초록색 자동차가 50대 중에 1대 미만이긴 하지만). 생명력 넘치는 자연환경과 연결 짓곤 하는 초록색이 한편으로는 불운을 가져온다고 여겨진다니 흥미로운 일이다.

🌱 미국 자동차 경주에서 초록색의 악명은 1911년 9월 17일로 거슬러 올라간다. 당시 뉴욕 시러큐스에서 열린 한 경주에서 리 올드필드의 초록색 녹스 경주차가 타이어 펑크로 군중을 들이받으면서 관중 아홉 명이 죽고 14명이 다치는 등 미국 자동차 경주 역사상 가장 치명적인 사고가 벌어졌다. 올드필드는 경미한 상처

만 입고 탈출했다. 그러나 모든 운전자에게 그만큼 운이 따라주었던 건 아니다. 1920년 11월 25일, 베벌리힐스 트랙에서 자동차 회사 쉐보레 창업주의 형제인 개스톤 쉐보레가 몰던 초록색 프런테낙이 에디 오도넬의 더젠버그와 충돌했다. 두 운전자는 물론 오도넬의 정비공까지 모두 사망했다.

미국의 수많은 경주차 운전자는 초록색을 위험한 색으로 여긴다. '인디애나폴리스 500마일 경주'에서 네 번이나 우승을 거머쥔 릭 미어스는 경주차의 녹색 와이어를 빨간색으로 다시 칠했고, 팀 리치먼드는 브랜드가 초록색이라는 이유로 폴저스 디카페인 커피가 후원하는 자동차로 경기에 나가기를 거부했다.

🌱 '초록색 차는 위험하다'는 미신은 영국 자동차 경주에서는 통하지 않는다. 영국의 레이싱 그린racing green 컬러는 1902년 쉘윈 에지가 올리브그린olive-green 네피아 자동차를 타고 고든 베넷 컵에서 그랑프리를 거머쥐면서 모터스포츠와 인연을 맺었다. 레이싱의 역사가 더 오래된 나라들이 이미 빨간색, 파란색, 흰색을 선점했기 때문이었다. 그가 경기를 완주한 유일한 선수였기에 다음 개최지는 그의 나라인 영국으로 결정되었다. 그렇지만 1903년에는 영국에서 자동차 경주가 아직 불법이어서 개최지가 아일랜드로 변경되었다. 네피아 자동차는 개최국을 기리기 위해 샴록 그린sham-rock green으로 칠해졌다.

레이싱 그린이라는 색이 명확하게 존재하는 건 아니지만, 이 이름으로 판매되는 대부분의 물감은 원래의 샴록 그린보다 훨씬 어둡다. 1960년대에 짐 클라크, 잭 브라밤, 내니 흄이 영국 딤들과

함께 포뮬러 원 타이틀을 거머쥐었을 때 바로 이런 칙칙한 색의 차를 탔다. 하지만 1968년 4월 7일, 클라크는 독일 호켄하임링에서 초록색과 노란색으로 된 로터스 48을 몰던 중 트랙을 벗어나 나무로 돌진했다. 그리고 병원으로 이송되는 도중에 32세의 나이로 사망했다.

🌱 사실 초록색이 경주에 등장하기 시작한 것은 마차 경주 시절부터다. 로마 공화국 시절에는 파란색, 초록색, 빨간색, 흰색까지 네 가지 색의 팀들이 출전했지만 서로마제국이 붕괴하고 서기 6세기 무렵 비잔틴제국의 수도 콘스탄티노폴리스에서 열린 경주에서는 오직 초록색과 파란색 팀만이 출전했다. 파란색은 보통 지배 계층을 나타내는 색이며 초록색은 대중을 대변하는 색으로 여겨졌는데, 두 진영 간의 갈등은 살인적인 수준이었다. 이를테면 서기 501년, 초록색 진영이 콘스탄티노폴리스 원형 경기장에서

파란색 진영의 5000명을 기습적으로 공격해 학살했다. 한편 서기 532년 양 색깔의 지지자들은 유스티니아누스 황제에게 대항하기 위해 힘을 합쳤다. 이들의 반란은 3만 명을 죽음으로 몰며 불행하게 끝났다. 그렇게 대중 스포츠로서의 마차 경주 또한 종말을 고했다.

🌱 하워드 파일의 『로빈 후드』는 물론이고 1938년 개봉한 총천연색 모험 활극 〈로빈 후드의 모험〉의 매혹적인 주인공 에롤 플린이 입던 그 유명한 링컨 그린Lincoln green은 중세 영국 도시 링컨과 밀접하게 관련된 두 가지 직물 색깔 중 하나다. 다른 하나는 링컨 스칼릿Lincoln scarlet이다. 링컨 그린을 만들기 위해서는 양털을 대청으로 파랗게 염색한 뒤 금작화의 일종인 '드라이어스 브룸dyer's broom'이라는 노란 식물로 또다시 염색해야 했는데, 이렇게 하면 당시 널리 사용되던 또 다른 초록 염료 켄달 그린Kendal green보다 훨씬 그럴싸한 올리브그린이 탄생했다. 현대의 링컨 그린은 이와 달라서, 팬톤 색상 #195905의 경우 에롤 플린이 입던 활기 넘치는 링컨 그린보다 훨씬 어둡다. 듀럭스사의 링컨 그린은 그 두 색상의 중간쯤이다.

부자의 물건을 훔쳐 빈자에게 나눠주던 반항적인 무법자 캐릭터는 대체로 월터 스콧의 소설 『아이반호』에서 유래한 것이지만, 로빈 후드에는 최소한 한 명 이상의 실제 인물이 영감을 주었을 가능성이 높다. 역사적 기록에 따르면 가장 그럴듯한 후보는 로저 고드버드다. 헨리 3세에 맞서던 시몽 드 몽포르 등 여러 남작을 뒷받침해주던 그는 수백 명의 그렇게 무리와 함께 셔우드 숲

│ 배우 에롤 플린이 링컨 그린을 입고 같은 색의 검을 들고 있다.

에서 무법자로 살다가 1272년 체포되었고, 이후 사면되었다. 그의 체포 영장에 따르면 그가 어찌나 많은 강도와 살인을 저질렀던지 숲을 지나며 물건을 뺏기지 않은 자가 없었다고 한다. 특히 숲 사람들이 전통적으로 녹색을 입은 점을 생각하면, 고드버드와 그의 무리가 링컨 그린으로 위장했다는 주장은 아주 설득적이다.

또한 이 색은 연지벌레를 으깨서 만들던 링컨 스칼릿에 비하면 비용이 반값이었기 때문에 재정적으로도 이득이었다. 연지벌레는 튀르키예에서 수입해야 했는데, 비싼 것은 물론 수입 과정이 오래 걸리고 또 위험했다. 옷감이 더 비싼 탓에 스칼릿은 특정한 사회적 지위와 부유함을 나타냈다. 18세기 한 음유시인의 시에서 로빈 후드는 숲에서는 초록색을, 법정에서는 주홍색을 걸친다. 「로빈 후드 이야기A Gest Of Robyn Hode」라는 시에는 로빈 후드의 조카 '월 스칼릿'의 이름이 언급되는데, 이는 이 젊은 무법자가 고급

초록의 방

스러운 옷을 좋아했음을 의미하는 것인지도 모른다. 일부 노래와 연극은 길드의 의뢰로 만들어졌으니, 제품을 동등하게 배치해 로 빈 후드 전설이 재차 이야기될 때마다 인기 있는 링컨 직물이 모 두 홍보되길 바란 것일 수도 있다.

❦ 행여 조금이라도 미신을 믿는다면 바다에서는 초록색을 입 지 마라. 초록색 배에 타지도, 배를 초록색으로 칠하지도 마라. 영 국과 프랑스의 몇몇 지역 어부들은 초록색이 천둥과 번개를 불러 들일까 봐 두려워한다. 초록색이 육지의 색이라 믿는 일부 선원들 은 배를 초록색으로 칠하면 좌초될 것이라며 걱정한다. 또한 초록 색이 배 위에서 죽은 장교와 선원들의 시체를 연상하게 해 기피한 다는 설도 있다.

❦ 매년 3월 17일이 되면 아일랜드에 기독교의 기틀을 다진 선 교사 겸 주교 성 패트릭을 기리기 위해 세계 각지에서 강과 맥주 를 녹색으로 만든다. 하지만 13세기에 그려진 가장 오래된 성 패 트릭의 이미지는 초록색이 아닌 파란색 예복을 입은 모습이다. 그 리고 초기 아일랜드 신화에서 나라의 주권을 상징하는 플라시어 스 에어린은 파란색 예복을 입은 여성으로 표현되었다. 헨리 8세 가 1541년 자신을 아일랜드의 왕으로 선포했을 때도 파란색 바탕 에 금색 하프가 그려진 문장을 아일랜드에 선사했다. 이는 오늘날 아일랜드 대통령의 깃발로 존재한다. 그렇지만 아일랜드 국민과 영국 왕가 사이 갈등의 골이 깊어지면서 파란색은 점차 오염된 색 이 되었다. 17세기 무렵, 초록색 도끼풀 문양이 '성 페트릭의 상징

| 시카고강이 성 패트릭의 날을 맞아 초록색으로 변했다.

| 시카고강이 성 패트릭의 날을 맞아 초록색으로 변했다.

이 되었고 곧 아일랜드 민족주의의 모티브로 진화했다.

🌱 세계보건기구에 따르면, 러시아에서는 알코올이 사망 원인의 30퍼센트를 차지한다. 그곳에서는 폭음의 희생자를 두고 '녹색뱀에게 물려 죽었다'고 말한다.

🌱 전통적으로 스코틀랜드 로우랜드에서는 결혼식 날 초록색을 입거나 장식에 사용할 수 없었다. 미신에 대한 믿음이 너무 강해서 식사 때 초록색 채소도 절대 내놓지 않았다. 영어권의 옛 시에 등장하는 '녹색 옷을 입고 결혼하니 / 보이기가 부끄러워'라는 구절에는 초록색이 결혼식에 불운을 가져오는 요정과 관련 있다는 믿음이 담겨 있다.

🌱 윌리엄 셰익스피어는 초록색이 질투와 동의어가 되는 데 일조했다. 그는 『베니스의 상인』에서 이러한 이미지를 최초로 사용했는데, 포샤가 사랑에 빠져 '질투하는 초록색 눈'에 대해 이야기한다. 이어서 『오셀로』에서는 비극의 주인공이 숙적 이아고의 말처럼 '사람의 마음을 농락하고 잡아먹는 초록 눈의 괴물'로 인해 모든 것을 망치고 만다. 이런 연관성은 어디서 비롯했을까? 가장 그럴싸한 원천은 작가의 상상력이 아닐까 싶다.

🌱 중국에서 '초록색 모자를 쓴다'는 표현은 아내나 여자친구가 부정을 저질렀음을 의미한다. 이 이유에 관한 여러 가지 가설이 있는데, 어떤 이들은 북경어로 '바람난 아내를 둔 남자'란 표현과 발음이 비슷하다고 하고, 또 다른 이들은 한때 매춘부들이 초록색을 입어서라고 한다. 한편 2015년에는 중국 경찰이 무단횡단을 한 시민들에게 녹색 모자를 쓰거나 벌금 3달러를 물거나 둘 중 하나를 택하도록 했는데, 약 세 명 중 한 명이 벌금을 납부했다고 한다.

🌱 17세기 프랑스에서는 파산한 사람들을 시장으로 데리고 가 그들의 불명예를 공개적으로 알리는 것이 관행이었다. 이들이 감옥에 가지 않을 수 있는 유일한 방법은 초록색 보닛을 쓰는 것이었다.

🌱 흔히들 사탄을 빨간색과 연결 짓지만 중세 후기에는 사탄의 배신을 종종 초록색으로 표현했다. 미아엘 파허의 〈아우구스티누

| 미하엘 파허의 기독교 제단화. 악마가 초록색으로 표현됐다.

스에게 악마의 서를 내미는 악마〉에서 악마는 끈적끈적한 모습의 초록색으로 그려져 있다. 마치 20세기 대중 과학 소설이나 영화에서 흔히 발견되는 초록색 외계인의 원형처럼 보인다. 미셸 파스투로는 초록색 악마가 12세기부터 이미 유럽 교회에 등장하기 시작한 것에 주목하면서 이러한 반감이 이슬람 군대가 초록색을 사용했던 사실을 반영한다고 추측한다.

초록색과 악마와의 연관성은 제프리 초서의 『수사의 이야기 The Friar's Tale』에 모티브가 되는데, 여기서 짧은 초록색 재킷을 입고 있는 자작농이 자신이 착취, 속임수, 폭력으로 생계를 꾸린다고 인정한 뒤, 친구에게 이렇게 말한다. "나는 악마다. 내 집은 지옥이다." 이 밖에도 용, 마녀, 바실리스크처럼 사탄과 관련된 수많은 존

재의 전체나 일부분이 초록색으로 묘사되는 일이 많았다. 그리고 영화 〈오즈의 마법사〉에서 마거릿 해밀턴이 '사악한 서쪽 마녀'로 분장한 뒤로 초록색은 대중문화에서 마녀를 뜻하는 전형적인 색이 되었다. 그렇지만 바움의 소설에서 그는 흰 피부로 묘사된다.

🌱 초록색 잭이 새벽 5시까지 꽃 장식을 마치고 7시에 그늘진 구조물 속으로 들어갔다.

775년 5월 2일 자 《모닝 크로니클 앤드 런던 애드버타이저》 기사 중에서

초록색 나뭇잎은 중세부터 5월 의식의 주역이었지만 18세기 영국에서는 어린 굴뚝 청소부가 나뭇잎과 꽃을 뒤집어쓰고 '초록색 잭Jack of the green'으로 변장해 행사를 축하하며 군중으로부터 돈

을 얻는 것이 풍습이 되었다. 이런 풍습은 1875년 굴뚝 청소법이 제정되어 아동의 노동을 금하면서 사라지기 시작했다.

🌱 1920년대 미국에서 명명된 '금주령 초록색Prohibition green'은 주류 밀매점에서 술을 판매하고 있음을 은밀하게 알리기 위해 문에 칠했던 색이다. 이 관습은 미국에서는 짐 로우, 영국에서는 쉐이킹 스티븐스에게 차트 1위를 선사한 기이한 곡 〈그린 도어Green Door〉와 관련한 그럴듯한 설명 중 하나로, 가사의 내용을 살펴보면 잠 못 드는 화자는 추운 바깥에 있는데 녹색 문 너머의 사람들은 낡은 피아노를 치면서 왁자지껄 웃고 있다.

🌱 1960년대 말, 저명한 기타리스트 피터 그린은 부와 명성을 혐오하게 되면서 자신의 밴드 '플리트우드 맥' 멤버들에게 막대한 돈을 사회에 기부하라고 종용했다. 멤버 믹 플리트우드와 존 맥비가 이의를 제기하자 그린은 밴드를 탈퇴하기로 결심했다. 그리고 탈퇴 전, 영국 음악 차트 사상 가장 특이한 싱글 중 하나인 〈그린 마너리쉬The Green Manalishi〉를 만들었다. 1970년에 톱 10에 진입했던 이 히트곡은 그가 LSD에 취해서 초록색 개가 죽은 자신을 향해 짖어대는 꿈을 꾼 뒤에 쓴 것이다. 초록색 개는 돈, 나아가 악마를 상징한다.

🌱 미셸 파스투로는 다음과 같이 말한 바 있다. "이집트는 초록색을 항상 선하게 여기는데, 여기엔 비옥함, 다산, 젊음, 성장, 재생, 질병과 악령에 대한 승리 등 다양한 의미가 있다." 다산의 신

오시리스는 녹색 피부로, 기술 및 창조와 관련된 신 프타는 '왕가의 계곡'에 위치한 파라오 호렘헤브Horemheb의 무덤에 건강한 녹색 얼굴로 표현되어 있다. 공작석으로 만든 연두색 아이섀도는 사회적 신분이 높거나 그것을 바를 만한 수단이 있던 이집트인들에겐 자외선 차단제로도 사용되었다.

🌱 왜 미국 돈은 초록색일까? 미연방 정부는 남북전쟁에 자금을 조달해야 했던 1860년대에 들어서야 종이 화폐를 인쇄하기 시작했다. 달러 지폐의 한 면에 초록색 잉크를 사용한 것은 위조를 막기 위한 조치이기도 했다. 당시에는 카메라가 이미지를 흑백으로밖에 찍지 못했기 때문에, 이렇게 하면 지폐를 복제하는 게 불가능했다.

1929년, 달러 지폐 디자인을 표준화할 때 연방 인쇄국이 '초록색 잉크는 부족함이 없고 오래가며 안정감을 준다'며 초록색을 고수했다. 당시 미국 지폐가 '녹색 지폐'로 널리 알려져 있었기 때문에 색을 바꾸면 문제가 됐을 수도 있다. 최근에는 위조를 막기 위해 배경에 교묘하게 파란색, 구릿빛 주황색, 보라색을 넣어 지폐의 색이 더욱 다채로워졌다.

🌱 1786년 어느 날, 스웨덴 출신의 위대한 화학자 칼 셸레가 유독성 화학물질에 둘러싸여 작업대에 누워 숨진 채 발견됐다. 향년 43세였다. 자신이 만든 물질을 맛보겠다는 그의 고집이 마침내 그를 죽인 것이었다. 산소, 몰리브덴, 텅스텐, 바륨, 수소, 염소를 처음 발견한 과학자로 유명한 그는 이후 섬유와 벽지를 염색하는 데 널리 쓰인 아비산구리 화합물 셸레 그린Scheele's green에 자신의 이름을 붙였다.

셸레는 1775년 이 복합물을 발명했을 때 비소의 함량이 위험한 수준임을 인식했다. 그렇지만 어떤 유기물 염료에 비할 수 없을 만큼 색이 훌륭했다. 1814년, 독일 슈바인푸르트에서 화학자 러스와 사틀러가 셸레 그린의 경쟁 제품인 비소 화합물을 완성해 판매하기 시작했다. 슈바인푸르트 그린Schweinfurt green, 파리스 그린Paris green, 빈 그린Vienna green, 에메랄드그린 등 다양한 이름으로 알려진 이 새로운 색소는 셸레 그린보다 오래갔고, 터너, 모네, 고갱, 세잔 같은 예술가들의 사랑을 받았다.

빅토리아시대 영국에서 벽지를 길게 제작하는 기계가 발명되고 1836년 벽지세가 폐지되면서 셸레 그린은 위협적인 존재가되었다. 빌 브라이슨은 『거의 모든 사생활의 역사』에 이렇게 적었다. "19세기 후반 무렵, 영국 벽지의 80퍼센트가 비소를 함유하고 있었는데 때론 그 양이 상당했다. 특히 이 벽지를 열렬히 옹호한사람은 디자이너 윌리엄 모리스로, 그는 비소에 기반해 색소를 만드는 데번의 한 회사에 이사로 재직 중이었다."

일부 사람들은 불안에 떨었다. 독일 화학자 레오폴드 그멜린은 1839년에 이미 셸레 그린을 금지해야 한다고 주장했다. 1862년, 런던 동부의 라임하우스에서 앤 터너와 세 딸이 사망한 사건을 조사한 결과, 비소가 섞인 벽지가 원인으로 지목되었다. 1870년대 무렵, 모리스는 소비자의 우려를 의식해 하는 수 없이 비소가 없는 초록색을 사용했다. 그는 친구에게 이렇게 불평했다. "비소에 대한 공포보다 더 큰 어리석음은 상상할 수조차 없네. 의사들이 마녀의 열병에 사로잡혀 있는 걸 보게. 이 모든 사건의 발단은 의사들이 환자를 진찰하고도 뭐가 문제인지 모르겠으면 체념하듯 벽지 탓을 한다는 걸세. 실은 화장실을 탓해야 하는데 말이지."

일부는 녹색 벽지로 인해 병을 얻었을 수도 있지만, 그의 말처럼 셸레 그린이 그토록 치명적인지는 의심스럽다. 2005년 윌리엄 컬런과 로널드 벤틀리가 연구한 결과, 벽지가 과거에 생각했던 것만큼 비소 가스를 많이 발생시키지 않았으며, 한때 유독한 벽지 때문이라고 여겼던 질병의 원인이 곰팡이일 수도 있다고 결론 내렸다.

🌱 1821년 5월 5일, 나폴레옹 보나파르트가 51세의 나이로 외딴섬 세인트헬레나에서 사망했을 때 일부 사람들은 살인이라고 곧장 의심했다. 영국이 1800년과 1804년에 그를 암살하려 했고, 나폴레옹이 그들이 계획을 포기하지 않았다고 확신하며 죽기 3주 선 나음과 같은 글을 남긴 덧이있다. "나는 영국의 소수 집긴중에

의해 암살당해 명을 다하지 못하고 죽을 것이다."

이를 입증할 만한 증거는 없었지만 1960년대에 들어 실험을 통해 나폴레옹의 머리카락에서 비소를 발견했다. 스웨덴의 치과 의사이자 아마추어 독극물 학자인 스텐 포르슈부드는 세인트헬레나섬에서 황제의 집안을 관리하던 찰스 트리스탄 몽톨롱 장군이 그를 독살했다고 주장했다. 살해 동기는 질투(나폴레옹이 장군의 아내와 바람을 피웠다)거나 단순한 욕심이라고 보았다. 게다가 장군은 보나파르트가 남긴 유언의 최대 수혜자로 200만 프랑을 상속받기로 되어 있었다. 19세기에는 비소로 부유층을 독살하는 일이 관행처럼 널리 퍼져 이를 '상속 가루'라고 부를 정도였다.

또 다른 가설도 제기되었으니, 해당 비소가 롱우드 하우스의 나폴레옹 침실을 장식하던 녹색, 금색, 흰색 벽지에서 나온 것이라는 주장이다. 세인트헬레나의 습한 열대 공기로 인해 곰팡이가 증식했고 종이와 반응하며 트리메틸아르신이라는 비소 화합물을 비롯한 독성 가스를 방출했다는 것이다. 그의 수행단 중 일부가 롱우드 하우스의 '나쁜 공기'에 대해 불평한 바도 있다. 하지만 1982년, 데이비드 존스와 케네스 레딩엄이 연구 끝에 이렇게 결론 내렸다. "이 벽지에 엑스레이 형광 측정을 한 결과, 질병을 유발하기에 충분한 양의 비소가 발견되었지만 사망에 이를 정도는 아니었다." 일반적으로는 그가 위암으로 사망한 것으로 알려져 있다.

🌱 선명하지만 변치 않는 초록색을 얻기 위한 난제는 수 세기 동안 화가들을 괴롭혀왔다. 1670년대에 네덜란드 화가 새뮤얼 반 호흐스트라텐은 다음과 같이 불평했다. "빨간색이나 노란색만큼 훌륭한 초록색 염료가 있으면 얼마나 좋을까? 녹토는 너무 힘이 없고, 스패니시 그린Spanish green은 너무 조잡하며, 재는 내구성이 좋지 않다."

몇몇 예술가는 구리가 녹슬면서 생기는 초록색 화학물인 녹청에 의존했다. 하지만 녹청을 기반으로 한 염료는 레오나르도 다빈치가 자신의 노트에서 경고한 것처럼 세월이 지나면서 검게 변하는 경우가 많았다. 다빈치는 이렇게 적었다. "녹청에 알로에, 또는 담즙, 또는 강황을 섞으면 훌륭한 초록색이 된다. 사프란과 불에 태운 웅황도 마찬가지다. 하지만 단시간에 검게 변하지 않을까 염려된다."

초록색은 1838년 파리의 물감 상인 파네티에가 산화크롬을 푸르스름하고 칭렬한 초록색, 엉이로는 비리디언인 '베르 에므로

마네의 〈발코니〉(1868)는 새로운 크롬그린 색소를 광범위하게
사용하고 있다. 비리디언 색상의 양산도 그 중 하나다.

드vert émeraude'로 바꾸는 공식을 발견하면서 한결 얻기 쉬운 색이
되었다. 이 색은 동양에 정통한 화가 아드리앵 기녜가 1859년 자
신만의 비리디언 레시피를 완성하고 특허를 낸 후 더욱 유명해졌
다. 프러시안블루와 크롬옐로를 다양하게 혼합한 크롬그린은 저
렴하다는 이유로 한동안 인기를 끌었지만, 화가들에게 신뢰를 얻
지 못했다. 비리디언은 인상파 화가들로부터 열렬한 선택을 받았
으며 세잔이 가장 좋아하는 색 중 하나가 되었다.

🌱 1780년, 스웨덴의 화학자 스벤 린만이 산화코발트와 산화아연을 혼합해 고안한 코발트그린은 가격이 비싸고 흰색과 잘 섞이지 않아 화가들에게 인기가 없었다. 하지만 워싱턴대학 연구원들이 이 색소가 양자 컴퓨터에 유용할 수도 있음을 발견했다. 양자 컴퓨터의 기본 응용 분야 중 하나가 스핀트로닉스인데, 이 분야를 발전시키면 전자의 회전을 이용해 데이터를 전례 없는 속도로 저장하고 전송하는 컴퓨터를 만들 수 있다. 스핀트로닉스는 1980년대에 개발되었으나 해당 장비들이 섭씨 영하 200도 이하에서만 작동한다는 사실이 걸림돌이 되어왔다. 연구에 따르면 린만의 코발트그린은 특별한 자성을 가지고 있어 양자 컴퓨터가 실온에서 작동할 수 있도록 만들어준다. 다시 말해 이 인기 없는 색소가 또 다른 기술혁명을 이끌지도 모른다.

🌱 녹색 광선이라고도 불리는 녹색섬광은 지구의 대기가 태양으로부터 오는 빛을 굴절시키고 산란시키면서 발생하는 드문 광학 현상이다. 《내셔널 지오그래픽》에서 나디아 드레이크가 정의한 바에 따르면 일출이나 일몰 시 '구름과 안개가 없는, 오염되지 않은 맑은 수평선'에서는 오

직 빛의 녹색 파장만이 우리 눈에 닿고 나머지는 걸러진다. 드레이크는 2016년 1월 하와이 카우아이섬에서 이 현상을 짧게 경험

하고 이렇게 말했다. "섬광은 이런 현상을 설명할 때 쓸 수 있는 단어가 아니다. 녹색이 분명 순식간에 나타났다 사라지지만, 갑자기 터지기보다는 부글부글 끓고, 폭발하기보다는 천천히 발산된다. '녹색 불빛'이나 '녹색 번짐'에 더 가까웠다."

스코틀랜드의 오랜 전통대로라면, 드레이크는 절대 사랑에 속지 않을 것이다. 녹색섬광, 광선, 불빛, 또는 번짐을 봤기 때문이다. 이 전설은 쥘 베른의 소설 『녹색 광선』에, 그리고 이어 에릭 로메르 감독이 민든 동명의 영화에 영감을 주었다. 소설에서 여주인공은 자신의 친절한 보호자인 삼촌에게 녹색 광선을 보면 절대 감정에 속지 않을 터이니, 그것을 보기 전까지는 결혼하지 않겠노라고 말한다. 그렇지만 섬광이 실제로 나타난 순간, 그는 새로운 사랑에 정신이 팔려 섬광을 알아차리지도 못한다.

저 멀리 맨섬 신화에서도 녹색 광선의 영향을 찾을 수 있다. 1929년 9월 10일 《더 타임스》의 한 기사에서 모나 더글러스는 맨섬의 고대 언어인 맨섬어로 녹색섬광을 '살아 있는 빛soilshey-bio'이라 부른다고 말했다. "맨섬의 어부들에게서 들은 이야기에 따르면, 배들이 난파되기 전 일출 무렵에 '섬광'이 목격됐다고 한다. 때론 실제 실종된 이들의 친척이, 어떤 경우엔 경고를 보고 출항 계획을 취소한 사람들이 직접 증언했다."

❦ 1883년 8월 크라카토아 화산이 히로시마 폭탄의 10만 배에 달하는 위력으로 폭발해 3만 6000명의 목숨을 앗아가기 직전, 녹색섬광이 목격됐다는 설이 있다. 그렇지만 화산 폭발 때 생성된 화산재 입자가 만들어낸 현상이 훨씬 더 신기했다. 하늘이 초록색

으로 변한 것이다.

1883년 8월 27일, 《맨체스터 가디언》에 J. T. G.라고만 알려진 한 독자가 자바섬과 수마트라섬 사이를 지나가는 증기선 갑판 위에서 겪은 일을 기고했다. 그 내용은 다음과 같다. "남서쪽으로부터 스콜이 몰려오는 게 보이더니 가까워질수록 선명한 초록색을 띠었다. 바다도 매우 녹색이었는데, 관리가 잘 된 잔디색이었다 (…) 하늘은 며칠 내내 계속 초록색이었고, 서쪽으로 향하는 동안 일출과 일몰이 이루 말할 수 없을 정도로 아름다웠다. 해가 뜨고 지는 곳뿐 아니라 수평선 주위에 펼쳐진 아치 구름 주변이 온갖 종류의 초록색으로 물들어 있었다. 증기선이 홍해에 도착할 때까지 하늘은 계속 초록색이었다."

🌱 서양 미술사를 통틀어 〈아르놀피니 부부의 초상〉에서 임신한 듯 보이는 젊은 여성이 입은 빛나는 초록색 드레스보다 더 많은 혼란을 준 옷이 있을까? 1434년 얀 반 에이크가 그린 이 수수께끼 같은 초상화를 두고 아직도 학자들은 다양한 측면에서 논쟁을 벌인다. 지금으로서는 그림 속 남자는 브루게를 본거지로 둔 이탈리아 직물상 지오반니 디 니콜라오 아르놀피니이고, 여자는 1426년에 그와 결혼한 코스탄자 트렌타라는 설이 보편적이다. 그렇지만 1433년 코스탄자가 사망했으니, 반 에이커의 걸작은 결혼식을 축하한다기보다는 죽은 배우자를 추모하기 위한 것으로 보인다.

그리고 보이는 것과 달리 젊은 여성은 임신 중이 아니다. 그는 그저 매우 부유한 남성의 아내일 뿐이다. 까징지리를 띠리 털

이 덧대어진 풍성한 드레스는 15세기 초반 네덜란드의 고급 여성복을 보여주는 한 사례다. 주름이 깊게 팬 직물은 실크만큼 비쌌을 것으로 추정되는 고급 모직이고, 이처럼 짙은 에메랄드 톤을 얻기 위해선 두 번의 염색 과정을 거쳐야 했을 것이다. 반 에이크는 그림 재료에도 비용을 아끼지 않았다. 드레스에 사용된 광택 있는 염료는 녹청, 즉 버디그리스verdigris로, 유화의 선구가였던 그는 초록색의 강렬함을 살리기 위해 아마씨 오일을 섞어 사용했다. 하지만 버디그리스는 오일과 섞으면 투명해지기 때문에 소량의 송진을 추가해 색을 불투명하게 만들었다. 이러면 염료가 잘 변색하는 문제가 발생하는데, 화가들은 이 문제를 해결하기 위해 그림에 니스를 덧칠했다. 그 결과 600년이 지난 지금도 마치 새것 같은 이미지가 탄생했다.

❧ '자신을 특수부대라고 소개하고 싶으면 이를 확실히 보여주기 위해 특별한 모자를 써야 한다.' 1952년 미군 특수부대가 창설될 당시 부대원들이 생각했던 바다. 그들은 1955년 노스캐롤라이나 포트브래그에서 열린 은퇴 퍼레이드를 위해 그동안 사용한 모든 모자를 뒤진 끝에 암녹색 베레모를 선택했다. 하지만 안타깝게도 미 공군 파견대가 나토 동맹국에서 보낸 외국 대표단으로 오인된 후 상부에서 베레모 착용을 금지했다. 특수부대원들은 1961년 10월 케네디 대통령이 미 공군의 베레모 착용을 공식 승인할 때까지 몰래 모자를 착용했다. 군사 전문 일간지 《스타스 앤 스트라이프스》의 특파원 포레스트 린들리는 다음과 같이 회상했다. "해당 지역에 재래식 병력이 없을 때는 모자를 몰래 착용하고 돌아다녔다. 고양이와 쥐의 잡고 잡히는 게임 같았다. 케네디가 초록색 베레모를 승인하자 모든 이들이 '진짜' 초록색 베레모를 찾기 위해 앞다투어 움직여야 했다. 일부는 캐나다에서 공수해 왔다. 일부는 손수 만들었는데, 그런 모자는 비를 맞으면 염색이 빠졌다."

❧ 현재는 독재주의로 치닫고 있는 튀르키예의 대통령이자 당시엔 이스탄불 의원이었던 레제프 타이이프 에르도안이 1995년 이스탄불의 도로를 초록색으로 칠해 시민들을 아연실색하게 만들었다. 소설가 카야 겐지는 2013년 《게르니카》에서 이렇게 회상했다. "시구회된 주민들 사이에서 극심한 공포가 피져나가는 게

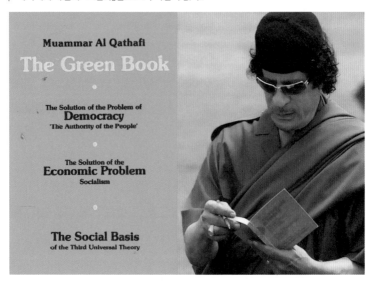

보였다. 당연한 일이었다. 이슬람법이 오고 있다. 사람들은 마치 화성인이나 고질라가 실제 우리 눈앞에 나타나 철버덕 초록 발자국을 남기며 마주치는 사람들에게 닥치는 대로 역겨운 색깔을 튀기라도 하는 것처럼 길거리에서 비명을 질러댔다." 겐지처럼 자칭 '카디건을 입는 세속적 공화국 시민들'에게 초록색은 이슬람과 샤리아의 법을 상징했다. 에르도안은 마침내 대중의 압력에 굴복해 도로를 노란색으로 새로 칠했다.

초록색과 이슬람의 동일시는 예언자 무함마드와 『쿠란』(여기서 초록색은 초목, 봄, 낙원과 관련이 있다)에서 시작한다. 무함마드가 설교를 시작한 사막에서 초록색은 강력한 생명의 상징이었을 것이다. 일부 동지들에 따르면 그가 흰색 옷에 대비되는 초록색 터번과 초록 망토를 걸친 것도 그런 이유 때문이다. 무함마드가 사망한 뒤, 초록색은 그의 가문을 상징하는 왕가의 색이 되었다. 1171년, 살라딘이 무함마드의 딸 파티마와 그의 사촌 알리의 후손이라 주장하는 파티마왕조의 칼리프 왕국을 파괴했을 때도 사라센 군대에 초록색을 입혔다.

이슬람의 초록색은 아프가니스탄, 알제리, 아제르바이잔, 코모로, 이란, 이라크, 요르단, 쿠웨이트, 레바논, 리비아, 모리타니, 오만, 파키스탄, 사우디아라비아, 스리랑카, 수단, 시리아, 아랍에미리트의 국기에 다양하게 반영되어 있다. 1977년, 무아마르 카다피는 이슬람의 힘에 대한 선언을 담은 온통 초록색의 '대사회주의자' 깃발을 리비아 국기로 채택했다. 그 덕에 두 해 전 출간한 자신의 명언집 『그린북』도 손쉽게 홍보했다.

. 분홍의 방 .

🐘 분홍색을 색이름으로 사용한 것은 디안투스속 식물, 특히 향기로운 패랭이꽃*Dianthus plumarius*(일명 가든 핑크garden pink)에서 비롯한 게 아닌가 싶다. 이 꽃의 꽃잎은 '핑크드pinked'하다고 불렸는데 이는 '잘렸다, 새겨졌다, 찔렸다'는 뜻이다. 분홍색이 옅은 붉은색을 가리키기 시작한 것은 겨우 1733년부터다. 옥스퍼드 영어 사전에 따르면 당시 이 단어는 특이하게도 '식물 착색 성분에 흰색 베이스를 결합하여 만든 노르스름한 진홍색 염료'를 지칭하기도 했다. 『화가의 안내서*The Artist's Handbook*』의 저자 랠프 메이어는 더치 핑크Dutch pink리는 엄료에 대해 아비뇽 또는 페르시아 갈매나무 열매로 만든, 바래기 쉬운 노란 진홍색이라고 정의한다. 어째서 분홍색이라는 단어가 노란색을 의미하게 되었는지는 여전히 수수께끼다.

🐘 디안투스는 '신의 꽃'을 의미하는 그리스어에서 유래한 말로, 기독교 전설에 따르면 성모마리아가 십자가에 못 박힌 예수의 고난을 목격하고 눈물을 떨군 자리에서 최초의 카네이션*Dianthus caryo-*

*phyllus*이 피어났다고 한다. 라파엘로는 〈카네이션의 성모〉(1507)에서 젊은 마리아가 어린 그리스도와 노는 모습을 그리고 있는데, 여기서 그리스도는 수난을 암시하는 카네이션을 들고 있다.

　카네이션과 성모마리아의 연관성을 알고 나면, 평생 결혼하지 않고 "나는 영국과 결혼했다"라고 말하곤 했던 엘리자베스 1세가 1560년경 만들어진 초상화에서 왜 카네이션을 들고 있는지 이해할 수 있다. 엘리자베스 1세는 그리스도 어머니와의 상징적인 연관성을 통해 여왕이 수행하는 영국 국교회 수장의 역할을 분명히 보여주었다. 카네이션은 역사학자 로이 스트롱이 설명한 '여왕, 왕국, 봄, 정원, 꽃이 떼려야 뗄 수 없을 정도로 뒤엉켜버린, 굉장히 산만한 원예학적 이미지'의 상징이기도 했다.

🐘 엘리자베스 1세 통치 시절, 영국에서 분홍색은 '친구'라는 의

미에서 '꽃'과 동의어로 사용되곤 했다. 1597년 출간된 셰익스피어의 『로미오와 줄리엣』에서 머큐시오가 로미오에게 말할 때도 그런 의미로 쓰인다. "아니, 예의범절 하면 내가 최고지Nay I am the very pink of courtesy." 로미오의 "꽃에서 최고라고 할 때 그 최고 말인가Pink for flower"라는 대답은 여성의 생식기를 암시하며 매우 다른 측면에서 이 색을 사용한다.

🐘 2018년, 호주국립대학의 과학자들이 서아프리카 모리타니의 타우데니 분지에서 추출한 11억 년 된 암석으로부터 미량의 밝은 분홍 색소를 발견했다. 대학원생 누르 구에넬리가 실험실에서 암석을 분쇄한 후 그 속에 갇힌 고대 유기체에서 분자를 추출하기 위해 암석 가루에 유기 용매를 섞었더니 가루가 곧장 분홍색으로 바뀌었다. 그의 동료 요헨 브록스는 《가디언》과의 인터뷰에서 이렇게 말했다. "실험실에서 비명이 들렸어요. 구에넬리가 제 사무실로 달려오더니 '이것 좀 봐!'라고 소리치는데 이 밝은 분홍색 색소가 있었어요." 화석화된 남세균의 엽록소에서 나온 이 색소는 당시에 알려진 그 어떤 표본보다 최소 6억 년은 오래되었다.

🐘 빅토리아 앤드 앨버트 박물관에 소장된 특이한 물건 중에는 '푸시 햇pussy hat'이라는 분홍색 뜨개질 모자가 있다. 이는 2017년 1월 21일 워싱턴 DC에서 열린 '여성들의 행진'에 참석한 수십만 명의 시위대가 착용한 모자 중 하나다. 이 모자는 도널드 트럼프의 악명 높은 발언, 즉 여자들은 유명 스타에게는 뭐든지 허락하며 스타라면 언제든 여성의 몸을 만질 수 있다는 말을 빗대어 붙

2017년 워싱턴 DC에서 열린 여성들의 행진에서 참여자들이 분홍색 '푸시 햇'을 쓰고 있다.

인 표현으로 이 발언에 대한 저항의 의미도 담고 있다. 한편《워싱턴포스트》기자 페툴라 드보락은 이 모자가 논쟁의 초점을 흐리는 부작용을 낳았다며 이렇게 기고했다. "자매들이여, 제발 분홍색을 멀리하세요."

🐘 1991년, 수전 G. 코멘 유방암 재단은 뉴욕에서 열린 생존자 달리기 참가 선수들에게 분홍색 리본을 달아주었다. 그로부터 1년도 채 되지 않아 분홍색 리본은 미국의 미디어 기업 컨데나스트에서 발행하는 여성 잡지《셀프》의 표지로 채택됐다. 이후 에스티로더가 홍보를 맡으면서 유방암의 공식 상징이 되었다. 분홍색 리본은 이제 유방암에 대한 관심과 연구를 의미하는 아주 흔한 상징이다.

🐘 에디트 피아프의 전기 작가 캐럴린 버크에 따르면, 피아프는 부를 만한 신곡이 없다고 불평하는 친구 마리안 미셸을 위해 샹젤리제의 한 카페에서 종이 식탁보에 〈라비앙 로즈La Vie en Rose〉, 즉 '장밋빛 인생'의 가사를 썼다고 한다. 처음에는 "그가 나를 품에 안을 때 / 내게 낮은 목소리로 속삭였죠 / 나는 장밋빛 것들을 보았어요"라고 휘갈겨 썼다. 그 가사를 본 미셸이 '장밋빛 것들le choses en rose'이란 구절보다 '장밋빛 인생vie en rose'이 낫겠다고 제안했다.

이윽고 〈라비앙 로즈〉는 피아프의 대표곡이 되었고 1947년 미국에서만 100만 장이 팔렸다. 하지만 그의 인생은 '모든 것이 장밋빛이진 않다'라는 프랑스 속담을 재차 확인시켜준다. 태어나자마자 엄마에게 버려져 사창가에서 자란 그는 나치 치하에서 그들에 협력했다는 혐의를 받았고, 세 번이나 자동차 사고를 당했으며, 그로 인해 알코올과 모르핀에 의존하게 됐다. 그리고 47세의 나이에 간 기능 부전으로 인한 동맥류로 사망했다. 그의 연인이었던 프랑스 권투선수 마르셀 세르당은 둘의 관계가 시작된 지 1년이 조금 지난 1949년 33세의 나이에 비행기 사고로 세상을 떠났다.

🐘 1952년 여름, 멤피스의 어느 후텁지근한 오후 옷 가게 주인 버나드 랜스키는 여드름투성이의 백인 10대 소년이 자신의 가게 창문 너머로 안을 수줍은 듯 들여다보고 있는 모습을 발견했다. 백인 청년이 빌 스트리트에 내려와 기웃거리는 일은 아주 드

엘비스 프레슬리가 1956년에 테네시주 멤피스에서 사진을 위해 자세를 취하고 있다.

물었기에, 단숨에 호기심이 일었다. 랜스키의 가게는 빌 스트리트의 포주, 도박꾼, 공연가에게 노란색 정장, 분홍색 스포츠 재킷, 실크 셔츠, 흰색 구두를 판매하며 번창하고 있었다. 랜스키는 창밖의 구경꾼에게 흥미를 느끼고 안으로 불러들여 가게를 구경시켜 주었다. "전부 마음에 들어요. 환상적이에요. 나중에 돈을 벌면 이 가게를 살게요." 당시 근처 영화관에서 안내원 아르바이트를 하던 열일곱 살의 그 소년이 말했다. 랜스키가 답했다. "뭐라고? 여길 사지 말고 여기서 물건을 사."

그 소년은 엘비스 프레슬리였고, 그는 부와 명성을 거머쥐자마자 랜스키의 조언대로 했다. 1년 뒤, 고등학교를 졸업한 그는 랜스키의 가게에 방문했다. 랜스키는 당시를 이렇게 회상했다. "그에게 분홍색 코드와 검은색 바지, 그리고 분홍과 검정으로 된 허리띠를 주었지요." 분홍색과 검은색은 한동안 프레슬리가 가장 좋아했던 색상 조합이었다. 그는 1956년 밀턴 베를 쇼에서 분홍색과 검은색으로 된 볼링 셔츠를 입고 공연을 펼쳤는데, 이때 〈하운드 독Hound Dog〉을 부르며 엉덩이를 흔든 것을 보고 한 가톨릭 신문이 격분을 금치 못해 "엘비스 프레슬리를 조심하라"는 제목의 기사를 실었다.

고루한 사고방식이 만연하던 1950년대 미국에서 프레슬리가 보여준 분홍 셔츠, 분홍 재킷, 분홍 차 사랑은 굉장히 도발적인 행위였다. 그가 선호한 분홍색은 패션 디자이너 엘사 스키아파렐리가 고안한 '핫 핑크hot pink'나 '쇼킹 핑크shocking pink'와 비슷한 색으로, 점잖음과는 거리가 멀었다. 당시 미국에서 분홍색은 여성과 흑인의 색이었다. 심지어 엘비스의 친척들도 충격을 받았다. 그의 사촌 빌리 스미스는 인터뷰에서 이렇게 말했다. "가족 대부분이 이렇게 생각했죠. 그럴 바에야 그냥 저 아래로 내려가 그들과 같이 살지 그래?" 사회적 규범에 대한 그의 경멸을 가장 잘 보여주는 상징은 그가 어머니 글래디스에게 사준 분홍색 캐딜락 차량이다.

🐘 배우 제인 맨스필드는 분홍색 자동자를 좋아했고, 분홍색으로 꾸민 저택에는 바닥까지 북슬북슬한 분홍색 카펫을 깔아두었으며, 심지어 반려동물을 분홍색으로 염색하기까지 했다. 그는 그 까닭을 이렇게 설명했다. "남자들은 여자가 분홍색으로 치장하고, 혼자선 아무것도 못하기를 바라죠." 영국 로맨틱 소설계의 원로 여성 작가 바버라 카트랜드는 언제나 코럴 핑크coral pink 드레스를 입었다. 그는 언젠가 인터뷰에서 다음과 같이 말했다. "어느 누가

티에폴로의 그림. 비너스와 불카누스를 자세히 보면 티에폴로의 시그니처인 분홍색을 확인할 수 있다.

회색 옷차림으로 예쁘고 행복할 수 있겠어요?" 그는 자기 의상 철학에 대해 자세히 설명하며 이렇게 주장했다. "영국 여성분들, 베이지나 갈색 옷을 입어서는 안 됩니다. 그러면 구운 감자처럼 보여요."

🐘 마르셀 프루스트의 기념비적인 작품 『잃어버린 시간을 찾아서』의 1권 '스완의 집 쪽으로-1'에서 화자인 소년은 매혹적인 '분홍색 옷을 걸친 여인'을 만나게 된다. 이 여인은 이후 찰스 스완과 결혼하게 되는 매춘부 오데트 드 크레시다. 스완 부인이 가진 관능성의 상징은 이후 '티에폴로의 분홍색이라고 불릴 만큼 유난히 베네치아풍'인 그의 드레스 소매로 압축된다 여하고 가벼운 분홍

색은 베네치아의 화가 조반니 바티스타 티에폴로가 주로 쓰는 색이었는데, 로베르토 칼라소는 자신의 저서 『티에폴로 핑크Tiepolo Pink』에서 "그의 그림 속 섬유들은 모두 에로틱하다"고 적었다. 과장된 표현이 아닌 게, 티에폴로의 그림 속에는 천사들조차 성적 매력을 풍기고 여신들은 침대를 닮은 거대한 분홍색 구름 위에서 관능미를 과시한다.

🐘 퐁파두르 부인은 젊은 시절 루이 15세에게 강한 인상을 남기기 위해 세나르 숲에서 사냥을 하던 그의 옆을 두 번이나 지나치며 눈길을 끌었다고 한다. 한 번은 파란색 드레스 차림에 분홍색 4륜 쌍두마차를, 두 번째는 분홍색 드레스 차림에 파란색 마차를 타고 있었다. 그 후로도 그의 분홍색 사랑은 극진했고, 세브르 도자기 공장은 그를 기리기 위해 로즈 퐁파두르Rose Pompadour라는 새로운 색을 만들었다.

🐘 메이미 아이젠하워는 1953년 남편의 취임식 무도회에서 2000개가 넘는 라인석이 수놓인 분홍색 드레스를 입었다. 그가 어찌나 분홍색을 좋아했던지 아이젠하워 대통령 재임 시절, 백악관은 '분홍 궁전'으로 불렸다. 주방도 분홍색, 가구도 분홍색이었기 때문이다. 그의 분홍색 사랑은 《타임》의 말을 빌리자면 '영부인이 대통령의 업무에 새로운 온기를 불어넣는다'고 여겨졌다. '메이미의 핑크Mamie's pink'라고 알려진 색은 한동안 미국에서 실내장식으로 아주 큰 인기를 끌었다.

매릴린 먼로가 다이아몬드와 함께 착용하면 최고의 조합인 쇼킹 핑크 색상을 세상에 소개하고 있다.

🐘 매릴린 먼로가 〈신사는 금발을 좋아해〉에서 〈다이아몬드는 여자의 가장 좋은 친구Diamonds Are A Girl's Best Friend〉를 부를 때 입었던 쇼킹 핑크 드레스는 한때 싱어 재봉회사의 상속녀 데이지 펠로스가 소유했던 테트 드 벨리에Tête de Belier(숫양의 머리)라는 실제 다이아몬드 덕분에 탄생한 것이다. 펠로스가 가장 좋아한 패션 디자이너인 엘사 스키아파렐리가 이 다이아몬드의 찬란한 색상에 완전히 매료돼 강렬하고 눈부신 색상을 만들었고, 이를 쇼킹 핑크라고 불렀다. 1937년 그의 컬렉션에서 처음 소개된 이 색은 스키아파렐리의 상표와 동의어가 되었다. 먼로의 분홍색 드레스는 2010년 6월 11일에 열린 경매에서 37만 달러에 낙찰됐다.

🐘 어떤 값진 보석은 1960년대 문화 아이콘에도 영감을 주었다. 영화 〈핑크 팬더〉(1963)는 특정 각도로 빛을 비추면 판다가 도약

하는 모습이 보이는, 결함이 있는 한 다이아몬드에서 이름을 따왔다. 1969년, NBC는 분홍색 고양잇과 동물이 주인공인 다소 초현실적이고 코믹한 무성 만화 시리즈를 방영하기 시작했다. 벅스 버니, 포키 피그, 실베스타 캐릭터를 개발한 애니메이터 프리츠 프렐렝은 〈핑크 팬더〉가 자신의 최고 작품이라고 여겼다.

🐘 스키아파렐리가 쇼킹 핑크를 개발한 지 3년 후, 영국 최초의 해군 장관이었던 루이스 마운트배튼의 주도로 라벤더, 모브, 그레이가 섞인 마운트배튼 핑크Mountbatten Pink가 만들어졌다. 그는 이 색을 쓰면 회색만 쓸 때보다 함선을 더욱 효과적으로 위장할 수 있을 거라고 믿었지만, 결과는 그렇지 않았다.

🐘 20세기 전반은 새로운 핑크 색조가 특히 풍성했던 시기다. 이 시기에 탄생한 핑크는 다음과 같이 다양하다. 아마란스 핑크 Amaranth Pink(1905년 영어로 처음 기술됨), 베이비핑크(1928), 주황빛이 도는 콩고 핑크Congo pink(1912), 중간 농도의 장밋빛 카메오 핑크Cameo Pink(1912), 적당히 붉은 탱고 핑크Tango Pink(1925), 밝은 자줏빛을 띤 페르시안 핑크Persian Pink(1923), 어두운 자줏빛을 띤 차이나 핑크China Pink(1948), 쇼킹 핑크(1937년), 희끄무레한 실버 핑크Silver Pink(1948) 등이다. 지난 세기 가장 널리 사용된 분홍색 중 하나는 팬톤 219C, 즉 마텔사가 바비 인형에 사용한 색이다.

🐘 왜 아르헨티나 대통령 관저는 분홍색일까? 전해 내려오는 이야기에 따르면, 1868~1874년 도밍고 사르미엔토 대통령 재임 시

절 부에노스아이레스의 악명 높은 습기를 견딜 수 있도록 페인트에 소의 피를 섞어 까사 로사다Casa Rosada(분홍색 집) 외관을 칠했다고 한다. 좀 더 그럴듯한 설명은 정치적 긴장을 완화하기 위해 연방주의자를 대표하는 빨간색과 사르미엔토가 속한 중앙집권주의자의 흰색이 섞인 분홍색을 선택했다는 것이다.

🐘 분홍색이 여자의 색이라는 관념은 우리 생각만큼 뿌리가 깊지 않다. 루이자 메이 올컷의 『좋은 아내들Good Wives』(1869)에서 에이미는 '남자아이는 파란 리본, 여자아이는 분홍색 리본. 그게 프랑스식 패션이다'라는 충고를 듣는다. 반면 1918년 미국의 권위 있는 전문지 《언쇼》는 이렇게 조언한다. "분홍색은 단호하고 강한 색이니 남자아이에게 더 적합하고, 파란색은 보다 섬세하고 얌전하니 여자아이에게 더 잘 어울린다." 그 후 10년 동안, 미국의 주요 백화점 필렌스, 베스트앤코, 할레스, 마샬 필드 모두 남자아이에게 분홍색을 입혀야 한다고 권고했다.

대중문화에서 가장 오랫동안 꾸준히 인기 있는 캐릭터 중 하나인 『이상한 나라의 앨리스』의 앨리스는 1911년 맥밀런의 디럭스 에디션 때부터 파란 원피스를 입은 것으로 그려진다. 미국의 백화점과 제조업체들이 고객이 여자아이에게 분홍색을 입히고 싶어 한다고 판단한 것은 1940년대에 들어서다. 한편 아동을 위한 환경 디자인을 연구하는 오리건주립대학 교수 매릴린 리드는 분홍색은 남자아이들이 좋아하는 색이라고 말한다. 단, 좋아하지 말라는 소리를 듣기 전까지. 리드의 지적대로 남자아이와 여자아이의 색에 대한 인식 차이를 입증하는 유의미한 연구는 없다, 그

리고 몇몇 연구에 따르면 남녀 아이 모두 맨 처음 선호하는 색은 파란색이나 보라색이다.

🐘 2016년, 중국 정부가 도시를 보다 여성 친화적으로 만들겠다면서 여성 전용 주차 공간의 면적을 넓히고 테두리를 분홍색으로 칠한 뒤 중앙에 분홍색 치마를 입은 사람 모양을 그려 넣었다. 소셜미디어에서는 성차별이라는 비난이 일어났다. 이에 항저우시의 한 주차장 관리자는 '어차피 여자는 운전 기술이 뛰어나지 않다'고 발언했다.

🐘 패션 학자 밸러리 스틸은 18세기에는 꽃무늬 자수가 들어간

분홍색 실크 정장을 입는 게 완벽하게 남성적인 일이었다고 말한다. 그렇지만 F. 스콧 피츠제럴드가 『위대한 개츠비』를 집필할 무렵, 인식에 변화가 생겼다. 여기서 개츠비의 분홍색 정장은 그를 호화로운 출세 지상주의자로 보이게 한다. 개츠비가 옥스퍼드대학 출신이라는 것을 알고 상류층인 그의 연적 톰은 멸시하듯 이렇게 말한다. "퍽이나 그렇겠다! 분홍색 정장을 걸치고 있잖아." 닉 캐러웨이가 '허섭스레기 같은 화려한 분홍색 정장'을 입고 있는 그의 친구를 마지막으로 흘깃 쳐다보는 장면은 미국 상류층의 일원으로 보이려 했던 개츠비의 시도가 실패했음을 처절하게 상기시킨다.

🐘 분홍색은 행성 간의 먼지구름, 그리고 이온화된 기체로 구성된 성운이 띠는 주요 색깔 중 하나다. 천체 물리학자 프랭크 서머스는 이에 관해 "우주에서 가장 풍부한 원소는 수소다. 수소는 별의 열기로 인해 수천 도로 데워지면 분홍색처럼 보이는 부드러운 붉은빛을 발한다. 어떤 성운은 푸른색을 띠는데, 이는 짧은 파장(파란빛)이 긴 파장(붉은빛)보다 더 쉽게 반사되기 때문이다. 그래서 가까운 별들의 빛을 반사하는 성운은 푸른색으로 보인다"라고 설명한다.

그는 이렇게 덧붙인다. "내가 가장 좋아하는 우주의 색은 별이 형성되는 지역에서 내뿜는 수소 알파의 분홍색이다. 수천 도로 빛나는 이 가스는 새로 태어난 별 무리를 둘러싼 성운의 보호막이다. 별들의 육아실이 뿜는 분홍색 빛은 봄철의 초록색처럼 생명력을 나타내는 온기의 색이다."

🐘 《타임》이 1925년 '핑코pinko''빨갱이, 좌파 성향인 사람'을 의미한다—옮긴이
라는 단어를 만들었고, 그 무렵 《월스트리트저널》이 진보 성향인
로버트 라폴레트 상원의원의 '말뿐인 진보parlor pink' 추종자들을 비
판했다. 빨간색이 공산주의와 연관된다는 점에서 파생된 용어인
'핑코'는 라폴레트와 그의 무리가 유약하고 남자답지 못하다는 점
을 암시하기도 했다.

🐘 1934년, 게슈타포는 일찍이 성소수자들의 이름이 적힌 '핑크
목록'을 수집하기 시작했다. 독일에서 가장 유명한 성소수자 중
한 명인 나치 돌격대 대장 에른스트 룀은 이전까지 친구이자 동맹
이었던 아돌프 히틀러의 정치적 골칫거리가 되었다. 1934년 6월
30일, 히틀러의 명으로 룀과 그의 무리를 처형한 '장검의 밤The
Night of the Long Knives'은 '부도덕한 행위'를 척결한 데 대한 일종의 과
시 수단이 되었다. 집단 수용소에 수감된 성소수자들은 강제로 몸
에 분홍색 삼각형을 부착해야 했다. 그 후로 거꾸로 된 분홍색 삼
각형은 성소수자 프라이드의 상징이 되었다.

🐘 벚꽃은 일본의 비공식 국화로 일부는 흰색, 일부는 크림슨
crimson에 가깝지만, 600여 종 대부분이 분홍색이다. 일본 문학에서
'사쿠라'를 최초로 언급한 책은 720년에 완성된 『일본 서기日本書
紀』로, 여기서 리추 천황의 사케 잔에 꽃잎이 떨어졌다는 문장이
등장한다. 일본 문학과 노래에서 벚꽃은 아름다움과 부활의 상징
으로 숭배되지만, 단 몇 주 동안만 피는 꽃이기 때문에 한편으로는
인생의 덧없음을 나타내기도 한다. 작자 미상인 일본의 유명 하이

| 독일 바이마르 인근 부헨발트 강제수용소에 감금됐던 성소수자들을 기리는 기념 명판.

쿠는 이렇게 읊는다. '벚꽃이 이토록 기쁨을 주는 건, 흔적도 없이 흩어지는 까닭이니 / 이 세상에 오래 머무는 건 추함을 의미한다.'

일부 학자들은 오래전부터 떨어진 벚꽃이 주군을 섬기다 죽은 젊은 사무라이를 상징했다 하고, 또 다른 학자들은 이러한 연관성이 제2차 세계대전 이후 정부에 의해 소급해서 과장된 것이라고 주장한다. 하지만 벚꽃과 사무라이의 연결 고리를 밝히는 아주 오래된 증거들이 있는데, 그 일례가 '최고의 꽃은 벚꽃이고, 최고의 남자는 전사다'라는 중세 속담이다. 일부 사무라이들은 벚꽃나무 아래서 할복자살하곤 했는데, 이는 가장 아름다운 순간의 죽음, 즉 이상적인 죽음으로 여겨졌다.

학자이자 시인이자 고위 공무원이었던 마쓰다이라 사다노부 등의 일본 관리들은 오직 일본에서만 핀다는 또 다른 이유로 벚꽃을 귀하게 여겼다. 사다노부는 1818년에 다음과 같이 적었다. "벚꽃이 일본에서만 피는 독특한 꽃이라 믿으면서도 어쩌면 중국에도 존재할 거라 생각했다. 그래서 열심히 조사해 보았지만 벚꽃을 묘사한 중국 그림도, 벚꽃을 언급한 중국 시도 발견하지 못했다."
벚꽃에 대한 사다노부의 민족주의적 해석은 '만발한 벚꽃처럼 흩날릴 준비가 된' 전사를 기리는 군가 〈청년일본가青年日本の歌〉처럼 이후 국체国体, 주로 일제시대 천황중심 국가체제를 의미하는 말로 쓰인다―옮긴이를 장려하는 국가적 프로파간다에 영향을 미쳤다.

　　1930년, 일본 군대 내 극우 군국주의 모임 사쿠라카이櫻會(벚꽃회)가 히로히토 천황 치하에 전체주의 정권 수립을 모의했다. 쿠데타에 두 번 실패하면서 1931년 공식 해산되었지만, 사쿠라카이의 영향력은 죽지 않았다. 사쿠라카이를 이끌던 하시모토 긴고로 중령은 제2차 세계대전 동안 젊은이들에게 사상을 주입하는 일을 맡았다.

　　이안 부루마가 『일본의 거울A Japanese Mirror』에서 말한 것처럼, 벚꽃 숭배는 부분적으로 '죽음의 숭배'였다. 이러한 숭배를 가장 극단적으로 보여주는 사례가 가미카제로, 수많은 가미카제 조종사가 최초이자 최후의 임무를 수행하기 전 자신의 군복에 잔가지를 달거나 비행기 측면에 벚꽃을 그렸다. 가미카제는 '신성한 바람'이란 뜻으로, 1281년 몽골 함대를 퇴각하게 만든 태풍을 의미한다. 부루마에 따르면 이 비운의 조종사들이 남긴 편지와 시에서도 벚꽃에 대한 언급을 찾을 수 있다. 22세의 한 조종사는 임무를 맡기 전 이런 글을 남겼다.

　　이왕 떨어져야만 한다면
　　봄날의 벚꽃처럼
　　그토록 순수하고 찬란하게.

　　순수하고 찬란하게 남겠다는 것은 2600파운드의 다이너마이트를 앞부분에 탑재한 비행기에 올라탄 뒤, 탈출 버튼도 없는 기체에 몸을 묶고 시속 600마일의 속도로 날아가 미국 군함에 충돌하는 것을 의미했다. 1944년 10월 레이테만 전투에서 첫 공격을 했을 때부터 전쟁이 끝날 때까지 가미카제는 최소 34척의 함선을 침몰시켰고(일부 자료에서는 47척이다) 수많은 선박에 피해를 줬다. 1945년 오키나와 전투에서는 4800명의 미국인이 가미카제 공격으로 사망했는데, 이는 진주만 전투에서 발생한 사망자의 거의 두 배에 달하는 수치다.

　🐘 일본에서 벚꽃의 상징성은 단일하게 규정할 수 없을 정도로 복잡하다. 시인 모토오리 노리나가는 이렇게 말했다. "내게 일본의 정신을 설명하라고 한다면 나는 아침 햇살을 받으며 자라는 야생 벚꽃이라고 답할 것이다." 매년 3월부터 5월까지 일본의 수많은 지역이 개화 시기를 예측하느라 정신이 없는데, 사람들은 벚꽃이 피는 철이면 주로 가족이나 직장 동료들과 꽃놀이 여회를

벌이며 벚꽃이 상징하는 부활의 의미를 축하한다. 한 벚나무는 2011년 동일본 대지진과 쓰나미에 살아남아 감동을 선사했다. 후쿠시마 원자력 발전소로부터 30마일 떨어진 곳에 서 있는 900살 벚나무의 생존은 회복력의 상징 그 자체가 되었다.

🐘 술에 취했을 때 분홍색 코끼리를 본 적 있는가? 월트 디즈니의 고전 애니메이션 〈덤보Dumbo〉(1941)의 한 기이한 장면에 이런 환각 현상이 등장한다. 펄럭이는 귀를 가진 코끼리 덤보는 무심코 샴페인이 든 물을 마신 뒤 꿈에서 분홍색 코끼리들이 노래하고 춤추고 행진하며 연주하는 광경을 본다. 그리고 나무에서 일어나 자신이 날 수 있음을 깨닫게 된다. '분홍색 코끼리를 보는 것'은 환영이 보일 정도로 매우 취했음을 나타내는 완곡한 표현이었다.

1896년, 서구의 작가 헨리 월리스 필립스는 자신의 소설에서 '분홍색, 초록색 코끼리와 깃털 달린 하마'를 보는 술 취한 남자에 대해 언급했다. 어떤 작가들은 파란색 원숭이 또는 노란색이나 초록색 기린을 더 좋아했지만, 잭 런던은 그의 자전적 소설 『존 발리콘John Barleycorn』에서 '극도의 황홀경 속에서 파란색 쥐와 분홍색 코끼리를 보는' 술꾼을 묘사했다. 오늘날 분홍색 코끼리는 벨기에 맥주 데릴리움 트레멘스의 로고이자 보드카가 베이스인 칵테일의 이름이다.

🐘 1979년, 한 임상 생태학 세미나에서 알렉산더 G. 샤우스는 일명 베이커-밀러 핑크Baker-Miller pink가 죄수들의 공격성을 잠재워 준다고 주장했다. 이 색은 다소 밝은 분홍색으로, 해군 교정 감호소의 관리자이자 연구자였던 두 명의 해군 장교 이름에서 딴 것이었다. 증거는 설득적이었다. 시애틀의 해군 교정 감호소 독방을 특정 분홍색으로 칠하고 나서 156일 동안 폭력 사건이 발생하지 않았다. 샤우스는 분홍색 앞에서는 화를 내거나 공격적으로 굴려고 해도 심장 근육이 충분히 빨리 움직이지 않기 때문에 그럴수 없다고 말했다. 그는 분홍색은 에너지를 누그러뜨리며 안정감을 주는 색이라고 주장했다. 이 결과에 고무되어 몇몇 탁아소, 주정꾼 보호실, 대학 구장의 원정팀 탈의실이 분홍색으로 칠해졌다. 안타깝게도 이후 연구들은 샤우스의 이론을 뒷받침하지 못했다.

하지만 베이커-밀러 핑크의 아성은 여전하다. 2017년 1월, 킴 카다시안의 이복 자매인 모델 켄달 제너가 다이어트를 위해 거실을 분홍색으로 칠했다고 밝혔다. 그는 베이커-밀러 핑크가 마

음을 진정시키고 식욕을 억제해준다고 과학적으로 입증된 유일한 색이라고 주장하며 자기 집에는 그 색이 필요하다고 말했다.

🐘 분홍색은 세상에서 가장 권위 있는 이탈리아의 스포츠 신문 《라 가제타 델로 스포르》와 떼려야 뗄 수 없는 색이다. 1896년에 설립된 《가제타》는 초록색 종이에 인쇄되었다가 노란색과 흰색을 거쳐 마침내 1899년 분홍색에 영구히 정착했다. 《가제타》의 소유주 에밀리오 코스타마냐는 1909년 5월 13일 프로 자전거 대회 '지로 디탈리아'를 창설했는데, 이를 계기로 분홍색이를 아주 유의미한 선택이었음이 입증됐다. 1931년, 조직위원회가 우승자에게 분홍색 유니폼을 수여하기

시작하면서 신문과 자전거 경주와의 연관성은 강화되었다. 오늘날 발행 부수는 40만 부 미만으로 30년 전의 절반에도 못 미치지만, 이탈리아에서 이 신문을 구비해놓지 않은 카페는 좀처럼 찾기 힘들다. 그러니 《가제타》가 이탈리아에서 가장 많이 읽히는 신문일 수밖에.

🐘 이탈리아에서 가장 인기 있는 축구팀 유벤투스는 1897년부터 1903년까지 분홍색 셔츠를 입었다. 이후에 그들이 어쩌다 흰색과 검은색으로 된 셔츠를 입고 경기를 하게 되었는지에 대해선 다양한 설이 있지만, 당시 유벤투스의 스타 선수였던 영국인 톰 새비지가 분홍색 유니폼에 불만을 품고 영국의 한 공장에 대체품을 제공해줄 수 있는지 문의했던 것으로 보인다. 공장은 새비지가 가장 좋아하는 팀인 노츠 카운티의 흑백 줄무늬 셔츠를 한 무더기 보내주었다. 사실 비안코네리Bianconeri('검은색과 흰색'이란 뜻으로 유벤투스의 애칭이다)에는 아직도 분홍색 줄무늬 셔츠가 있다. 1907년 또 다른 이탈리아 축구팀 팔레르모가 분홍색과 검은색으로 된 유니폼을 선택했는데, 창단 멤버인 주세페 아이롤디 백작에 따르면 이 색에 패배의 슬픔과 성공의 달콤함이 담겨 있으며, 이러한 색의 의미가 우여곡절이 많았던 팀에 딱 맞는 조합이라 생각해서라고 한다.

🐘 성차별적 마케팅이 어린 소녀들의 열망을 꺾는다고 확신한 쌍둥이 자매 엠마와 아비 무어는 2008년 영국에서 핑크스팅스Pinkstinks 운동을 시작했다. 당시 청소년부 장관이었던 드레플린 무

건 남작 부인은 다음과 같이 말하며 이들을 지지했다. "여자아이들에게 트럭과 기차를 가지고 놀게 하고 파란색 옷을 입을 기회를 주는 건 정말로 중요합니다. 장난감의 색깔로 양육 방식을 규정해서는 안 됩니다."

일부 비평가가 이름 붙인 이른바 '색깔 차별 정책'에 대해 수십 년 동안 격렬한 논쟁이 있었다. 1970년대의 수많은 여성 해방주의자들에게 분홍색은 당시 미디어가 늘 묘사한 것처럼 유치하고 주로 남자를 기쁘게 하기 위해 존재하던 바비 인형 같은 여성스러움을 상징했다. 동시에 많은 미국 여성이 사무실과 공장에서 자신의 지위를 향상하기 위한 캠페인을 벌이면서 '핑크 칼라pink collar'주로 여성들이 맡는 저임금 일자리를 가리킨다―옮긴이라는 용어를 기치로 내걸고 결집했다.

1982년, 미국의 한 여성 단체가 평화와 사회 정의를 위한 풀뿌리 운동 '코드 핑크Code Pink'를 출범시켰다. 이는 국토안보부가 위기 경보 시스템에 분홍색을 일절 사용하지 않는다는 점에 빗댄 이름이다.

🐘 인도의 우타르프라데시주에서 분홍색은 '굴라비 갱Gulabi Gang'(굴라비는 힌디어로 분홍색이란 뜻)이라는 여성 자경단이 채택한 색을 상징한다. 굴라비 갱은 2006년 삼파트 팔 데비가 가정 폭력으로부터 여성을 보호하기 위해 설립한 단체다. 커다란 대나무 막대기로 강간범들을 때리겠다고 주장해 논란이 인 적도 있지만, 이 단체는 미투 운동이 발생하기 훨씬 전에 수천 명의 여성을 끌어모아 인도의 가부장적인 문화에 도전장을 내밀었다. 이 단체의

회원들은 집회에서 서로를 알아보기 쉽게 분홍색 사리를 입는다.

🐘 1990년대 중반, 펜실베이니아에 살던 10대 소녀 알리샤 베스무어는 예명을 '핑크'로 바꾸었다. 많은 친구가 그녀를 보면 쿠엔틴 타란티노 감독의 〈저수지의 개들〉에 등장하는 '미스터 핑크'가 떠오른다고 말해줬기 때문이다. 물론 이 싱어송라이터 소녀가 예명을 그렇게 정한 데는 정치적 이유도 포함되어 있었다. 페미니스트도 분홍색을 입을 수 있다는 메시지를 담은 것이었다. 이 메시지는 그가 미디어와 상업적 성공에 힘입어 '팝의 귀족'으로 승격되고, 크리스티나 아길레라, 케이티 페리, 레이디 가가 등 수많은 가수에게 영향을 미치면서 더욱 강력해졌다.

🐘 1960년대, 미국의 카레이서 도나 메이 밈스는 자동차 경주가 마초적이라는 고정관념을 깨부수기 위해 분홍색을 이용했다. 1961년 처음 레이싱에 도전했을 땐 남편 마이크가 쉐보레를 분홍색으로 칠하는 데 반대해 분홍색 헬멧과 작업복을 착용한 뒤 차에 '씽크 핑크Think Pink'라 새기고 스스로를 '핑크 레이디'라고 부르는 것에 만족했다. 1963년에는 드디어 분홍색 오스틴 힐리 버그아이 스프라이트를 타고 경주에 출전해, 미국 스포츠카 클럽 전국 챔피언십에서 우승을 거머쥔 첫 여성이 되었다. 작가 린 페럴의 표현처럼, 밈스의 색깔 선택은 남자와 경쟁하고도 우승할 수 있는 대담함을 지녔지만 그로 인한 비난은 피하게 하고 보는 사람들에게 그가 여느 여자들과 같다는 점을 상기시켜주었다.

2009년 10월 6일, 밈스는 82세를 일기로 뇌졸중으로 사망했다. 그는 죽기 전 가족에게 장례식을 찾는 조문객들을 위해 자신의 시신을 1979년식 분홍색 쉐보레 콜벳 운전석에 눕혀달라고 부탁했다.

🐘 미국에서는 루거, 글록, 모스버그, 레밍턴과 같은 무기 제조업체들이 성인 여성과 10대 소녀를 고객으로 모시기 위해 분홍색 총을 생산하고 있다. 레밍턴 870 익스프레스 콤팩트 핑크 카모 20 GA 21인치 엽총은 판매 문구에 이렇게 적혀 있다. "젊은 여성 여러분, 그동안 '와우' 할 만한 것을 원하셨죠? 그래서 준비했습니

다." 여성 친화적인 이 화기는 몸집이 작은 사격수를 위한 완벽한 길이, 무게, 균형감을 제공한다고 한다.

🐘 영국 예술가 스튜어트 샘플이 자신이 만든 형광 색소보다 더 분홍색다운 분홍색을 본 사람은 없을 것이라고 한 주장은 거짓이 아니다. 하지만 애니시 커푸어가 세상에서 가장 어두운 검은 물질 '반타 블랙'에 대한 예술적 독점권을 갖게 된 것에 격분하지 않았다면 그가 그 색소를 만들 일은 없었을 것이다.

반타 블랙은 페인트나 색소가 아니다. 원래 빛을 흡수하는 분자로 된 덫이다. 영국 회사 서리 나노시스템즈가 개발한 물질로, 사람 머리카락 굵기의 1만분의 1에 달하는 탄소 나노튜브를 이용해 만든다. 이 튜브들은 마치 밭에 심긴 풀처럼 자라는데, 그 사이에 빛이 떨어지면 이리저리 튕겨 흡수되고 열로 전환된다. 즉, 빛이 안으로 들어갈 수는 있어도 빠져나올 수는 없다. 이 물질은 99.96퍼센트의 빛을 흡수한다.

이 물질을 발명한 벤 젠슨은 반타 블랙을 스프레이처럼 뿌릴 방법을 고안해 물감으로 사용할 수 있도록 만들었다. BMW는 2019년 가을 반타 블랙 모델을 정식 출시하며 '세상에서 가장 어두운 차'로 홍보했다. 물론 도로 안전에는 큰 도움이 안 되었겠지 민 말이다.

많은 예술가가 그랬듯이 샘플도 이 검디검은 신물질로 그림을 그리고픈 마음이 간절했다. 그는 "검은색은 화가들에게 성배와 같다. 무색이기 때문이다. 색이 없다는 것은 시작점과도 같다"라고 말하기도 했다. 색을 독점한 커푸어를 학교에서 사인펜을 빌려주지 않는 어린 아이에 비유한 샘플은 '일반인을 위한 반타 블랙'(반타 블랙만큼 검지는 않지만 대부분의 검은색보다는 어둡다)이라는 새로운 색소를 크라우드소싱하고, 자신만의 강렬한 분홍색을 개발했다. 그리고 커푸어를 제외한 누구든 자신의 웹사이트에서 그 색을 구매할 수 있게 함으로써 그에게 앙갚음했다.

커푸어는 어찌어찌하여 가장 분홍색스러운 그 분홍색을 손에 넣은 뒤 손가락에 색소를 묻혀 인스타그램에 사진을 게시했다. 아이러니하게도 커푸어의 게시글이 판매를 폭증시켰다. 샘플은 말했다. "갑자기 주문이 미친 듯이 밀려왔어요. 4주 내내 분홍색 물감을 만들어야 했죠." 그는 뒤이어 '블랙 3.0'을 출시했고, 역시나 커푸어와 그의 동료들에겐 공식적으로 판매하지 않았다.

샘플은 어째서 분홍색을 택했을까? 그는 그 이유에 대해 여덟 살에 국립미술관에서 반 고흐의 〈해바라기〉를 처음 본 순간으로 거슬러 올라간다고 말한다. "그렇게 생생한 색은 처음이었어요. 말 그대로 경이로웠죠. 어머니께서 제가 그림 앞에 서서 떨고 있었다고 하더군요." 샘플이 자신만의 색소를 창조하게 된 것은 예술적 기질보다는 유전적 특징 때문이었다. 유화 물감에 알레르기가 있어 어쩔 수 없이 아크릴 물감으로 작업해야 했던 그는 자신의 팔레트가 굉장히 제한적이라는 사실을 금방 알아차렸다. 그도 그럴 것이, 유화는 수 세기 동안 우리와 함께했지만 아크릴 물

감은 나온 지 겨우 수십 년밖에 되지 않았기 때문이다. 그는 더 넓은 선택지를 갖기 위해 아크릴 물감을 섞어서 상상한 것만큼 강렬한 색을 만들 수 있는지 실험하기 시작했다.

　그 첫 번째 창조물 중 하나가 가시광선을 아주 강하게 반사해 형광처럼 보이는 강렬한 분홍색 가루 물감이다. 샘플의 말에 따르면 자외선, 불가시광선 아래서는 더욱더 매력적이라고 한다. 그는 자신이 만든 분홍색이 가장 분홍색다운 분홍색인지 장담할 수는 없지만, 우리가 만들 수 있는 최선의 분홍색이며 이보다 더 분홍인 색은 본 적이 없다고 말했다.

· 갈색의 방 ·

🐾 색에 대해 편견이 없는 척하기란 어렵다. 밝은색은 매우 좋아하지만 갈색에는 정말 마음이 가지 않는다.

윈스턴 처칠

세상에서 가장 못생긴 색은 무엇일까? 2012년 12월, 호주 정부는 칙칙한 짙은 갈색(팬톤 448C) 바탕에 썩은 이와 설암 사진이 적나라하게 박힌 담뱃갑을 소개했다. 금연을 장려하는 담뱃갑을 3개월 내로 디자인해달라는 의뢰를 받은 관련 학계와 마케팅 자문단이 선택한 색이었다. 연구기관 GfK 블루문은 16세~64세 사이의 흡연자 1000명 이상을 대상으로 일곱 건의 연구를 실시한 뒤 팬톤 448C가 가장 매력도가 떨어지는 색이라고 판단했다. 이 색을 보면 무엇이 떠오르냐는 질문에 참가자들은 '죽음', '더러움', '타르'와 같은 단어로 답했다.

사실 라임 그린, 화이트, 베이지, 다크 그레이, 다크 브라운, 미디엄 올리브medium olive, 머스터드도 전부 시험대에 올랐지만 거부 당한 터였다. 갈색이 불쾌감을 일으키는 데 가장 효과적이라는 증거가 너무 설득적이어서 영국과 프랑스 정부도 금연 운동에 같은

| 팬톤 448C는 세상에서 가장 못생긴 색일까? 아니면 맛있어 보이는 모카색일까?

색을 채택했다.

　팬톤은 '448C가 세상에서 가장 못생긴 색일까?'라는 각종 언론의 헤드라인에 살짝 불쾌감을 느꼈다. 팬톤은 스펙트럼을 분류하는 궁극의 권위자로서 '못생긴 색깔'이란 건 없으며, 448C는 '깊고 풍부한 흙색'을 상기시킨다고 공식적으로 주장했다. 그렇지만 호주가 진행한 담뱃갑 프로젝트는 2010년 스티븐 E. 파머와 캐런 B. 슐로스가 밝힌, 색채 선호에 대한 생태학적 유의성 이론을 뒷받침한다. 팔머와 슐로스는 42명의 미국인에게 32개의 유채색 중 가장 좋아하는 색을 선택해 달라고 요청했고, 참가자들의 선택이 대체로 그 색과 연관된 물체의 선호도에 따라 결정된다는 결론을 내렸다. 쉽게 말해 대부분의 사람이 파란색은 맑은 하늘을 상기시킨다며, 초록색은 생명력 넘치는 봄을 떠올리게 한다며 좋아했다. 반면 갈색은 썩은 음식, 진흙, 배설물을 연상시킨다는 이유로 싫어했다. 한편 또 다른 연구에서는 단어 그 자체가 문제일 수도 있다고 주장했다. 똑같은 색의 카드를 두 장 받아도 이름이 다를 경우, 많은 사람이 '갈색'보다 '모카색'을 더 좋아했다.

🐚 호주 정부가 팬톤 448C의 불쾌한 느낌을 이용한 최초의 조직은 아니다. 1960년대에 한 미국 백화점이 컬러 컨설턴트 파버 비렌에게 직원들이 휴게실에서 휴식을 오래 취하지 못하게 해달라고 의뢰했고, 비렌은 휴게실을 448C와 매우 유사한 색으로 칠했다. 효과는 만점이었다.

🐚 14세기 영국에서 하층계급은 법적으로 갈색 집에서 살아야 했다. 1363년 에드워드 3세 시절, 백성들이 옷을 함부로 사지 못하게 하고 사회계급 간의 차이를 명확히 하기 위한 '사치 금지령'이 통과되었다. 가난한 사람들에겐 이런 명이 내려졌다. "짐을 나르는 마차꾼, 농부, 쟁기꾼, 목동, 소 치는 사람, 양치기 그리고 모든 가축 사육사, 옥수수 타작하는 사람, 재산이 40실링이 안 되는 영지 내 모든 종류의 사람은 12펜스짜리 외투와 러셋으로 만든 옷 외에 어떤 종류의 옷도 가지거나 입어서는 안 된다."

러셋은 거친 모직 천으로, 아주 미량이거나 싸고 불량한 꼭두서니로 염색하면 적갈색으로 보였다. 이 색은 1224년 영국에 들어온 프란치스코 수도회에서 입었던 예복의 색으로, 한편으로는 미덕과 겸양을 나타내기도 했다. 이러한 연관성을 알고 있던 올리버 크롬웰은 1643년 동료에게 다음과 같이 편지를 썼다. "자신이 무엇을 위해 싸우는지를 알고, 자신이 아는 바를 사랑하는 평범한 러셋 상의를 걸친 지도자가 있었으면 좋겠네. 모두 신사라 부르지만 그게 전부인 사람이 아니라."

로마 인근 수비하코 수도원에서 발견된, 가장
오래된 성 프란치스코의 초상. 1228년경에
그려진 것으로 보인다.

🔖 역사학자 데이비드 키너스턴이 『패밀리 브리튼Family Britain』
에서 말했듯, 1950년대 중반 집주인들은 인테리어만 바꾸면 밝은
미래가 찾아올 것처럼 기존의 갈색을 듀럭스사의 흰색 페인트로
새로 칠하기 시작했다. 그렇지만 1970년대에는 갈색이 주황색과
같은 밝은색과 조합을 이루며 벽지에 자주 사용되었다. 사이키델
릭 문화가 주를 이뤘던 1960년대 이후, 갈색은 좀 더 현실적인 분
위기로의 복귀를 의미했다. 자동차 제조업체들도 갈색 차량을 홍
보했다. 한 블로거는 과거를 돌아보며 "브리티시 레이랜드에서 출
시한 자동차들은 온갖 종류의 칙칙한 개통 색 집합소였다"고 불
평하기도 했다. 가끔 자동차에 쓰여 멋있을 때도 있었는데, 대표
적인 경우가 영국의 상징적인 형사물 〈스위니〉의 형사 잭 레건이
운전하는 갈색 포드 컨설 GT다.

🐾 인간이 만들어낸 갈색 중 가장 흔한 색은 1840년대에 인도에 주둔하던 영국군이 처음 입고 이후 수많은 다른 군대에서 채택한 카키색일 것이다. 1846년, 페샤와르에서 해리 럼스덴 중장이 새 연대에 도입할 적합한 제복을 찾고 있었다. 그는 병사들에게 흙먼지 날리는 땅에서 눈에 띄지 않도록('카키'는 우르두어로 '흙 색깔'이란 뜻이다) 라호르의 상점에서 흰색 면직물을 한 무더기 사서 동네 강의 진흙에 담가 문지른 뒤 튜닉과 군복 바지로 만들라고 지시했다. 근처에 진흙과 물이 충분하지 않을 땐 커피, 차, 흙, 카레 가루로도 충분했다. 1902년, 좀 더 짙고 초록빛인 카키색 옷이 영국 육군의 표준 전투복이 되었다. 이후 미군이 이 색을 다시 올리브그린으로 바꾸었다. 원래의 카키색은 1950년대 미국의 사립학교 학생들이 입었던 치노 바지에 남아 있다.

🐾 수많은 갈색 계열 색상이 동물의 이름에서 유래했다. 그 예가

| 풀먼사의 골든 애로우와 오리엔트 급행 열차에 쓰인 매력적인 갈색.

비버, 카멜, 섀미즈chamoisee, 코요테, 팰로우fallow, 폰, 라이언lion, 실 브라운seal brown, 세피아(이 색소를 처음 얻은 갑오징어에서 따왔다), 토 프taupe(프랑스어로 '두더지'란 뜻이다) 등이다. 체스트넛chestnut 그리 고 프랑스에서 온 마룬maroon, 마호가니, 웬지wenge, 우드 브라운wood brown처럼 나무 역시 갈색 계열 색상에 이름을 제공했다. 당연히 갈색의 가장 오래된 공급원은 흙으로, 우리는 흙에서 번트시에나 (원래 이탈리아 시에나 인근 채석장의 땅을 파서 채취한 뒤 열을 가해 색 을 어둡게 만들었다), 카셀 어스Cassel earth, 쾰른 어스Cologne earth, 엄버 등의 색소를 얻는다.

🐟 오늘날 갈색으로 단연 돋보이는 기업은 1916년 자사의 트럭 과 유니폼에 갈색을 도입한 세계적인 택배 서비스 회사 유나이티 드 파셀 서비스UPS다. 회사 설립자인 제임스 E. 케이시는 노란색 을 원했으나 그의 동업자 중 하나인 찰리 소더스트롬이 더러워지

기 쉽다고 반대했다. 그러면서 널찍하고 고급스러운 침대칸을 갖춘, '품격과 우아함, 전문성'의 대명사인 풀만의 객차와 비슷한 갈색을 선택하는 게 어떻겠냐고 제안했다. UPS는 결국 갈색을 선택했고, 기존의 철도 사업이 몰락하고 약 30년이 지난 1998년에 풀만의 색과 같은 갈색을 회사의 트레이드마크로 삼았다.

🐾 영국 사회의 특정 집단에서는 여전히 직장에서 남자가 갈색 구두를 신는 것을 용인하지 않는다. 2016년 한 금융 브로커는 《가디언》에서 '1980년대였으면 갈색 구두를 신은 사람은 거래장에서 야유받았을 것'이라고 말했다. 요즘에는 복장 규정이 그렇게 엄격하지 않지만, 그래도 갈색 구두에 대한 부정적인 인식은 그대로 남아 있다. 금융권을 상대하는 한 직장인은 최근 이렇게 밝혔다. "고객을 만날 때는 반드시 검은 구두를 신습니다. 안 그러면 사기꾼처럼 보일 테니까요." 외무장관이었던 휴고 스와이어의 아내 샤샤 스와이어도 최근 회고록에서 데이비드 캐머런 전직 영국 총리가 남편의 구두를 보고 "갈색 구두를 신고 출근이라니?"라고 나무랐다고 회상했다.

🐾 록 가수 프랭크 자파가 대통령의 패션 센스를 비판하는 〈브라운 슈즈 돈 메이크 잇Brown Shoes Don't Make It〉이라는 노래를 쓰는데 영감을 준 것 또한 갈색 구두다. 저널리스트 휴 시디는 1967년 《타임》에 이렇게 기고했다. "한번은 린든 존슨 대통령이 아침 의

례 행사에 회색 정장과 갈색 구두 차림으로 나타났다. 수행원들은 그날 일정에 변화가 있음을 즉각 감지했다. 업무 시 옷차림에 워낙 까다로운 분이라 회색과 갈색의 사소한 부조화조차 그의 기분이나 스케줄의 변화가 있음을 암시했다. 아니나 다를까, 존슨은 비밀리에 베트남으로 떠났다. 비행기에서 그는 신발에 맞춰 농상주 복장으로 갈아입었다."

🐾 에른스트 룀의 무자비한 돌격대Sturmabteilung가 입은 갈색 셔츠가 갈색에 오명을 안기는 데 일조한 건 분명하다. 그렇지만 이들이 갈색 제복을 선택한 경위는 우연이다. 원래 제1차 세계대전 당시 독일 식민 군대를 위해 만들었다가 이후 대량으로 남아 있는 셔츠를 돌격대가 발견해 착용했기 때문이다.

🐾 갈색 봉투는 부패의 느낌을 줄 수도 있다. 영국 보수당의 전 대표였던 닐 해밀턴의 경우엔 특히 그렇다. 1997년 해로즈 백화점 회장 모하메드 알 파예드는 TV에 출연해 이전에 해밀턴이 해로즈를 대신해 의회에서 질의해준 것에 대한 대가를 요구했다고 주장했다. 이에 해밀턴은 알 파예드를 상대로 명예훼손 소송을 제기했고, 알 파예드의 전 비서 앨리슨 보젝은 알 파예드가 자기 이름이 적힌 흰 봉투에 50파운드짜리 지폐를 '한 뭉치' 넣은 뒤 해밀턴에게 전달해달라고 했다고 증언했다. 그는 돈을 감추고자 흰색 봉투를 다시 갈색 봉투에 집어넣었다고 말했다. 해밀턴은 '파예드로부터 한 푼도 받은 적이 없다'고 주장했지만 결국 소송에서 졌다.
　1960년대아 1970년대에 수많은 영국 축구 감독이 이적 계약을 승인해준 것에 대한 답례로 고속도로 휴게소에서 불법 사례금이 든 갈색 봉투를 받았다. 축구계가 여전히 디지털로 추적이 힘든 갈색 봉투를 선호한다는 사실은 2012년 바하마의 한 공무원의 증언으로 재확인되었다. 그는 무함마드 빈 함맘으로부터 피파 회장직 출마를 지지해달라며 100달러짜리 지폐로 4만 달러가 들어 있는 봉투를 받았다고 주장했다. 조사관들은 최대 25명의 피파 대의원들이 똑같은 제의를 받았다고 확신했다.

🐾 스코틀랜드 민담에서 구릿빛 피부에 털이 수북하고 못생긴, '브라우니Brownie'라 불리는 가택신은 그 외모를 상쇄할 만한 한 가지 장점을 가지고 있다. 바로 밤중에 주인이 자는 동안 집안일을 한다는 것이다.

이 가택신은 스코틀랜드 작가 제임스 호그의 『보즈벡의 브라우니The Brownie of Bodsbeck』(1818)에 등장하는 주인공이다. 이 책에서 브라우니는 처음엔 사나운 몰골의 으스스한 괴물로 등장한다. 하지만 마지막에 스튜어트왕조의 간섭으로부터 스코틀랜드 장로교회를 지키기 위해 결성된 스코틀랜드 서약자들Covenanters를 이끌던, 전투의 상흔을 안고 살아가는 박해받은 지도자 존 브라운인 것으로 드러난다. 호그의 단편소설 『검은 하그의 브라우니The Brownies of Black Haggs』(1828)에서도 비슷한 내용이 전개되는데, 이 책에서는 메로닥이라는 신비한 생명체가 사악한 여주인에게 도전한다.

북미에서는 삽화가인 파머 콕스의 브라우니 삽화가 곁들여진 만화와 시가 큰 수익을 낳았다. 브라우니의 인기에 힘입어

│ 파머 콕스의 브라우니가 동명의 카메라를 홍보하고 있다.

│ 파머 콕스의 브라우니가 동명의 카메라를 홍보하고 있다.

1900년에 이스트먼 코닥의 창립자 조지 이스트먼은 자사의 신상 카메라에 브라우니라는 이름을 붙였다. 그저 이 제품을 만든 카메라 디자이너 프랭크 A. 브라운웰의 이름을 따왔을 가능성도 있다.

1919년에는 영국의 걸 가이드 운동이한국에는 걸 스카우트로 알려져 있다—옮긴이 최연소 분과의 이름을 로즈버드Rosebud에서 브라우니로 바꿨다. 게으른 두 소년이 쓸모 있는 브라우니가 되는 법을 배운다는 영국의 민속 작가 유잉이 쓴 이야기에 영감을 받은 것이다. 오랜 세월 동안 로즈버드(장미꽃 봉오리)가 특정한 성적 함의를 품고 있었음을 감안하면 아주 좋은 결정인 듯싶다.

🖎 신석기시대 동굴 벽화에서 발견되는 엄버는 인류에게 알려진 가장 오래된 색소 중 하나다. 일부는 엄버라는 이름이 이 색소가 원래 이탈리아 움브리아 지역의 흙으로 만들어졌음을 의미한다고 주장하지만, 그보다는 '그림자'를 뜻하는 라틴어 옴브라ombra

에서 유래했을 가능성이 더 높다.

🐌 카라바조의 그림들은 갈색에 흠뻑 젖은 어둠 한가운데 밝게 빛나는 인물을 배치함으로써, 인상적이고 혁신적으로 색상 대비를 극대화시켰다. 그의 명암 대비 기술은 그의 동료 화가들, 특히 이탈리아에서 작업한 경험이 있는 프랑스 화가들로부터 장인의 기술을 배운 렘브란트 판레인에게 큰 영향을 미쳤다. 렘브란트의 후기 작품에서 갈색은 지배적인 색이 되었다. 필립 볼은 『브라이트 어스』에서 "1650년대 말, 렘브란트는 주로 여섯 개 정도의 색소를 사용했는데 거의 칙칙한 흙색이었다"라고 말한다. 그의 그림 전반에 배어 있는 어둠을 모든 이가 좋아한 건 아니다. 이를테면 렘브란트와 동시대에 활동한 화가이자 미술 이론가 제라르 드 래레스는 '렘브란트는 익어서 썩어버릴 정도의 원숙함을 추구한다'며 비판했다. 렘브란트의 경제 사정이 좋지 못해 팔레트 색상에 제약이 생겼을 가능성도 있다. 렘브란트는 1656년 파산선고를 받은 후 거의 극빈자가 됐고, 흙색은 다른 색소보다 저렴했다. 하지만 렘브란트의 그림이 어두운 데는 분명 예술적 의미도 존재한다. 그의 후기 작품은 색채적으로나 심리적으로나 어두웠는데, 이는 궁핍하게 살았던 것도 모자라 1668년 27세의 나이로 요절한 아들 티투스의 죽음을 비통해하던 말년의 고통을 반영한 것이다. 그는 아들이 죽고 1년 뒤 사망했지만, 그의 죽음은 암스테르담에 널리 알려지지 않았다.

🐌 영국 찰스 1세의 궁정 화가로 일했던 네덜란드 화가 안토

| 렘브란트의 〈야경〉. 그의 완숙한 명암법을 잘 보여주는 전형적인 사례다.

니 반 다이크는 특정 갈색을 매우 좋아했다. 그래서 이 갈색은 반 다이크 사후 반다이크 브라운vanduke brown이라고 불렸다. 예술 작가 랄프 메이어에 따르면 이 색은 찰흙, 산화철, 부패한 식물(부엽토), 역청의 혼합물로, 어느 권위자의 말을 믿느냐에 따라 카셀 어스, 퀼른 어스와 매우 비슷하거나 완전히 똑같다.

19세기 벨기에에서는 루벤스 브라운Rubens brown이라 불렸다. 반 다이크는 청년 시절 안트베르펜에서 루벤스의 지도를 받았는데, 루벤스는 그를 '가장 뛰어난 제자'라고 칭했다. 루벤스는 카셀 어스에 황금색 오커를 섞어 색에 활기를 주기를 즐겼다. 반 다이크의 갈색은 살짝 생기가 부족하지만 닝시 슈렝미던 어슴푸레한 풍경을 그리기에는 완

벽하게 어울렸다. 차분한 색상 계열의 유행은 레이놀즈나 게인즈버러와 같은 화가들에 의해 지속되다가 19세기 중반쯤 점점 고루해졌고, 당시 인상파 화가들로부터 '갈색 그레이비'라는 조롱을 받았다.

🐾 우울감, 고독한 상념을 나타내는 '브라운 스터디brown study'라는 표현은 19세기 영국과 미국의 방언으로, 찰스 디킨스, 루이자 메이 올컷, 아서 코난 도일과 같은 작가들의 작품에서 발견할 수 있다. 하지만 이 단어가 최초로 등장한 것은 훨씬 오래전이다. 1532년에 출간된 『주사위 놀이Dice-Play』에서는 독자에게 "친구가 없으면 인간은 곧 우울감a brown study을 느끼게 된다"라고 조언한다. 브라운 스터디가 우울감이란 뜻으로 사용되던 관행은 이후 시간이 지나며 구식이 되었다.

🐾 오늘 내가 외삼촌의 양 떼에 두루 다니며 그 양 중에 아롱진 것과 점 있는 것과 갈색인 것을 가려내며 또 염소 중에 점 있는 것과 아롱진 것을 가려내리니 이 같은 것이 내 품삯이 되리이다

「창세기」 30장, 32절

이 구절은 킹 제임스 버전의 성경에서 가장 인상적인 내용은 아니지만, 언어학자들에겐 고대 언어의 색채 용어가 정확히 어떤 색을 가리키는지 판단하는 게 얼마나 어려운지를 보여주는 흥미로운 사례다. 야곱과 그의 외삼촌 라반이 짐승 무리를 어떻게 나눌지 논의하는 부분에서 '갈색brown'이라는 단어가 연속 네 번 등

장한다. 1611년 출간된 킹 제임스 성경은 히브리 단어인 '쿰khoom'을 '갈색'으로 번역한 최초의 성경이다. 아람어와 라틴어 버전은 '검다dark'라고 번역한다. 1540년 영어로 번역된 최초의 공인된 대성경에서는 '갈색'이 쓰이지 않는다.

🕊 공감각 능력을 지닌 뉴질랜드의 싱어송라이터 로드는 특정 갈색 때문에 작곡을 포기할 뻔한 적이 있다. 텀블러라는 소셜미디어에서 질의응답을 하던 중 그가 말했다. "가끔 노래의 색이 너무 답답하거나 못생기면 작업하기 싫어져요. 데뷔 앨범에 있는 〈테니스 코트Tennis Court〉라는 곡을 처음 연주할 때였어요. 코드 패드로 화음을 연주했는데 너무 거친 황갈색이어서 속이 울렁거리더군요. 가사를 넣기 시작했더니 노래가 비로소 놀라운 초록색으로 바뀌었어요."

🕊 밀로의 비너스는 아름다운 아가씨였어. 그는 세상을 손안에 넣었지. 하지만 갈색 눈의 잘생긴 남자를 얻기 위해 레슬링을 하다가 양팔을 잃어버렸어.

척 베리, 〈갈색 눈의 잘생긴 남자Brown Eyed Handsome Man〉(1956) 중에서

척 베리가 언급한 갈색 눈의 잘생긴 남자는 누구였을까? 노래의 마지막 구절까지 빠르게 돌려보면 '공을 관중석 높이 날려 승리를 거머쥔 그 영웅'이라는 가사가 나오고, 이 남자가 메이저리그 최초의 흑인 야구 스타 재키 로빈슨이라는 게 확실해진다. 베리는 야구 광이자 세인트루이스 카디널스의 열렬한 팬이었다.

로빈슨이 1948년 8월 브루클린 다저스에서 자기 고향 팀을 상태로 홈런, 3루타, 2루타, 1루타를 칠 때 그의 나이 스물둘이었고, 경기에 큰 감명을 받았다.

좀 더 넓게 보면 '갈색 눈'은 갈색 피부를 뜻하는 베리의 암호로, 그의 가사는 흑인 남성이 백인 여성에게 미친 영향을 에둘러 암시하고 있다. 하지만 1절은 LA 경찰이 주변을 어슬렁거린다는 이유로 히스패닉 남성을 체포하려다가 한 격분한 여성에 의해 저지당하는 장면을 목격한 데서 영감을 받았다고 한다. 다음 가사를 살펴보면 더욱 자세히 이해할 수 있다. "판사의 부인이 검사에게 전화해 그 갈색 눈의 남자를 풀어주라 말했지."

이 곡이 베리의 최고 히트곡은 아니었지만 이후 버디 홀리, 폴 매카트니, 로버트 크레이, 웨일런 제닝스와 같은 가수들에 의해 리메이크되었다. 1956년 12월 4일 멤피스 선 스튜디오에서 엘비스 프레슬리, 제리 리 루이스, 칼 퍼킨스, 자니 캐시가 백만 달러짜리 중창단을 결성해 이 곡으로 로큰롤 역사상 가장 즐거운 협업 작업을 하기도 했다. 이들의 생기 넘치는 연주를 능가하는 곡은 오직 니나 시몬의 곡뿐인데, 1967년 녹음된 그의 활기찬 리메이크곡은 위대한 팝 퍼포먼스이자 인종차별을 멈추라는 듣기 좋은 간청이다.

🖙 어딘가 짝이 안 맞는 팔다리가 몇 개 있을지도 모른다. 하지만 물감을 더 만들 만큼 충분하진 않을 것이다. 마지막 남은 온전한 미

라는 몇 년 전 3파운드가량 받고 팔았다. 그때 팔지 말 걸 그랬다. 더는 구하기가 힘들다.

제프리 로버트슨 파크, 런던의 염료 제작자

이집트 미라의 말라비틀어진 살점에 하얀 송진 및 몰약을 섞어 만든 머미 브라운Mummy Brown은 세상에서 가장 엽기적인 색소 중 하나다. 그로 인해 탄생한 색소는 녹색을 띤 갈색 로 엄버raw umber부터 불그스름한 번트 엄버burnt umber까지 다양하다.

일부 화가들은 그 색소가 어떻게 만들어지는지 정확히 알고 있었다. 대표적인 화가가 외젠 들라크루아로, 그의 가장 유명한 작품 중 하나인 〈민중을 이끄는 자유의 여신〉에 이 물감이 사용됐을지도 모른다는 설이 있다. 어떤 이들은 그 이름이 그저 특정 갈색을 지칭하는 것이라 여겼다. 라파엘전파였던 화가 에드워드 번 존스가 그런 순수한 이들 중 하나였다. 그의 아내 조지아나는 번 존스가 사망한 이후 이렇게 회상했다. "어느 날 화가들이 점심 식사를 마치고 함께 앉아 있었어요. 다들 자신이 사용하는 다양한 색에 대해 떠들고 있는데, 로런스 앨마 태디마 씨가 최근 염료 상인이 미라를 짓이겨 물감으로 만들기 전에 작업장으로 보러 오라고 초대했다고 말해 우리를 깜짝 놀라게 했지요. 에드워드는 그 제안을 일언지하에 거절했어요. 멸시하듯 단칼에 잘랐죠. 그리고 그 물감이 진짜 미라로 만들어졌다는 걸 알자마자 서둘러 작업실로 가서 자신이 가진 유일한 물감 튜브를 가지고 돌아왔어요. 그러고는 지금 당장 예를 갖춰 매장을 해줘야 한다고 고집을 피웠죠."

중세 유럽인들이 이집트에서 미라를 수입한 까닭은 미라가 병든 사람을 치유할 수 있다는 잘못된 믿음 때문이었다. 12세기, 의사 압둘라티프 알 바그다디는 '이집트 시체의 움푹 꺼진 부분에서 발견된 물질이 역청(아스팔트를 생각하면 된다)과 아주 비슷해 약으로 사용할 수 있다'고 주장했다. 16세기와 17세기에 환부에 바르거나 음료로 만들어 삼키곤 했던 '무미야mumia'는 유럽 약재상에서 조제돼 간질부터 사지 골절까지 모든 것을 치료하는 만병통치약으로 팔렸다.

곧 무미야 사업의 수익성이 매우 좋아졌고, 1564년 이집트 알렉산드리아를 방문한 프랑스 내과 의사 가이 드 라퐁텐은 상인들이 죽은 지 얼마 안 된 시체(대개 범죄자나 노예의 시체였다)를 가져와 역청으로 처리하고 햇빛 아래 둬서 검게 만든 뒤 오래된 미라처럼 보이게 한다는 사실을 알아차렸다. 1586년 런던 상인 존 샌더슨은 이집트 멤피스를 방문한 당시를 이렇게 설명했다. "우리는 종류와 크기가 전부 다른 시체들 옆을 천천히 걸었다. 나는 살점이 어떻게 약으로 변했는지 확인하기 위해 시체를 부위별로 분리한 뒤 온갖 머리, 손, 팔, 발을 집으로 가져왔다." 18세기 들어 마침내 대중들이 무미야가 치료에 전혀 도움이 되지 않는다는 것을 깨달으면서 미라를 의학용으로 사용하던 풍습은 사라졌다.

화가들은 색이 빨리 희미해진다는 특성이 있음에도 머미 브라운, 카풋 모텀Caput Mortuum(문자 그대로 중세 라틴어로 '시체의 머리'라는 뜻), 이집션 브라운Egyptian brown과 같은 색소들을 계속 사용했다. 미술품 보관가이자 역사가인 샐리 우드콕은 "시체의 색: 미라의 오용Body Colour: The Misuse of Mummy"이라는 기사에 이렇게 적었다. "다루기도 쉽고 당장 결과도 만족스러웠으므로 화가들은 그

| 마르탱 드롤링의 〈부엌 풍경〉(1815). 왕족의 유해로 그려진 그림이라는 설이 있다.

런 재료로 그림을 그리는 매력을 거부할 수 없었다. 그래서 이런 색소들이 계속 인기를 끌었던 것 같다." 루브르 박물관에 걸려 있는 마르탱 드롤링의 〈부엌 풍경〉(1815)에도 생드니 수도원에서 파낸 프랑스 왕의 유해에서 얻은 염료가 사용되었다는 풍문이 있다. 우드콕의 설명에 따르면, 이집트 풍경을 자주 그리곤 했던 태디마와 같은 라파엘전파 화가들도 미라를 사용했을 가능성이 높다. 19세기 말 무렵, 이 색소는 인기를 잃었고 화가들은 대신 합성 색소를 사용했다. 그런데도 1904년 염료 제작자 로버트슨은 《데일리메일》에 이런 광고를 실었다. "염료 제작에 쓸 미라를 구합니다. 2000년 된 이집트 지배층의 미라는 웅장한 프레스코화를 장식하는 데 사용되니, 고인의 유령이나 그 후손들도 불쾌해하지 않을 겁니다."

· 검정의 방 ·

♠ 검은색은 정말 단색일까? 일본의 위대한 소묘 화가 겸 판화
가인 호쿠사이는 검은색은 그리 단순하지 않다고 유창하게 웅변
했다. "낡은 검은색이 있고 신선한 검은색이 있다. 광택이 흐르는
검은색과 광택이 없는 검은색이, 햇빛을 받은 검은색과 그늘 속의
검은색이 있다. 낡은 검은색에는 파란색을 섞어야 하고, 광택이
없는 검은색에는 흰색을, 광택이 있는 검은색에는 수지를 섞어야
한다. 햇빛을 받은 검은색에는 회색 반사광이 있어야 한다."

♠ 짙은 검은색은 종류가 아주 다양하다. 이를테면 피치pitch(원
유를 정제하고 남은 찌꺼기), 제트jet(나무에 강한 압력을 가해 만든 원
석), 블랙 스피넬black spinel(또 다른 원석), 피치스톤 블랙peach stone
black(복숭아 씨앗을 탄화시킨 것), 램프블랙lampblack(그을음), 바인 블
랙vine black(포도나무 잎과 가지를 새카맣게 태운 것), 차콜charcoal(최소한
의 산소로 나무를 태운 것), 본 블랙bone black(동물 뼈), 옵시디언obsidian,
즉 흑요석(유리질 화산암) 등이다. 하지만 이중 어떤 것도 2019년
MIT에서 발명한 탄소 나노튜브로 만들어진 물질만큼 완전히
까맣지는 않다. 과학자들은 이 궁극의 검은색이 유입되는 빛의

〈허영의 구원Redemption of Vanity〉. MIT 상주 예술가 디무트 슈트레베의 작품이다. 카본 나노튜브로 코팅된 다이아몬드가 검은 공허 속으로 사라진다.

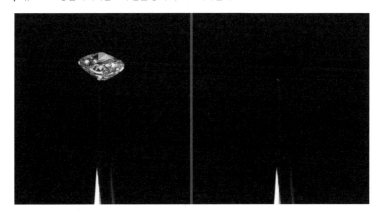

99.9995퍼센트를 흡수하므로 2016년 영국의 나노시스템즈사에서 개발한 반타 블랙('분홍의 방'을 참고하라)보다 훨씬 검다고 주장한다. 브라이언 워들 항공우주공학과 교수가 이끈 이 MIT팀은 탄소 나노튜브를 알루미늄 위에서 성장시켜 전도율을 개선할 방법을 실험하던 중 이 도료를 만들게 되었다. 마치 울창한 숲처럼 작은 탄소 나노튜브 무리가 유입되는 빛 대부분을 가두기 때문에 이 물질은 새까만 빈 곳처럼 보인다.

♠ 블랙홀은 중력이 매우 강해 그 무엇도, 심지어 빛조차도 탈출할 수 없는 우주 공간으로, 이웃한 물체에 미치는 영향을 관측해 그 위치를 추론하는 천체물리학자의 눈에조차 보이지 않는다. 블랙홀에는 세 종류가 있다. 빅뱅 직후에 형성되는 작은 원시 블랙홀, 질량이 큰 항성의 중심이 저절로 붕괴해서 생겨나는 조금 더 큰 항성 블랙홀, 주변 은하와 같은 시기에 형성된 것으로 추정되

는 초대질량 블랙홀이다. 우리은하 중심에 위치한 초대질량 블랙홀인 궁수자리 A*는 질량이 태양 400만 개와 맞먹는다.

♠ 검은색은 어느 방향일까? 이상한 질문처럼 들리겠지만 중국인, 나바호족, 튀르키예인들이라면 '북쪽'이라고 답할 것이다. 수많은 문명이 색에 방향을 부여해왔다. 마야인에게 북쪽은 흰색, 서쪽은 검은색이었다. 흑해의 튀르키예식 명칭 카라데니즈Karadeniz는 튀르키예의 북쪽에 있다는 의미일 수도 있지만, 높은 황화철 수치 때문에 짙어진 물빛에서 비롯했을 수도 있다. 기원전 500년경, 페르시아를 지배했던 아케메네스왕조가 바다를 '악사이나ax-saina'('어두운'을 뜻하는 페르시아어)라고 묘사했으나, 그리스 정착민들이 이 단어를 '악세이노스axeinos'(불친절한)로 잘못 번역했고, 그후 '에욱시노스euxinos'(환대하는)가 되었다.

♠ 종교개혁을 이끈 신학자이자, 마틴 루서의 친구 겸 동지였던 필리프 멜란히톤은 자신과 아주 잘 어울리는 이름을 가진 인물이다. '멜란히톤'은 '검은 땅'을 의미하는 '슈바르츠테르트Schwarzterdt'의 고전 단어다. 그는 밝은색에 대해 본능적인 혐오감을 느꼈으며 '공작새처럼' 꾸미는 패션을 맹렬히 비판했다. 그리고 진정한 개신교도는 절대 화려한 옷을 입지 않는다고 주장했다. 검은색은 겸손, 회개, 죄에 대한 인식을 의미하지만, 밝은색은 부패한 가톨릭의 느낌을 풍긴다고 여겼기 때문이다. 이러한 단색의 도덕적 미덕을 주장하는 행위는 스위스, 네덜란드, 영국, 독일 남부의 많은 교회 건물에 처참한 재앙을 안겨주었다. 다름아닌 개신교 광신도들이 중

세의 찬란한 유산 중 하나인 스테인드글라스를 파괴한 것이다.

♠ 개신교의 검은 예복은 중앙아메리카의 스페인 식민주의자들에 의해 발견된 천연염료 로그우드로 만드는 경우가 많았다. 1519년, 멕시코에 도착한 에르난 코르테스는 아즈텍족이 사용하던 선명한 검은색과 보라색 염료에 입을 다물지 못했다. 코르테스가 알아본바 이 염료들의 주요 성분은 로그우드 나무의 검붉은 적목질로, 소량을 깎아내 물에 담그고 끓인 뒤 물기를 빼고 매염제를 넣으면 엄청난 양의 검은색 염료가 만들어졌다. 이때 철을 매염제로 사용하면 저렴한 검은색을 만들 수 있었다. 당시 내구성이 좋은 검은색 염료를 만드는 유일한 수단이 파란색, 빨간색, 노란색이 담긴 통에 천을 세 번 담그는, 힘들고 값비싼 과정을 거치는 것이었음을 감안하면 상당한 발전이었다.

영국 의회는 1581년 로그우드가 쉽게 변색하는 휘발성 성질의 염료라면서 사용을 금지했다. 스페인이 로그우드 무역의 주요 수혜국이었으니 경제적인 측면 역시 반영된 조치였다. 당시는 필리페 2세가 불운한 무적함대를 출전시키기 겨우 7년 전이었다. 영국이 로그우드를 자체 공급할 수 있게 되면서 금지령은 1673년에 폐지되었다. 벨리즈 지역의 모기가 들끓는 맹그로브 늪에서 적목질을 추출하는 것은 고되고 위험한 일이지만, 1600년대 중반 무렵 이른바 '베이맨baymen' 현재 벨리즈 지역에 정착한 초기 유럽 정착민들을 일컫는다 —옮긴이들은 벌목 캠프를 세우고 중노동을 맡길 노예를 고용할 정도로 부유했다. 베이맨들은 열심히 일하고 열심히 놀았다. 작가 빅토리아 핀레이가 자신의 글에서 지적하듯, 청교도들이 자신의 독실함을 광고하던 수단으로 삼은 그 염료가 술, 여자, 파티에 돈을 쏟아부은 남성들에게서 구매한 것이었다는 점이 아이러니하다.

♠ 산스크리트어로 '검은 여성' 또는 '죽음의 여성'을 의미하는 여신 칼리는 6세기 남아시아에서 출현했다. 미국 학자 웬디 도니거의 설명에 따르면 칼리는 힌두교의 신들 가운데 가장 무서운 신이다. 흔히 검은색이나 파란색으로 묘사되는데, 부분적으로 또는 완전히 나체이며 긴 혀는 축 늘어져 있고, 팔은 여러 개다. 참수된 머리로 만들어진 목걸이를 목에 걸고, 한 손에는 머리통 하나를 들고 있다. 바짝 엎드린 남편 시바 위에서 여러 개의 팔을 휘두르며 춤을 추거나 서 있기를 좋아하는 이 검은 여신은 1972년 미국 잡지 《미즈Ms.》 창간호 표지를 장식하며 페미니스트의 아이콘으로 재창조되었다.

♠ 저항의 의미를 담은 곡 〈맨 인 블랙The Man in Black〉을 녹음한 직후, 조니 캐시는 1971년 한 주간 토크 쇼에서 자신의 검은색 의상에 관해 이야기를 꺼냈다. 자신이 검은색 옷을 입기 시작한 게 음악계에 발 디딘

후부터라는 고백이었다. 가사만 보
면 그는 인간의 모든 고통을 강조하
기 위해 검은색을 입었다. 노래는 이
렇게 끝을 맺는다. "매일 무지개색을
입고 싶어 / 세상에 전부 괜찮다고
말하면서 / 하지만 세상이 더 밝아질

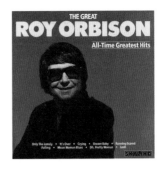

때까지, 난 검은색 옷을 입을 거야."《롤링스톤》은 캐시의 의상 선
택을 세속적으로 해석한다. "그가 검은색을 입는 것은 장기간 투
어를 할 때 관리하기 쉬운 색상이기 때문이다. 가수로 활동하던
초기에는 동료들이 그를 장의사라 부르며 놀리기도 했다."

♠ 검은 옷, 검게 물들인 머리, 검은 선글라스가 트레이드마크
였던 로이 오비슨에게 캐시와 같은 별명이 붙지 않은 게 신기하
다. 그는 자신의 차림새에 대해 이상하게 굴려던 게 아니라 패션
과 자기 표현에 대해 말해줄 매니저가 없었을 뿐인데 어느새 과
묵한 남자라는 이미지가 만들어졌다고 설명했다. 그렇지만 그
러한 이미지는 〈이츠 오버It's Over〉, 〈인 드림스In Dreams〉, 〈크라잉
Crying〉과 같은 가슴 저미는 발라드를 노래하던 그에게 안성맞춤
이었다. 1960년대 후반과 1970년대 초반, 바로 오비슨 자신이 그
런 상심에 빠진 남자였기 때문이다. 1964년, 바람을 피워 그와 이
혼했다가 재결합한 첫 아내 클로뎃이 오토바이 사고로 사망했고,
1968년 9월에는 테네시주 헨더슨빌에 있던 그의 자택에 불이 나
서 두 아들이 사망했다. 오비슨의 친구이자 이웃이었던 조니 캐시
는 그 집을 사서 부순 뒤 과수원을 지었다.

♠ 검은색 스페이드와 클로버 에이스 카드는 1876년 8월 2일에 벌어진 '와일드 빌' 히콕의 죽음과 밀접하게 얽혀 있다. 히콕이 데 드우드 살룬에서 파이브카드 스터드 포커를 치고 있을 때 잭 '브 로큰 노즈' 맥콜이라는 술 취한 도박꾼이 그의 바로 뒤통수에 대고 총을 쏘았다. 히콕은 두 장의 검은색 에이스와 두 장의 검은색 에이트(8), 그리고 알 수 없는 또 한 장의 카드를 들고 있었는데, 이 마지막 카드에 그의 피가 튀었다. 1926년에 출간된 와일드 빌의 전기로 인해 에이스 두 장과 8짜리 두 장이 든 패는 그의 전설과 하나가 되었고 '데드 맨스 핸드dead man's hand'라는 용어는 이 카드 조합을 지칭하는 의미로 굳어졌다.

♠ 할리우드의 옛날식 활극에서 해적들은 언제나 검은색 깃발 중앙에 하얀 해골과 엇갈린 뼈다귀가 그려진 해적기를 휘날리며 항해한다. 이 부분만큼은 할리우드가 제대로 표현했다. 프랑스 해 적 에마누엘 윈은 1700년경에 최초로 이런 모양의 해적 깃발을 휘날린 인물이라고 전해진다. 블랙비어드, 찰스 베인과 같은 동시 대 해적들도 같은 깃발을 사용했다. 여러 해적이 다양한 색을 달고 항해했지만 검은색이 가장 큰 인기를 유지했다. 이 깃발은 보는 것만으로도 오금을 저리게 하기로 유명했는데, 공격 대상에게 항복하거나 배를 버릴 기회를 준다는 암호로 기능했다. 혹여 상대가 기회를 저버리면 검은 깃발을 내리고 빨간 깃발을 올려, 피를 보게 만드리라는 것을 알렸다.

♠ 로버트 루이스 스티븐슨의 소설 『보물섬』에서 검은 딱지는

최초의 해적기. 찰스 존슨의 『해적의 역사A General History of the Pyrates』에 실린 해적 스테드 보닛의 모습. 목판화 (1725년).

곧 죽임을 당하거나, 자리에서 끌어내려지거나, 아니면 둘 다인 해적에게 제시되는 카드다. 스티븐슨은 이 딱지에 대해 다음과 같이 자세히 설명한다. "그것은 크라운 은화만 한 크기였다. 한쪽은 아무것도 적혀 있지 않았다. 다른 한쪽엔 「요한계시록」 중 한두 구절이 적혀 있었다. 그중에 '개들과 살인자들은 다 성 밖에 있으리라'라는 구절이 특히 뇌리에 박혔다. 인쇄가 된 쪽은 숯 검댕으로 시커메져 있었는데, 이미 검댕이 벗겨져서 내 손가락에 묻어났다. 텅 빈 쪽도 숯 검댕으로 '해임'이라는 한 글자가 적혀 있었다." 이 소름 끼치는 물건은 아마 캐리비안의 해적들이 반역자와 정보원을 처형하기 전 스페이드 에이스 카드를 보여줬다는 이야기에서 영감을 받았는지도 모른다.

♠ 검은색 미니 드레스가 어울릴 때는 그 어떤 옷도 대신할 수 없다.

윌리스 심프슨, 윈저 공작 부인

1994년 6월 29일 저녁 런던 서펜타인갤러리에서 열리는 '베니티 페어'의 연례 모금 행사에 참석하기 전, 다이애나 왕세자비는 그날 입을 드레스를 바꾸었다. 원래 입으려던 드레스가 언론에 유출된 데 화가 난 그는 그리스 디자이너 크리스티나 스탬볼리안이 자신을 위해 만든, 몸매가 드러나는 검은색 칵테일 드레스로 갈아입었다. 이전에는 이 드레스가 너무 과감하다고 생각한 터였다. 그날 밤 별거 중이던 남편 찰스 왕세자가 카밀라 파커볼스와의 불륜을 공개적으로 인정할 계획임을 알고 의례에서 벗어난, 어깨가 드러나는 검은색 의상을 선택한 것이었다. 이 드레스는 '복수의 드레스'로 알려지며 즉시 떠오르는 아이콘이 되었다.

검은색 드레스에 담긴 서사는 사실 1895년 프랑스 남서부에서 어린 세 자매 줄리, 가브리엘, 앙투아네트 샤넬이 엄마를 잃으면서 시작되었다. 자매의 아버지는 오바진의 시토회 수도원에 딸린 고아원에 그들을 버리고 떠났다. 열두 살에 오바진 수녀들의 금욕적인 일상에 적응해야 했던 가브리엘은 흑백의 사제복과 교복이 지배하는 세상에서 바느질하는 법을 배웠다. 이런 훈련이 코코 샤넬(현재 우리가 아는 가브리엘의 이름)로 하여금 1926년 《보그》 표지를 장식하며 '패션계의 T형 포드 자동차'로 칭송받은 블랙 미

다이애나 왕세자비가 스탬볼리안의 드레스를 입고
걸음을 옮기고 있다.

니 드레스를 디자인하는 데 영감을 주었다.

블랙 미니 드레스는 패션에 혁명을 일으켰다. 뉴욕 메트로폴
리탄 미술관의 의상 연구소 부큐레이터인 카렌 반 고트센호벤는
이렇게 말한다. "검은색은 지적이고 이성적인 가치, 그리고 그와
상반되는 다의성을 가지고 있다. 힘의 색인 동시에 저항의 색이기
도 하다. 1950년대에 비트 시인들은 물론, 실존주의의 뮤즈였던
쥘리에트 그레코가 검은색을 입었다." 파리 센강의 좌안에서 가장
매혹적인 여가수이자 마일스 데이비스의 연인, 그리고 수백만 프
랑스 여성들이 롤 모델이었던 그레코는 검은 옷을 걸친 그 누구보

다, 심지어 〈티파니에서 아침을〉의 오드리 헵번보다 더 멋있어 보였다.

1940년대 중반, 〈길다〉의 리타 헤이워스, 〈명탐정 필립〉의 로렌 바콜, 〈살인자들〉의 에바 가드너와 같은 누아르 영화의 여주인공들이 전부 블랙 드레스를 입었지만, 미국에서는 유럽만큼 큰 인기를 끌지 못했다. 이에 고트센호벤은 "미국의 패션은 문화적으로 신선함, 발랄함, 예쁘장함을 환기시키는 색을 선호한다"고 덧붙인다. 검은색은 유럽인, 특히 프랑스인의 색으로, 시크하고 우수에 차 있고 이지적이고 매혹적인 색으로 여겨진다.

♠ 검은색은 겸손하면서 동시에 거만한 색이다. 게으르면서 미스터리하다. 무엇보다 모든 검은색은 이렇게 말한다. "너한테 신경 안 쓸게. 너도 나한테 신경 쓰지 마."

요지 야마모토

《뉴욕타임스》가 '패션계의 검은 시인'이라고 칭하는 요지 야마모토는 완벽하게 재단된 단색 옷을 창조하는 데 헌신해 패셔니스타들의 존경을 받고 있다. 그의 검은색 사랑은 1970년대 후반 펑크의 출현에 영감을 받은 것인 동시에 개인적인 것이기도 하다. 그의 아버지는 일본군에 강제 징집되었다가 제2차 세계대전에서 사망했는데, 당시 요지는 갓난아이였다. 그 후로 배우자를 여읜 어

머니는 상복 외엔 아무 옷도 입지 않았다. 재봉사인 어머니가 유럽 디자이너들로부터 영향을 받은 꽃무늬 의상을 만들었지만 요지는 검은색에 강하게 이끌렸고 그 색이 여성에게 힘을 줄 잠재력을 품고 있음을 감지했다. 언젠가 그는 이렇게 말했다. "저는 갑옷 같은 옷을 만듭니다. 제 옷은 당신을 반기지 않는 눈들로부터 보호해줍니다." 만약 요지와 같은 목표를 갖고 있다면 검은색이 논리적으로 가장 좋은 선택이다. 누군가를 기리고 싶을 때도 말이다.

♠ 카지미르 말레비치는 자신의 저서 『비구상의 세계The Non-Objective World』에서 이렇게 적고 있다. "1913년, 나는 현실 세계의 무거운 짐으로부터 예술을 해방하려고 필사적으로 애를 쓰다가 사각형이라는 형태로 도피했다." 2년 뒤, 그는 절대주의 운동을 규정짓는 작품이자 추상 미술의 시작점이라고 할 수 있는 〈검은 사

각형Black Square〉을 만들었다. 그의 목표는 '사실적인 예술품을 죽여 관에 넣는 것'이었다. 그의 첫 검은 사각형은 〈태양에 대한 승리 Victory Over the Sun〉라는 실험적 오페라의 무대 커튼을 위해 설계된 것으로, 여기서 등장인물들은 태양을 정복하고 시간을 파괴해 이성을 없애고자 한다. 그와 그의 동료들, 즉 시인 알렉세이 크루체니크와 벨레미르 흘레브니코브, 음악가 미하일 마튜신은 이성적 생각에 대한 거부를 혁명적 변화의 전제 조건으로 여겼다. 러시아 신비주의자 P.D. 우스펜스키의 추종자였던 말레비치는 자신의 예술에 신성한 계시가 있었으며 자신이 우주의 목소리로부터 인도를 받았다고 주장했다.

　〈검은 사각형〉은 혁명 이전 러시아의 지적, 사회적, 정치적 소요 속에서 탄생했다. 레닌은 못마땅하게 여겼지만 트로츠키주의자들이 수용하면서 절대주의는 잠시 볼셰비키가 선호하는 시각적 표현 양식이 되었다. 트로츠키의 권력이 약해지면서 말레비치의 명성도 덩달아 수그러들었다. 그래서 자신의 가장 전위적인 작품 일부를 1920년대에 소련 밖으로 밀반출하기도 했다. 사회적 사실주의는 '노동계급의 이익을 보호하는 예술적 장르'라는 스탈린의 강권에 못 이겨 화풍을 바꾸어야 했지만 말레비치는 보다 관습적인 풍경 그림들에 작은 검은색 사각형을 서명해 넣음으로써 새로운 강령에 조용히 저항했다. 1935년 56세의 나이로 사망했을 때, 그의 관 위에 검은색 사각형이 그려졌다.

♠　2015년, 말레비치의 〈검은 사각형〉 탄생 100주년을 준비하며 가장 초기 버전 네 점에 엑스레이를 투사한 결과, 그림 아래

말레비치의 〈검은 사각형〉. 1915~1916년 페트로그라드에서 절대주의를 소개한 '마지막 미래주의 회화전 0.10'에 전시되었다.

에 '동굴에서 싸우는 니그로negro들'이라는 글귀가 적혀 있음이 밝혀졌다. 이는 알퐁스 알레의 〈어두운 지하에서 싸우는 니그로들 Negroes Fighting in a Cellar at Night〉이라는 부제를 단 새카만 캔버스 작품을 암시하는 것이 분명했다. 덧붙이자면 알레의 작품 역시 그의 친구 폴 빌호드가 그린, 제목이 매우 비슷한 검은색 그림을 참고한 것이었다. 한 세기가 더 지난 지금은 이 글귀가 인종차별로 다가오지만 온통 새하얀 작품인 〈눈 오는 날 빈혈에 걸린 소녀들의 첫 성찬식 First Communion of Anaemic Young Girls in the Snow〉, 온통 새빨간 작품인 〈홍해 연안에서 토마토를 수확하는, 얼굴이 시뻘건 추기경 Apoplectic Cardinals Harvesting Tomatoes on the Shores of the Red Sea〉 등을 비롯해 알레의 그림은 단색으로 된 일련의 시각적 말장난이었다.

♠ 프랑스 화가 피에르 술라주는 검은색 외에 다른 색은 거의 쓰지 않는다. 그에게 검은색은 고대 동굴의 어둠 속에서 예술이 시작됐음을 의미하는 색이다. 검은색에 대한 그의 집착은 아주 어릴 적부터 시작되었다. 여섯 살이던 술라주가 붓에 잉크를 묻혀 두껍고 검은 선들을 그리는 것을 보고 그의 누나가 무엇을 그리는 거냐고 물으니, 이렇게 답했다고 한다. "눈이야." 그는 자신의 추상적 스타일을 초월적인 검은색, 즉 우트르누아르outrénoir라고 부른다. 이는 그가 검은색이 아니라 검은색에 반사된 빛을 이용해 작업함을 의미한다.

♠ 우리는 왜 병에 걸릴까? 수천 년 전, 이에 대한 대답은 간단하고 명확하고 일관적이었다. 즉, 증상이 뭐든 간에 병에 걸린 사람은 악령이 씐 것이었다. 히포크라테스와 그의 동료 의사들이 많은 질병이 초자연이 아닌 자연적 원인을 가지고 있다고 주장한 후에야 고대 그리스의 의학 진단은 미세하게 달라졌다.

그들은 인간의 몸에는 네 개의 체액, 즉 유동적 물질이 있으며 각각 네 가지 요소와 관련이 있다는 개념을 발전시켰다. 피는 공기처럼 뜨겁고 축축하고, 황색 담즙은 불처럼 뜨겁고 건조하고, 가래는 물처럼 차갑고 축축하며, 흑색 담즙은 흙처럼 차갑고 건조하다는 것이 그들의 주장이었다. 병에 걸린다는 것은 우리 몸에서 이중 하나 이상의 체액이 너무 많이, 또는 너무 적게 생산된다는 신호였다. 어떤 체액의 균형이 깨져 있는지 알아내고 그것을 치료하는 것이 의사의 일이었다. 주로 사혈을 하여 해당 체액을 추출하거나 환자의 식단을 바꾸는 경우가 많았다.

건조한 피부, 구토, 우울증은 환자의 몸에 흑색 담즙이 너무 많다는 신호로 여겨졌다. 멜랑콜리melancholy라는 단어는 그리스어 '멜라스melas' 또는 검다는 뜻의 '멜란melan'에 담즙이라는 뜻의 '콜khole'을 합친 말에서 유래한 것이다.

♠ 당신의 문제, 그러니까 '검은 개' 문제는 조상으로부터 물려받은 것입니다. 당신은 평생 그 문제와 맞서 싸워왔어요.
윈스턴 처칠의 내과 의사가 처칠에게 한 말

윈스턴 처칠이 사랑한 유모 엘리자베스 앤 에베레스트는 어린 시절 처칠에게 그의 우울한 기분에 대해 설명해주며 '검은 개'라는 이미지를 소개했다. 에베레스트는 빅토리아 귀족의 형편없는 양육 기준에 비추어 본다 해도 유독 쌀쌀맞고 무심했던 그의 부모와 달리, 어린 윈스턴의 절망적인 외로움을 이해해주었다. 참고로, 그의 아버지 랜돌프 처칠 역시 조울증에 시달린 것으로 보인다.

영국의 정신과 의사 앤서니 스토어는 증세의 심각성을 감안했을 때 처칠의 '검은 개'에 대한 저항은 대단했다고 주장했다. 그렇지만 1955년 총리직에서 물러난 뒤 처칠은 마침내 검은 개에 굴복하고 말았다. 그의 딸 메리의 말을 빌리자면 '검은 절망의 구름'이 내려와 몇 시간 동안 말도 하지 않고 읽지도 않은 채 앉아 있었다고 한다.

검은 개라는 비유는 어디서 비롯된 것일까? 작가 폴 폴리는 자신의 에세이에서 검은 개가 흔히 말하는 것처럼 로마 시대에 우

울증과 동의어가 된 건 아니라고 결론짓는다. 그는 흔히 인용되는 로마 시인 호라티우스의 '검은 개가 당신을 귀찮게 쫓아다닌다that dark companion dogs your flight, 여기서 dog는 '바싹 따라가다'는 뜻의 동사다―옮긴이'는 표현은 '거무스름한 동반자가 당신을 쫓아가 도망가게 한다'를 잘못 번역한 것 같다고 주장하며 이 이미지는 18세기에 생겨났다고 말한다. 우울증을 심하게 앓았던 새뮤얼 존슨은 친구에게 고독한 아침 식사 때마다 검은 개가 함께한다며 '자네라면 근심을 안겨주는 검은 개를 집에서 멀리하고 싶을 때 어떻게 하겠는가?'라고 편지를 썼다. 이 편지로 미루어 짐작하건대, 당시 이미 이 표현이 흔한 관용어가 아니었나 싶다.

♠ 산업혁명이 절정을 이룰 당시 블랙컨트리일반적으로 더들리, 샌드웰, 월솔, 울버햄프턴 같은 광역도시권을 아울러 부르는 명칭―옮긴이라 불리는 영국의

웨스트미들랜즈 지역은 실제로도 매우 검었다. 빅토리아 공주는 1832년 열세 살에 블랙컨트리를 방문한 뒤 일기에 이렇게 썼다. "도시 어디를 가나 매우 황량하다. 석탄이 아무 데나 있고 잔디는 검게 말라비틀어졌다. 남자, 여자, 아이들, 들판, 집, 모두 검다."

어린 빅토리아 공주의 공포심을 이해하고 싶으면 윌리엄 블레이크의 시 중 '어둡고 사악한 공장'이란 구절을 절묘하게 환기하는 에드윈 버틀러 베일리스의 그림 〈블랙컨트리, 밤, 그리고 주조공장Black Country, Night, With Foundry〉을 보면 된다. 울버햄프턴에서 철물점을 하는 부부의 아들로 태어난 버틀러 베일리스는 자신이 보고 자라온 풍경을 그림으로 그렸다. 1860년대에 버밍엄 주재 미국 영사였던 엘리후 뷰릿은 이 지역을 '낮에는 검고 밤에는 붉다. 지구상에 동일 반경의 그 어떤 지역도 엄청난 생산량으로는 이곳에 필적할 수 없다'고 설명했다.

블랙컨트리는 심지어 산업화되기 전에도 검었다. 블랙컨트리라는 이름도 '30피트 층'이라고도 알려진 사우스 스태퍼드셔의 석탄층과 관련이 있다. 이곳은 영국에서 가장 두터운 석탄층이라고 하는데, 그래서 흙이 검다. 하지만 수천 개의 공장에서 나오는 그을음과 연기가 도시를 더 검게 만들었고 시민들의 수명을 단축했다. 1841년, 더들리 교구는 영국에서 사상 최악의 사망률을 기록했다.

이쯤이면 왜 일부 학자들이 블랙컨트리가 존 로날드 로웰 톨킨의 『반지의 제왕』 속 암흑의 땅 모르도르의 모델이라고 주장하는지 감 잡을 수 있을 것이다. 톨킨이 창조한 엘프들이 쓰는 신다린어로 모르도르는 어두운, 또는 검은 땅을 의미한다.

현재의 블랙컨트리는 과거보다 훨씬 푸르다. 한때 하늘을 검게 만들던 공장들은 사라졌고, 1968년에 배거리지 탄광이 마지막으로 문을 닫은 이후로 그 터는 이제 지역 공원이 되었다. 일부 지역 주민들은 건강해진 자연환경을 반기면서도 한편으론 블랙컨트리가 정체성을 잃어가고 있다고 염려한다. 더들리 출신 작가 스튜어트 제프리는 2014년 《가디언》을 통해 모르도르의 기원을 탐구하며, '한밤 이글거리던 블랙컨트리의 끔찍하면서도 중독적인 아름다움과 목구멍 뒤에 걸려서 고향에 왔다는 것을 알려주던 연기'에 대해 회상했다. 이러한 상실감은 지역 번화가들이 파괴되면서 더욱 강해졌다. 그러나 지역적 정체성은 그곳의 억양, 방언, 어휘 속에 계속 살아 숨 쉬고 있다.

♠ '목구멍 뒤쪽에 연기가 걸리는' 느낌은 다른 도시에선 여전히 느낄 수 있다. 그중 유독 심한 곳이 러시아산 석탄의 절반 이상이 채굴되는 시베리아의 쿠즈바스다. 2018년 겨울에는 일부 마을의 공기가 그을음과 재로 너무 탁해져 하늘에서 유독한 검은 눈이 내렸다. 지역 환경운동가 블라디미르 슬리비야크는 '검은 눈보다 하얀 눈을 찾는 게 더 어렵다'고 불평했다. 당국은 거름 장치에 결함이 생겨 거대한 석탄 화력발전소에서 나오는 먼지를 걸러내지 못한 탓이라고 설명했다. 4만 5000명이 거주하는 마이스키의 경우, 당국이 하얀 페인트를 뿌려 검은 눈을 덮기도 했다.

♠ 1895년 최초로 발명된 고무 타이어는 흰색이었다. 그 당시 타이어는 흰색이었다. 내구성이 좋아질 거라는 생각에 곧 그을음이 첨가됐고, 이후 1910년경 회사들이 화학 혼합물인 카본블랙을 타이어 필러로 사용하기 시작했다. 카본블랙은 타이어를 튼튼하게 하고, 자외선과 오존으로부터 보호하며 장시간 주행하는 동안 접지면에 발생하는 열을 없애준다. 전 세계 카본블랙의 약 70퍼센트가 타이어를 만드는 데 사용되는 것으로 추정된다.

♠ 블랙 프라이데이는 미국에서 추수감사절 이튿날 열리는 할인 행사를 일컫는다. 이 단어는 어떻게 생겨났을까? 옥스퍼드 영어 사전에서는 이날 차량 정체가 얼마나 심각할지를 가리키는 농담으로 시작되었다는 설이 가장 그럴듯하다고 말한다. 옥스퍼드 영어 사전의 초기 인용구를 보면, 필라델피아의 버스 운전사들과 경찰들이 두루의 정체와 혼란에 대비하기 위해 이 표현을 만들었

다고 한다. 온라인 쇼핑의 시대에도 이 용어는 여전히 유효하다.

 ♠ 오골계는 인도네시아가 원산지인 닭 품종으로, '검은 닭'을 뜻하는 그 이름에서도 알 수 있듯이, 깃털, 고기, 뼈, 장기까지 전부 검다. 이는 과다 색소침착을 일으키는 EDN3 유전자 과잉으로 인한 증상이다. 오골계는 희귀하면서 경외의 대상이기도 한데, 마법의 힘을 가지고 있다는 명성 때문에 12세기부터 종교적 의식에 사용되었다.

♠ 이탈리아에서 '검은 손', 일명 '마노 네라Mano Nera'는 18세기 중반 나폴리왕국에서 생겨난 갈취 방식이다. 보통은 희생자의 집 대문에 검은 손바닥 자국을 찍어 개인적으로 통보하거나, 검은 손이 그려진 경고의 편지를 부치는 식으로 위협을 전달했다. 20세기 무렵, '블랙 핸드Black Hand'이라는 불리는 범죄 집단이 샌프란시스코부터 시카고, 뉴욕까지 미국의 다양한 대도시에서 비슷한 기술을 사용해 사람들을 공포에 떨게 했다.

블랙 핸드는 또한 슬라브족이 주를 이루는 발칸반도 내 모든 영토를 하나로 통합하기 위해 1901년에 결성한 세르비아 비밀 군사조직의 이름이기도 하다. 역사가들은 1914년 제1차 세계대전의 도화선이 된 사라예보 사건에 블랙 핸드가 얼마나 연루됐는지를 놓고 여전히 논쟁 중이다.

| 1907년, 시카고의 블랙 핸드가 희생자에게 남긴 메시지.

♠ 이탈리아에서 '검은 셔츠단'은 베니토 무솔리니의 잔혹한 독재정권 아래서 활동하던 무장부대로, 검은색은 순식간에 무솔리니 정권의 브랜드가 되었다. 이들이 검은색을 선택한 배경은 제1차 세계대전 동안 알프스산맥에서 전투를 벌였던, 영국의 SAS와 미 해군 엘리트 특수부대와 유사한 이탈리아 최정예 부대인 아르디티Arditi('용기 있는 자'라는 뜻)로 거슬러 올라간다. 아르디티가 검은색을 입긴 했지만, 검은색이 그들의 전유물은 아니었다. 1919년 9월 민족주의자 2600명의 도움으로 피우메(현재는 크로아티아 리예카)의 아드리아 항구를 점령하고 이탈리아로 회수한 정치인이자 비행사였던 호색한 시인 가브리엘레 단눈치오 역시 무솔리니에게 영감을 주었을 수 있다. 단눈치오의 점령 기간은 겨우 15개월이었지만, 무솔리니가 1922년 3월 권력을 잡기 위해 그의 전술이었던 허풍, 로마식 경례, 검은색 셔츠의 추종자들을 연구하고

비슷한 기술을 적용하기에는 충분한 시간이었다.

그해 풍자만화가 겸 그래픽 디자이너인 10대 파시스트 파올로 가레토가 로마에서 행진 중이던 무솔리니의 일부 추종자들이 초라한 행색을 한 것에 기겁해 제복을 말쑥하게 새로 디자인했다. 그는 이렇게 회상했다. "차림새가 영 별로였어요. 공통 복장이 검은 셔츠 하나뿐이더군요. 나머진 내키는 대로 걸치고 있었고 바지 색깔도 각자 제멋대로였죠. 그래서 셔츠, 군복 바지, 부츠까지 제가 직접 검은색으로 통일해 제복을 디자인했습니다." 이후 파올로의 친구 세 명이 그의 제복을 매우 마음에 들어 하며 똑같이 따라 입더니 스스로 '머스킷 총병'이라고 칭하기 시작했다. 무솔리니는 가두 행진에서 그들을 발견하고 의장대에 합류할 것을 명령했다.

무솔리니는 검은 셔츠는 평범한 셔츠도 군복도 아니고 전투복이라며, 가슴 속에 순수한 영혼을 품고 있는 자만이 입을 수 있는 옷이라고 단언했다. 문화사회학자 시모네타 팔라스카 참포니가 자신의 저서 『파시스트 스펙터클: 무솔리니의 이탈리아, 권력의 미학Fascist Spectacle: The Aesthetics of Power in Mussolini's Italy』에서 말한 것처럼, 파올로 가레토의 제복은 무솔리니 정권이 강조하던 것처럼 일상의 나머지 의식과 더불어 부르주아적 사고방식과 습관을 쓸어버리기 위한 것이었다. 검은 셔츠는 이탈리아를 통합하기 위해 무솔리니가 벌인 운동에서 핵심적인 부분이었다.

♠ 무솔리니의 복장 혁신은 수많은 해외 파시스트 운동에 영감을 주었다. 오즈월드 모슬리의 영국 파시스트 연합, 네덜란드 흑

색 전선, 나치 무장 친위대도 마찬가지로 검은색을 선택했다. 미국에서는 극우단체인 프라우드 보이즈가 검은색 프레드페리 폴로셔츠를 애호한 탓에 회사가 특정 디자인을 북미로 수출하는 것을 중단하기도 했다. 하지만 모든 파시즘 단체가 검은색을 택한 것은 아니다. 캐나다와 아일랜드의 극우단체와 스페인의 팔랑헤당은 파란색을, 루마니아의 철위단은 초록색을, 남아프리카의 비유대인 국가사회주의운동당은 회색을 선택했다. 멕시코의 파시스트 셔츠는 훨씬 화려한데, 니콜라스 로드리게즈 카라스코가 창당한 혁명 멕시코행동당 당원들은 근사한 금색 셔츠로 눈길을 끌었다.

♠ 무슬림 전통에서 검은 깃발은 무함마드가 들었던 깃발 중 하나다. 서기 747~750년, 무함마드의 삼촌 알아바스의 후손이라 주장하는 아바스왕조가 '검은 옷 전사들의 운동'이라는 혁명을 일으켜 우마이야왕조의 칼리프를 타도했다. 아바스왕조는 통치를 정당화하기 위해 검은 깃발을 들었는데, 이슬람 사상에서는 이 깃발이 마흐디(아랍어로 '올바르게 인도하는 자'라는 뜻)가 공명정대한 원칙을 세우고 세상에서 악을 정화할 때 그 군대가 휘날리는 것이기 때문이다.

　　마흐디와의 연관성, 그리고 시리아의 다비크 마을에서 세상에 종말을 가져올 최후의 전투가 벌어진다는 예언은 알카에다, 알샤바브, IS를 비롯해 현대의 다양한 지하드 운동이 검은 깃발을 채택하도록 만들었다.

| 1871년 5월, 무정부주의자 루이 미셸의 체포. 질 지라르데 작.

♠ 검은 깃발은 모든 깃발에 대한 부정이다. 국가의 지위에 대한 부정이다. 검은색은 국가의 이름으로 자행된 끔찍한 반인륜적 범죄에 대한 분노와 울분이다. 검은색은 또한 아름답다. 그것은 투지, 결심, 힘의 색이자, 다른 모든 것들을 명확하게 다듬는 색이다.

하워드 J. 에를리히, 『무정부 상태의 재창조Reinventing Anarchy, Again』(1996) 중에서

검은색은 일종의 무색이기 때문에 무정부주의자들이 선택하기에 합리적인 색으로 보인다. 주요 무정부주의자 중 하나인 표트르 크로폿킨은 검은색을 '정부가 없는 형태의 사회주의'라고 설명했다. 하지만 무정부주의가 사용하는 검은 깃발이 어디서 기원했는지는 확실하지 않다. 1831년 프랑스 리옹에서 파업하던 견직물

공업 노동자들이 대의를 위해 기꺼이 죽겠다는 의미로 '빵이 아니면 투쟁을!'이라는 구호를 외치며 검은 깃발을 휘날렸다. 도시를 잠깐 점령했던 이 파업 노동자들은 무정부주의자가 아니었지만, 1843~1844년에 리옹에 머물렀던 철학자이자 스스로 무정부주의자라고 선언한 최초의 인물인 피에르 조제프 프루동이 그들의 행동을 접했을 수 있다. 검은 깃발이 1871년 프랑스군에 의해 학살당한 2만 명의 파리 코뮌 지지자들과 연관성이 있는 것은 보다 확실하다. 학살에서 살아남은 코뮌 지지자 중 한 명인 루이 미셸은 1883년 파리에서 열린 시위에서 '파업과 배고픈 자들의 깃발'이라 부르며 검은 깃발을 휘날렸다.

♠ 라틴어로 검다는 뜻인 니게르niger는 프랑스어 누아르noir의 어원으로, 나라(나이지리아, 니제르), 강(니제르강)의 이름에 사용되었고, 니그로negro(스페인어로 '검다'는 뜻)로 탈바꿈했다가, 영국과 미국에서 니거nigger라는 흑인에 대한 멸칭으로 변형되었다. 미국에서 '니거'라는 표현은 피부색이 희지 않은 외국인 모두에게 적용되는 다목적 용어로도 사용됐다. 20세기 초반, 미군이 필리핀 독립운동을 탄압할 적에 한 병사가 고향에 보내는 편지에 이렇게 썼다. "모든 병사가 투지가 끓어올라 니거들을 죽이고 싶어 했어요."

흑인종을 가리키는 표현의 변화는 미국 인구 조사에서 사용하는 인종적 카테고리에도 반영된다. 1790년 인구 조사에서는 자신이 백인 자유민 남성, 백인 자유민 여성, 그 밖의 자유민, 또는 노예 중 어디에 해당하는지를 물었다. 30년 후에는 '유색'이라는 카데고리가 추가됐다. 1890년에는 흑인들에게 흑인인지, 물라

토Mulatto(흑인과 백인의 혼혈일 경우)인지, 쿼드룬Quadroon(1/4이 흑인인 사람)인지, 옥토룬Octoroon(1/8이 흑인인 사람)인지를 물었다. 그렇지만 대부분의 인구 조사 기록이 화재로 소실되어 당시 얼마나 많은 시민이 각 카테고리에 해당했는지는 알 수 없다.

1906년, 흑인 작가이자 교수이자 대통령 자문이었던 부커 T. 워싱턴은《하퍼스 위클리》에서 유색 인종에 대한 올바른 용어를 제안해달라는 요청에 이렇게 답했다. "흑인들이 자신의 인종을 '니그로'라 말하고 쓰는 것, 그리고 이를 인종을 지칭하는 용어로 사용할 때 대문자 'N'을 쓰는 것이 오랜 관행이었습니다."

3년 후, '전미 유색인 지위 향상협회'가 뉴욕에 설립되었다. 처음에는 '전미 흑인 위원회National Negro Committee라고 불렸으나 이후 '유색'이라는 단어가 흑인을 공손하게 지칭하는 용어로 여겨지면서 이 명칭이 더 선호되었다. 1930년에는 대문자로 시작하는 니그로Negro가《뉴욕타임스》스타일 가이드에 올랐다. 그해 인구 조사에서 흑인 혈통을 가진 사람은 누구나 자신을 니그로라고 밝혀야 했다. 하지만 1960년대 무렵이 되자 많은 사람이 이 용어가 백인에 대한 복종의 의미를 품고 있다고 느꼈다. 배우이자 시민운동가인 오시 데이비스는《에보니》에 이렇게 말했다. "말콤 X는 과거 니그로였으나 이젠 아닙니다. 더 이상 심리적으로나 사회적으로 필요한 것들을 제공받기 위해, 그러니까 돈을 달라고, 자유 투쟁을 이끌어 달라고, 적들로부터 지켜달라고, 무슨 일을 할지 말해달라며 백인들에게 의존하지 않습니다."

1966년 6월 16일, 활동가 스토클리 카마이클은 미시시피 그린우드의 한 연설에서 이렇게 선언했다. "백인들의 채찍질을 멈추

| 흑표당의 포스터. 1969.

는 유일한 방법은 쟁취하는 것입니다. 지금부터 우리는 블랙 파워를 주장할 겁니다." 3개월 후, 캘리포니아 오클랜드에서 흑표당이 창당됐다.

카마이클의 입장은 1988년 12월 다음과 같이 선언한 제시 잭슨 목사로부터 도전을 받았다. "흑인black이라는 표현은 근본이 없습니다. 우리의 상황을 설명해주지 않아요. 우리는 아프리카계 미국인의 혈통입니다." 그는 아프리카계 미국인이라는 용어가 '문화적 진실성'을 가지고 있으며 미국의 흑인들을 올바른 역사적 맥락에 둔다고 주장했다. 2003년, 한 여론조사에서는 미국 내 '흑인black'들의 약 절반 이상이 이 용어를 선호한다고 밝혔다.

싱어송라이터 스모키 로빈슨은 이 용어를 좋아하지 않았다.

그는 다음과 같이 말한 바 있다. "같은 인종을 찾겠다고 아프리카에 가보면 금방 깨달을 겁니다. 당신이 아프리카계 미국인이 아니라는 것을, 그냥 아프리카라는 공간에 있는 미국 흑인일 뿐이라는 것을 말입니다." 그의 관점에 따르면, 이 용어는 최근 20~30년이내에 아프리카에서 미국으로 이주한 사람들에게만 적용되어야 했다. 최근 이민을 한 일부 흑인들은 아프리카에서 태어났고 언젠가 다시 돌아가길 바란다는 이유로 자신을 '대륙의 아프리카인 Continental Africans'이라고 부른다.

이 두 개의 용어는 수십 년 동안 번갈아 사용되다 2020년 5월 25일 미니애폴리스에서 조지 플로이드가 경찰에 체포되다가 사망한 사건 이후 대문자 'B'로 시작하는 '블랙Black'이라는 용어에 대한 선호도가 높아졌다. 《어소시에이티드 프레스》, 《뉴욕타임스》, 《유에스에이 투데이》와 같은 몇몇 언론사는 '블랙'의 B를 대문자로 쓰도록 스타일 가이드를 변경했다.

♠ 2020년 6월 2일, 2800만이 넘는 사람들이 소셜미디어에 #blackouttuesday라는 해시태그와 함께 검은색 사각형을 게시한 뒤 남은 하루 동안 계정을 닫았다. 조지 플로이드가 경찰에 체포되다가 사망한 사건에 대한 항의이면서, 그보다 앞서 7년 전 창설되었던 '블랙 라이브즈 매터BLM, Black Lives Matter' 운동을 지지하기 위한 전 세계적 움직임이었다.

BLM은 일리샤 가르자, 패트리스 컬러스, 오팔 토메티 이렇게 세 명의 흑인 운동가들이 발족한 운동으로, 플로리다 샌퍼드에서 17세 흑인 소년 트레이본 마틴을 죽인 후 정당방위였다고 주장한 조지 짐머맨에게 2013년에 무죄 선고가 내려진 것이 계기였다. 2015년과 2020년 5월 사이에《역학 및 지역사회 건강 저널Journal of Epidemiology & Community Health》에서 연구한 바에 따르면, 경찰에 의해 사살된 미국인 4653명 중 27퍼센트가 흑인이었다. 미국 내 흑인 비율이 겨우 13퍼센트라는 사실을 감안하면 충격적인 통계 수치가 아닐 수 없다.

· 회색의 방 ·

☁ 회색은 우리가 별로 좋아하지 않는 수많은 것을 연상시킨다. 우울한 날씨, 노화, 안개, 조직에 대한 순응, 콘크리트와 시멘트가 음산한 분위기를 풍기는 단색의 도시 풍경 등. 1946년, 열네 살 때 뉴질랜드에서 영국으로 온 소설가 페이 웰돈은 이런 글을 남겼다. "이곳이 엄마가 말한 약속의 땅이라고? 푸른 들판은, 잔잔한 개울물은, 교회 탑은 어디로 간 걸까? 이곳이 딸기 장터가 열리고 나이팅게일이 달콤하게 지저귀던 곳이라니? 처음엔 회색 항구와 누덕누덕 기운 더러운 천으로 뒤덮인 듯한 회색 언덕이 보였다. 날이 밝고 보니 코딱지만 한 지저분한 집들이 한 덩어리가 되어 서로를 짓누르고 있었고, 폭탄이 떨어진 자리마다 스타킹 뒤꿈치에 난 구멍처럼 구덩이들이 입을 벌리고 있었다. 사람들이 정말 이렇게 사는 길을 택했다는 게 믿을 수 없었다." 엄마가 에식스의 틸버리 항구만 이렇다고 말하자 그는 의아해했다. "틸버리만? 눈길이 닿는 저 먼 곳까지 회색빛이 광대하게 뒤덮여 있었다."

데이비드 바첼러는 저서 『광채와 회색The Luminous and the Grey』에서 콜린스 영어 유의어 사전에 적힌 회색의 유의어들을 나열하는데, 가장 긍정적인 단어가 '성숙한'과 '중립적이다'이다. 대부분은 '우울한', '음울한', '울적한', '아무 특징도 없는'과 같이 부정적인 단어다. 그런데도 E.L. 제임스는 자신의 에로틱한 소설의 제목을 용감하게도 『그레이의 50가지 그림자』라고 지었다. 물론 제목의 '그레이'는 주인공의 이름이다.

☁ 회색을 칙칙하고 음산한 이미지와 연관시킨 기록은 적어도 13세기 초반으로 거슬러 올라가는데, 아이슬란드 학자 스노리 스툴루손이 고대 노르드어 문학의 정수 중 하나인 『에다 이야기』를 집필하고 편찬했다고 알려진 시기다. 이 책의 한 유명 일화에서 거대한 뱀을 아이슬란드어로 '그라우르grár'하다고 설명하는데, 어원 연구가 아나톨리 리버먼에 따르면 이는 회색을 나타내는 동시에 악의적이고 사악하고 적대적이라는 의미를 가진 단어다. 그는 다음과 같이 덧붙였다. "스톨루손이 말장난을 즐긴 것인지, 아니면 이 형용사가 두 가지 의미로 해석되길 바란 것인지 알 수 없다." 그는 늑대 또한 회색이면서 두려운 존재이므로 '그라우르'라 불렸다고 지적한다.

독일어에서도 동일한 말장난을 찾을 수 있다. 그라우grau는 회색이지만 '-잠-sam'이라는 접미사를 붙이면 잔인하거나 무자비하다는 뜻을 가진 '그라우잠grausam'이 된다. 리버먼의 설명에 따르면, '그라우잠'은 소름 끼치거나 지독하다는 의미의 형용사 '그레이섬greysome'과 매우 유사하며, 이것의 현대식 단어가 월터 스콧의 소설에서도 흔하게 등장하는 섬뜩하다는 뜻의 '그루섬gruesome'이다.

☁ 전 세계 인구의 약 1퍼센트가 회색 눈동자를 가지고 있다. 이

토록 회색 눈을 가진 사람이 희귀하다 보니 다양한 미신과 믿음도 생겨났다. 옛 뉴잉글랜드 동요에 따르면 회색 눈은 탐욕을 뜻했다. 한편으로는 전쟁, 평화를 의미했으며, 지혜의 여신 아테나가 회색 눈이라는 데서 알 수 있듯이 지혜를 뜻하기도 했다. 앰브로즈 비어스의 소설 『아울크리크 다리에서 생긴 일』에는 이런 구절이 나온다. "그는 남자의 눈을 보았다. 회색 눈이었다. 언젠가 회색 눈이 가장 관찰력이 뛰어나고 모든 유명한 명사수는 회색 눈을 갖고 있다는, 책에서 읽은 구절이 생각났다."

☁ 북극권에 위치한 러시아 무르만스크에서는 12월과 1월이 되면 회색 토요일 오후가 되기를 목놓아 기대한다. 매년 12월 2일부터 1월 11일까지 태양이 지평선 위로 떠오르지 않아 이 시기엔 하루 중 가장 밝을 때가 정오 무렵 한두 시간 정도 회색 어스름이 찾

아올 때기 때문이다. 일부는 겨울마다 우울증, 피로, 불면증에 시달리지만 대부분의 지역 주민은 이 현상에 익숙하다. 하지만 방문객들은 이런 회색을 어둠보다 더 불안하게 여긴다. 마치 종말 이후의 세상을 그린 영화 속에서 헤매는 듯한 느낌이 들기 때문이다. 도시 외곽에서는 소련식 아파트의 콘크리트 블록 때문에 이런 회색이 극대화되지만, 중심부에서는 파스텔 핑크, 녹색, 주황으로 칠해진 건물들이 음울함을 방해한다. 자연 역시 길고 어두운 북극의 밤을 오로라로 수놓으며 최선을 다해 훼방에 힘을 보탠다.

> ☁ 많은 사람에게 회색은 본래 매력도 없고, 재미도 없고, 따분한 색이다. 예술가의 팔레트 위에서는, 총천연색의 무도회에 절대 갈 수 없는 일종의 신데렐라다. 자연이 빛과 온기, 즉 기쁨과 희망을 휘황찬란한 예술적 기교로 과시하는 무지개에도 회색은 없다.
>
> 데이비드 캐너딘, 왕립학회 회장

캐너딘의 말에도 일리가 있지만 회색은 카스파르 다비드 프리드리히, 그리고 〈회색과 검정의 배열〉(〈휘슬러의 어머니〉라는 이름으로 더 유명하다)의 화가 제임스 맥닐 휘슬러와 같은 몇몇 위대한 예술가의 붓끝에서는 강력한 힘을 발휘했다. 휘슬러의 팬이었던 클로드 드뷔시는 자신의 곡 〈녹턴〉에 대해 '회화에서 회색을 연구하는 표현하는 것처럼, 하나의 색채에서 얻을 수 있는 다양한 조합의 실험'이라고 설명했다. 클로드 모네의 작품 속 템스강은 안개 낀 울적한 날 관찰한 경우가 많아서였는지, 완전히 회색이다. 회색의 매력에 대해 예술가 데이비드 바첼러는 이렇게 적었

| 제임스 맥닐 휘슬러의 〈회색과 검정의 배열〉(1872).

다. "회색 같지 않은 회색은 두 개 이상의 회색이 나란히 놓여 있을 때만 더 잘 보이긴 하지만, 다른 색에 의해 굴절되지 않는 회색을 찾기란 사실상 불가능에 가깝다." 독일 화가 게르하르트 리히터도 비슷하게 말한다. "처음에 캔버스 몇 점을 전부 회색으로 칠한 건 무엇을 그릴지, 무엇을 그릴 수 있을지 몰라서였다. 시간이 지나면서 나는 회색 표면에서 다양한 특징들을 발견했다. 그리고 이것들이 그 뒤에 놓인 파괴적인 욕구를 조금도 저버리지 않는다는 것을 깨달았다. 그 그림들이 나를 가르치기 시작했다."

☁ 현대 예술에서 회색을 가장 강력하게 사용한 사례는 파블로 피카소의 〈게르니카〉다. 피카소는 1937년 4월 26일, 스페인 정부

의 의뢰로 그해 여름 파리 전시회에 제출할 벽화 작업을 하던 중 나치 독일 공군 루프트바페가 스페인 북부 바스크를 융단 폭격했다는 기사를 읽었다. 1654명이 사망하고 889명이 부상당한 이 끔찍한 습격 상황을 접한 뒤, 피카소는 작업하던 벽화를 내팽개치고 〈게르니카〉 작업에 착수했다. 초기 버전에는 채색을 했지만 동료 화가들이 채색이 그림의 힘을 약화한다고 설득했다. 자신의 작업 모습이 담긴 일련의 흑백 사진에 영감을 받아 그가 신문지 색으로 팔레트를 제한해야겠다고 결심했을 가능성도 있다. 완성된 작품은, 비평가 허버트 리드의 말을 빌자면 '현대적 십자가상'과도 같다.

☁ "이곳은 어떤 빛도 일반 유리로 통과하지 않는다. 그래서 그 효과가 마법과도 같다. 휘황찬란하진 않지만 무지갯빛으로 시선을 사로잡는, 장미와 긴 창이 훌륭하게 그려진 창문들. 그 만듦새가 상상을 초월할 정도로 많은 사파이어, 에메랄드, 루비, 토파즈, 자수정, 그리고 그와 비할 바 없는 훌륭한 재료들이 사용된 것처럼 보인다. 다른 실내 장식도 건축적인 면에서 참으로 멋지지만, 이보다 아름다운 것은 없다." 1878년, 《프레이저스 매거진》에 실린 한 기사의 일부분이다. 이 구절은 트루아 대성당에 설치된 180개의 스테인드글라스가 13세기부터 수백만 명의 방문객들에게 얼마나 큰 황홀경을 선사했는지 잘 보여준다.

1098년에 설립된 시토 수도회의 금욕적인 수사 및 수녀들에게는 그러한 화려함이 신을 경배하는 데 방해가 되었다. 부르고뉴 수도원장이자 신비주의자로 새로운 교단에 지배적인 영향력을 파도바의 스크로베니 예배당에 그려진 조토의 우화적 프레스코화. 희망과 변덕을 의미한다.

미쳤던 성 베르나르는 모든 종류의 형상과 웅장한 건축 양식, 알록달록한 색깔을 혐오했다. 최초의 시토 수도회의 내부는 그의 신념에 따라 단색으로만 장식됐고, 엄숙한 분위기를 풍겼다. 유리도 흰색이나 프랑스어로 '회색'을 뜻하는 그리스gris를 따서 그리자이유grisaille라 불리는, 착색된 회색을 사용했다.

☁ 많은 화가가 그리자이유를 바탕색으로 사용했지만 일부는 트롱프 뢰유trompe l'oeil실물이라고 착각하도록 만든 디자인을 말한다—옮긴이 효과를 주기 위해 사용했다. 14세기 초반에 완성된, 일곱 가지 미덕과 악덕을 그린 조토의 우화적 프레스코화는 파도바의 스크로베니 예배당 북쪽과 남쪽 벽을 장식하며 수많은 방문객에게 3차원

이라는 착각을 불러일으켰다. 영국의 조각가 헨리 무어는 이 그림을 '이탈리아에서 본 가장 훌륭한 조각품'이라고 평가했다. 조토의 착시 효과 실험은 이게 다가 아니다. 화가이자 건축가인 조르조 바사리는 자신의 책 『예술가들의 생애Lives of the Artists』에서 이렇게 회상한다. "하루는 조토가 스승인 치마부에에게 장난을 치고 싶어서 치마부에가 등을 돌렸을 때 그가 그리고 있던 벽화에 작은 파리를 그렸다. 치마부에는 파리를 쫓으려 길길이 날뛰었고, 잠시후 자신의 착각임을 깨달았다."

☁ 바위에도 색이 있다. 먼 산, 가까운 산, 구름, 추위도 마찬가지다.

화가 존 아이비가 페인즈 그레이를 사용할 것을 권장하며

페인즈 그레이Payne's grey가 화가와 음악가들에게 오래도록 각광받았음에도 그 색을 처음 만든 영국의 수채화가 윌리엄 페인을 기억하는 사람은 별로 없다. 정확한 시기는 알 수 없지만, 그는 멀리 있는 언덕과 산일수록 더 연하고 푸르게 보이게 하는 방식인 '색투시'를 표현하기 위해 중성적인 회색을 발명했다. 필요할 때마다 색을 섞었기 때문에 원래 페인즈 그레이의 정해진 공식은 없으나, 한 블로거는 '프러시안블루 상당량, 옐로 오커 소량, 크림슨 레이크crimson lake 살짝'이 기본 배합이라고 설명한다. 페인이 직접 만든 회색은 세 가지 원색으로 만들어졌지만, 오늘날 이 이름으로 판매되는 물감은 일반적으로 검은색과 파란색 색소를 단순히 혼합한

형태다. 많은 화가가 현대의 상업용 페인즈 그레이가 너무 칙칙하다고 여기는데, 호주의 수채화가 겸 교사 제인 블런델 역시 이 색에 크게 불만을 느끼고 '아름답고 조화로운 회색'을 만들기 위해 번트시에나와 울트라마린 등을 이용해 자신만의 버전을 발명했다. 아니나 다를까 이 색소의 이름은 제인스 그레이Jayne's Grey다.

☁ 미국의 많은 주가 남부 연합 정치인들의 동상을 해체하고 공공건물에서 남부 반란군의 깃발을 제거해왔음에도, 일반 시민들은 여전히 메종 블랑쉬, 듀럭스, 벤저민 무어 같은 페인트 회사에서 컨페더레이트 그레이Confederate gray남부 연합군의 군복에 쓰인 회색을 말한다—옮긴이 물감을 구매한다. 실제로 메종 블랑쉬 홈페이지에는 이런 글귀가 적혀 있다. "컨페더레이트 그레이는 우리의 인기 제품 중 하나입니다." 어떤 사람들은 남북전쟁의 전투 장면을 재현하면서 인물의 복장을 묘사하기 위해 이 물감을 산다. 사실 남부 연합군의 재킷은 커뎃 그레이cadet grey(흐릿하게 푸른빛이 도는 회색), 스모키 그레이smoky grey, 심지어 버터넛 브라운butternut brown까지 색이 다양했다. 전쟁 초기에는 일부 북군도 회색을 입었다.

☁ 우리는 목격자들의 증언을 통해 3세기 지중해에서 해적들이 배를 숨기기 위해 회색에 파랑이 섞인 블루그레이blue-grey를 사용했다는 사실을 잘 알고 있다. 이것이 아마 우리가 배틀십 그레이battleship grey라 부르는 색을 처음 사용한 사례일 것이다. 남북전쟁 당시 남부 연합군의 총기 밀반입자들이 바다 안개 속에 배를 숨기기 위해 이 색을 사용했고, 이후 1890년에서 1907년 사이에 프

랑스, 독일, 미국, 영국 해군에서 이 색을 채택했다. 하지만 거대한 회색 선박이 망망대해에서 연기라도 내뿜으면 눈에 띄지 않기가 힘들다. 그래서 1917년 제1차 세계대전이 고조에 달하며 독일 잠수함이 일주일에 23척의 영국 선박을 침몰시키던 당시 영국 해군은 다른 색상으로 실험을 시작했다.

화가이자 열정적인 요트 조종사이자 영국 해협에서 소해함선을 책임지던 해군 중위 노먼 윌킨슨은 새로운 아이디어를 떠올렸다. 가시성을 낮추는 대신 문양을 흐트러트려 상대 해군들이 배가 향하는 방향을 오인하게끔 만들자는 것이었다. 배에 상호 보완적인 색으로 이상한 모양과 곡선을 칠함으로써 윌킨슨은 배가 실제보다 더 작은 것처럼, 뒤가 앞인 것처럼, 또는 반대 방향으로 향하는 것처럼 만들 수 있었다. 곧 미채라고 불리게 된 이 기술은 시야가 낮은 잠수함 포수에게 가장 잘 먹혔다.

1917년 10월, 영국 해군에서 복무했던 국왕 조지 5세는 작은 모형선과 잠망경을 이용한 시연에서 배가 실은 남동쪽으로 향하는데도 남서쪽으로 향한다고 착각하는 경험을 했다. 그러나 실제 상황에서 미채의 효과는 일관적이지 않았다. 1918년 1분기에 실시한 해군성의 연구 결과에 따르면, 미채 선박의 72퍼센트가 공격받고 침몰하거나 손상된 반면, 전통적인 색깔의 배가 손상된 것은 62퍼센트에 그쳤다. 다음 3개월은 결과가 반대였다. 이번엔 미채 선박의 경우 60퍼센트였지만, 그렇지 않은 선박은 68퍼센트에 달했다. 해군성은 해군과 보험회사가 그 효과를 믿은 덕에 군의 사기가 높아지고 미채 선박의 보험료는 낮아졌으므로, 미채가 큰 도움은 안 됐을지 몰라도 해가 되진 않았다고 결론 내렸다.

☁ '배틀십 그레이'라는 색은 사실 존재하지 않는다. 이 색이름으로 불리는 색에 일관성이 없기 때문이다. 해군 전역뿐 아니라 단 한 부대의 함대만 봐도 그렇다. 2015년, 1916년 유틀란드 해전

에 배치됐던 HMS 캐롤라인의 복원에 참가한 제프 메이텀은 영국 순양함 함교에서 38겹의 페인트를 발견했다. '회색'이 다크 그레이부터 베이지크림beige-cream까지 다양했다.

☁ 디자인 평론가 스티븐 베일리는 2009년 《가디언》에 글을 기고하며 영국 FTSE 100 지수 의장에 대해 '빗질로 감춘 훤한 이마가 땀에 젖어 갈색 염색약이 흘러내리는데도 자신의 몰골이 얼마나 우스꽝스러운지 모르고 회의에 참석했다'며 지적했다. 도널드 트럼프의 변호사 루디 줄리아니도 2020년 선거 결과에 이의를 제기하는 자리에서 염색약이 흘러내리는 비슷한 모습을 보인 것으로 유명하다.

베일리의 관점은 2012년 프랑스 대선에서 당시 후보였던 니콜라스 사르코지가 프랑수아 올랑드에게 패배한 뒤, 한 시민에게 던진 질문에도 그대로 반복된다. "저 웃긴 남자 보셨죠, 머리에 염색한 저 작고 뚱뚱한 남자요? 저런 사람 보신적 있으세요? 염색하는 남자라니요?" 파리의 미용실 '레 다다 이스트'에서 근무하는 한 미용사는 올랑드의 머리색을 의도된 것으로 생각했다. "그의 정치와 닮았어요. 근엄해 보이려는 거죠. 권력을 잡자마자 머리를 염색했어요. 정치인들은 자신이 힘이 세다는 것을 보여주기 위해 항상 저러죠."

나중에 그의 이발사가 1만 유로의 월급을 받는다는 게 밝혀졌음에도, 올랑드는 자신의 머리색이 자연산이라고 단호하면서도 유머러스하게 대응했다. 하지만 실비오 베를루스코니의 경우에는 논쟁의 여지가 없다. 이 이탈리아 정치인의 까만 염색 머리,

| 1925년, 와이어스의 머리 염색약 광고.

As Your Hair Grows Grayer
—*does he notice other women more?*

눈부시게 하얀 치아, 주황빛 태닝의 조합이 우스꽝스러워 보일 수
도 있겠지만, 그는 자연산인 척하지 않는다. 언젠가 곤경에 처한
이집트의 호스니 무바라크 대통령의 기운을 북돋기 위해 자신이
가장 좋아하는 염색약 한 병을 선물로 보내기도 했다.

☁ 회색 머리와 회색 수염은 오랫동안 성숙한 지혜의 상징이었
다. 검은 머리도 그만큼 오랜 시간 인기를 얻었다. 에디터 레베카
구에나흐는 2018년 《애틀랜틱》에 이렇게 썼다. "고대 이집트인들
은 머리칼을 염색했지만 머리칼이 머리에 붙어 있는 동안에는 하
지 않았다. 그들은 삭발한 뒤 햇빛으로부터 민머리를 보호하기 위
해 머리칼을 말고 땋아 가발을 만들었다. 기원전 12세기까지는 검
은색이 가장 인기가 많았는데, 가발을 붉은색, 파란색, 초록색으

로 물들일 때는 식물 재료를, 노란색으로 물들일 때는 금가루를 사용했다." 로마인들은 검은색 염료를 만들기 위해 두 달 동안 납 그릇에서 거머리를 발효시켰는데, 직접 하기에는 과정이 길고 번거로워 상업적인 수요가 있지 않았을까 싶다.

20세기에 들어 회색의 이미지는 변화를 맞이했다. 1960년대에 미국 발명가 이반 콤브가 '그레시안 포뮬러'라는 헤어 제품을 허가 하에 판매하기 시작했다. 원래 한 그리스 이발사가 비듬을 치료하려고 만든 제조법이었는데, 뜻밖에도 회색 머리가 갈색으로 천천히 바뀐다는 사실이 밝혀졌다. 1980년대에 그레시안 포뮬러는 교묘한 슬로건을 달고 TV에 광고되었다. "회색 머리가 사라지더군요. 천천히, 서서히요. 그런데 아무도 눈치채지 못하죠." 캐나다와 유럽의 규제 당국이 이 제품에 아세트산납이 포함돼 있음을 밝혀내는 바람에, 콤브는 어쩔 수 없이 새로운 제조법을 고안해야 했다.

☁ 1996년 4월, 맨체스터 유나이티드가 사우샘프턴과의 원정 경기에서 3 대 0으로 지고 있을 때, 알렉스 퍼거슨 경이 선수들에게 회색 유니폼을 파란색과 흰색이 섞인 줄무늬 유니폼으로 갈아입으라고 명령했다. 유니폼을 바꿨다고 딱히 상황이 반전되지는 않았지만(결국 3 대 1로 졌다) 완패를 면하는 데는 도움이 된 것 같다. 맨유의 관계자는 스포츠 브랜드 엄브로의 유니폼을 탓하며 이렇게 주장했다. "선수들은 회색 줄무늬를 좋아하지 않아요. 멀리서 동료들을 분간하기 어렵다고 하더군요." 이후 맨유는 회색 원정 유니폼을 다시는 입지 않았다. 2021년, 색깔의 저주가 또다시 맨

한 가지 교훈. 맨유가 회색을 입으면 제아무리 긱스 선수와 베컴 선수라도 붉은 유니폼의 맷 르 티시에 선수를 상대로 경기를 우승으로 이끌지 못한다.

유를 강타했다. 이번엔 팬데믹 사태로 관중석이 텅텅 비어서 올드 트래퍼드를 붉은색 방수포로 덮어 놓았다. 홈구장에서 나쁜 성적을 거둔 뒤 올레 솔셰르 감독은 구장이 유니폼 색과 똑같은 빨간색이라 선수들이 서로를 분간하기 힘들어하는 바람에 방수포를 검은색으로 바꿨다고 말했다.

축구 신화는 '저주받은 유니폼'들로 가득하다. 하지만 더럼대학의 러셀 힐과 로버트 바튼은 올림픽 종목 중에서 참가 선수에게 빨간색 또는 파란색 유니폼을 무작위로 나눠준 종목을 조사한 뒤일부 색깔이 여타 색들보다 승리 확률이 더 높았다고 주장했다. 2004년 아테네 올림픽에서 권투, 태권도, 그레코로만 레슬링, 프리스타일 레슬링 네 종목을 분석한 결과, 실력이 비등했던 경기에서 붉은색을 입은 참가자가 이긴 경우가 60퍼센트에 달했다.

힐은 붉은색의 성적이 더 좋은 이유를 확실히 설명하지 못했다. 붉은색이 상대방에게 위협이 됐을 수도, 힐의 말처럼 해당 참가자의 테스토스테론 수치를 높였을 수도 있다. 만약 회색이 정말 시합 결과에 영향을 미친다면, 같은 팀 동료가 잘 보이는지가 아니라 선수가 자신이 입고 있는 색에 대해 어떤 기분을 느끼는지와 관계가 있는 걸까? 혹시 경쟁 팀이 그 색을 보고 어떻게 느끼는지가 더 큰 문제인 건 아닐까? 그럴지도 모르겠다. 2008년 포츠머스 대학의 리처드 셀웰 교수가 이끈 연구에서는 골키퍼들이 붉은색을 입은 선수가 흰색을 입은 선수보다 페널티킥을 더 잘 찰 것이며, 따라서 그들의 골을 막아낼 확률이 더 낮을 거라 믿는다고 밝혔다.

☁ 여론조사에 따르면 자신이 납치된 적이 있다고 믿는 미국인의 43퍼센트가 회색 외계인의 소행이라고 답했다. 2004년 옥스퍼드 영어 사전의 편집자들은 회색 항목에 다음과 같이 추가할 것을 고려했다. '회색 피부를 가진 다양한 종족의 일원으로 인간과 비슷한 외계 존재.'

대부분 외계인을 '작은 녹색 인간'으로 상상하며 자란다. 이런 비유가 처음 등장한 것은 1899년 《애틀랜타 컨스티튜션》이라는 신문에 실린 단편 소설 「후라에서 온 녹색 소년Green Boy From Hur-rah」이다. 여기서 후라는 녹색 소년의 고향 행성의 이름이다. 녹색 화성인들은 1910년대에는 에드거 라이스 버로스의 과학 소설에, 1920년대 이후로는 싸구려 과학 잡지에 플래시 고든과 같은 영웅들이 사악한 녹색 외계인들로부터 세계를 구하려 애쓴다는 식의 이야기로 등장했다. 하지만 20세기 중반 무렵엔 회색 외계인이 문

| 1961년, 바니와 베티 힐이 회색 외계인에게 납치된 경위를 설명하고 있다.

화적 시대정신의 일부가 되었다. 이는 부분적으로 회색의 모호하고 불가해한 특성을 반영한 것이지만, 또한 1947년 뉴멕시코 로즈웰에서 회색 외계인이 목격되었다는 이야기에 근거하고 있다.

로즈웰 사건으로부터 14년 후, '회색 외계인'은 최초 보고된 외계인 납치 사건의 배후로 지목되었다. 1961년 9월 19일 밤, 바니와 베티 힐이 뉴햄프셔의 자택으로 차를 몰고 가고 있을 때 팬케이크처럼 생긴 비행 물체가 그들의 차 바로 앞까지 조용히 날아왔다. 비행선 안에는 인간처럼 생긴 존재들이 있었는데, 베티가 떠올린 바에 따르면 '푸르스름한 입술과 회색빛이 도는 피부'를 가지고 있었다. 뒤이어 두 사람은 외계인들에게 납치됐다. 그들은 외계인 지휘관에게 어디서 왔느냐고 물었고, 나중에 최면 상태에서 당시 자신이 본 '행성 지도'를 그렸다. 아마추어 천문학자 마조리 피쉬는 계산 끝에 그 외계인들이 지구로부터 38광년 떨어진 항성계 그물자리 제타Zeta Reticuli에서 왔다는 것을 알아냈다. 이 이야기를 믿는 사람들 중 일부는 그들을 '회색 외계인'이라고 부르는 것은 일종의 차별 발언일 수 있으므로 '레티쿨란'이라고 불러야 한다고 주장한다.

.하양의 방.

흰색은 색깔일까? 오직 물리학을 근거로 설명한다면 흰색은 색이 아니다. 인간의 눈은 380~750나노미터 사이 빛의 파장만 볼 수 있다. 가시광선 스펙트럼은 보라색(약 380~450나노미터)에서 시작해 파란색, 초록색, 노란색, 주황색, 마침내 빨간색(약 590~750나노미터)으로 넘어간다. 흰색, 검은색, 분홍색, 갈색은 이 스펙트럼에 없기 때문에 진짜 색이 아니라고 주장할 수도 있다. 그런데 어째서 우리는 실제로 이 색들을 볼 수 있는 것일까? 바로 우리의 눈이 다양한 빛의 파장을 혼합하기 때문이다. 모든 파장의 빛이 물체에 반사될 때는 흰색이 보이고, 반사되지 않을 때는 검은색이 보인다. 즉, 흰색은 모든 색이 한데 합쳐진 색이다.

✎ 약 1억에서 1억 2500만 년 전에 꽃이 있었다. 그 꽃은 아마 루이스 다트넬이 그의 저서 『오리진』에서 말한 것처럼 흰색이었을 것이다. 우리는 이 꽃들을 오늘날 상록의 침엽수로 발전한 겉씨식

물과 구별하기 위해 속씨식물이라 부른다. 다넬은 이렇게 말한다. "속씨식물과 그 수분 매개자들이 함께 발전하며 세계는 꽃이 발산하는 풍부한 색깔과 황홀한 향기로 가득하게 되었다."

수분 매개자들은 저마다 다른 색을 좋아한다. 2009년 샌터바버라대학의 연구원들은 벌새는 붉은색의 매발톱꽃을, 박각시나방은 흰색과 노란색 꽃을 수분하길 더 좋아한다는 사실을 알아냈다. 딱정벌레는 흰색과 크림색을 좋아한다는 연구 결과도 있다. 여타 연구들은 특정 벌레들이 특정 꽃 색깔에 끌리긴 하지만 기후에 따른 계절적 변화, 꽃잎의 수, 보상이 꽃가루인지 과즙인지 아니면 둘 다인지 등에도 영향을 받을 수 있다는 견해에 힘을 실어준다.

TB1, 일명 '변기 흰색'은 많은 미국인이 간절히 원하는 치아색이다. 2015년에 치과의 로널드 페리가 《노틸러스》에서 말한 것처럼, 한때 자연스러운 흰색이라 여긴 색은 지금은 노란색으로 불린다. 우리 사회는 더 하얗고 밝은 것이 언제나 더 낫다고 여긴다.

'흰색보다 더 흰 것'에 대한 서구의 집착은 세탁비누, 냉장고, 비누, 식기세척기의 판매 슬로건에, 그리고 오늘날 르코르뷔지에라는 이름으로 잘 알려진 건축가 샤를에두아르 잔네의 건축 양식에 잘 반영돼 있다. 르코르뷔지에는 열광적으로 흰색을 옹호했는데, 특히 에나멜 도료 리폴린Ripolin이 지닌 도덕적 고양의 힘을 격찬했다.

르코르뷔지에는 다음과 같이 말했다. "리폴린의 법칙르코르뷔지에는 도덕 및 영적 정화를 위해 모든 표면을 리폴린으로 칠해야 한다는 주장을 이렇게 불렀

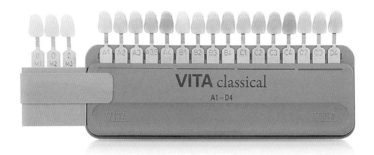

치과의사들은 임플란트나 틀니의 색을 맞추기 위해 이러한 색상 가이드를 사용한다. 하지만 기존의 범위 안에 현대 유명인들의 치아만큼 하얀색은 없다.

다—옮긴이이 어떤 결과를 낳을지 상상해보라. 모든 시민이 벽걸이, 담홍색 무늬 직물, 벽지, 스텐실을 새하얀 리폴린 칠로 바꾼다. 집이 깨끗해진다. 더는 지저분하고 어두운 구석이 없다. 그렇게 되면 정확하지 않거나 의도되지 않거나 계획되지 않은 것은 전부 받아들여지지 않기 때문에 내면이 청결해진다. 생각하기 전에 행동하는 일이 사라진다. 만약 그림자와 어두운 구석에 둘러싸여 있다면, 당신의 눈이 뚫고 들어갈 수 없는 그 어둠의 게으른 가장자리까지만이 당신의 집이다. 당신의 집은 당신 것이 아니다. 벽에 리폴린을 바른 뒤에야 비로소 자기 집의 주인이 된다."

🔧 르코르뷔지에가 지지한 청결의 대단한 미덕은 18세기에 감리교의 창시자 존 웨슬리가 주장한 것으로, 그는 1778년 한 설교에서 "단정하지 못한 것은 종교에 속하지 않는다. 청결함은 실로 경건함 다음으로 중요하다"라고 선언했다. 100년 뒤, 프록터 앤드 갬블사가 이 믿음을 이용해 저렴한 흰 비누를 출시했다. 공식적으

로는 아이보리로 정의되는 이 색은 기존에 판매되고 있던 갈색, 녹색, 회색 비누와 차별화되었고, 순수함과 청결함을 암시하며 큰 성공을 거두었다.

✎ 청결함은 1880년대 올잉글랜드 테니스클럽 관계자들에게 아주 중요한 주제였다. 그들은 보기 흉한 더러운 땀자국을 최소화하기 위해선 선수들에게 흰색 옷을 입히는 게 최선이라고 판단했다. 일부 윔블던 챔피언, 특히 팻 캐시와 로저 페더러가 이 규정을 비판했지만 2014년 당국은 규정을 손보면서 흰색이란 황백색이나 크림색이 아닌 순수한 흰색을 의미한다고 강조했다.

✎ 서구 사람들이 갈수록 원래의 흰색을 노르스름하다고 여기는 탓에 이제 회사들은 흰색에 푸른 색조를 부여한다. 미국의 색상 과학자 렌조 샤미는 《노틸러스》에 '푸르스름한 흰색 치아는 심리적으로 훨씬 청결해 보인다'고 말했다. 현재 일부 미백 치약은 훨씬 하얘졌다는 착각을 일으키기 위해 치아 표면에 달라붙는 블루 코바린blue covarine이라는 색소를 함유하고 있다. 한편 치과의 로널드 페리는 인간은 절대 흰색의 정점에 도달하지 못할 거라고 확신한다. 사회문화적 메시지가 너무 강해서 끝이 안 보인다는 것이 이유다.

✎ 예수의 신성한 영광이 변화산에서 세 명의 제자들(야고보, 요한, 베드로) 앞에 모습을 드러내 놀라움을 자아냈을 때 그의 옷은 얼마나 희었을까? 마태는 '빛처럼 희다'고 묘사하고, 누가는 '눈이

16세기 스페인 화가 후안 코레아 데 비바르가 그린 〈클레르보의 성 베르나르〉.

부시다'고 설명하며, 마가는 '세상 누구도 더는 희게 할 수 없을 만큼 희고 광채가 났다'고 말한다. 여기서 흰색은 순수함과 완벽한 신성의 상징이다. 그것은 무색이면서 동시에 모든 색이다. 신과 마찬가지로 모든 것을 아우른다.

시토회('하얀 수도자'라고 알려져 있다), 카르투시오 수도회, 도미니크회, 수태고지 수녀회, 삼위일체 수도회를 비롯해 다양한 기독교 수도회에서 흰색 수도복을 착용한다. 교황의 경우, 1276년 인노켄티우스 5세가 교황으로 선출된 뒤에도 흰색 도미니크회 수도복을 계속 입어 선례를 만들면서부터 계속해서 흰색 예복을 입었다.

하양의 방

🔨 신부는 언제부터 흰색 드레스를 입었을까? 1840년 2월 10일 빅토리아 여왕이 앨버트 왕자와 결혼할 때 입었던 드레스는 흔히 서양 문화에서 흰색 웨딩드레스의 시작점이라고 여겨진다. 그러나 그 드레스는 사실 순백색이 아니라 상아색이었다. 그럼에도 흰색 드레스는 순식간에 트렌드가 되었다. 저널리스트 서미 브레넌이 2017년 쓴 논문에 따르면, 흰색으로의 변화는 우중충한 흑백 또는 세피아 톤의 결혼식 사진에서 드레스가 돋보인다는 사실에 많은 부분 기인했다고 한다. 브레넌은 1840년대 말 여성 잡지들이 흰색이 순수와 순결의 상징으로 언제나 신부에게 가장 적합한 색이었다고 단언하면서 역사를 다시 썼다고 말했다.

🔨 흰색이 가진 비세속성은 물질주의에 경멸을 선언하고 싶은 사람들에게 자연스러운 선택이 되었다. 1960년대에 존 레넌은 순수와 평화를 상징하기 위해 흰색을 사용했다. 그렇지만 흰색이 자기에게 잘 어울린다는 점도 충분히 인지하고 있었다. 그가 미국 투어에서 입었던 흰색 데님 재킷은 앞으로 더욱 눈길을 끄는 패션을 선보일 것임을 알리는 전조였다. 1969년, 그는 흰색 하이웨이스트 바지, 흰색 터틀넥 점퍼, 흰색 더블 브레스티드 블레이저, 흰색 펌프스 차림으로 오노 요코와 함께 사진에 찍혔다. 흰색 숭배 현상을 낳은 존과 요코는 1968년 로열 앨버트 홀에서 열린 언더그라운드 예술가 모임에서 30분 동안 흰색 자루에 들어가 있는 것은 물론, 호텔 객실에서 흰옷을 입은 채 평화를 위한 침대 퍼포먼스Bed In For Peace를 벌이면서 수많은 언론의 헤드라인을 장식했다. 레넌은 요코의 생일을 맞아 흰색 스타인웨이 피아노를 선물했

1969년, 존과 요코가 온통 흰색으로 꾸미고 배기즘Bagism을 함께
선전하고 있다.

고, 1971년 이 피아노에서 유토피아적 주제곡 〈이매진Imagine〉이
탄생했다. 그는 이후 이 노래가 마르크스와 엥겔스의 '공산주의
선언'의 사탕발림 버전이라고 설명했다.

✎ 흰색은 언제부터 모더니즘 건축을 대표하는 색이 되었을까?
몇몇 사람은 이러한 경향이 1927년 독일 공작연맹 전시회를 위해
만든, 21개 건물로 된 슈투트가르트의 바이센호프 주거 단지에서
시작됐다고 말한다. 이 단지는 17명의 선구적 건축가들이 미스 반
데어로에의 감독 하에 만든 작품으로, 가장 중요한 두 곳은 르코
르뷔지에가 건축을 맡았다. '바이센Weissen'은 독일어로 '하얗게 만
들다'라는 뜻으로, 이곳은 거의 모든 외관이 하얗다. 그중 11채가
오늘날에도 여전히 그대로 유지되고 있는데, 정갈한 선과 눈부신

흰색이 여전히 강력한 힘을 발휘한다. 하지만 미스 반데어로에의 주택 1-4는 원래 그랬던 것처럼 분홍빛을 띤다.

🔨 페인트를 이용해 에어컨이 필요 없을 정도로 건물 온도를 낮출 수 있다면 어떨까? 퍼듀대학의 기술자들은 이런 일이 가능하다고 확신한다. 이들은 현재 시판되고 있는 어떤 열 방출 페인트보다 훨씬 높은 수치인 95퍼센트의 햇빛을 반사하는 야외용 흰색 페인트를 개발했다. 이 새로운 페인트는 '수동형 복사 냉각'을 초래한다. 이는 퍼듀의 페인트를 칠한 건물의 표면 온도가 주변 공기 온도보다 낮을 수 있음을 의미한다. 현장 실험 중 한낮의 태양 아래서 그 차이는 거의 2도에 달했다. 냉각에 에너지가 조금도 소비되지 않으며, 페인트가 햇빛을 반사하면서도 대기를 가열하지 않는다.

🔧 우리는 과학적 혁명의 관점에서 사회주의를 재정립하고 재전술하고 있다. (…) 이렇게 혁명이 치열하게white heat 꾸준히 발전한다면 영국의 어떤 산업에서도 제한적 관행이나 구시대적 방떨이 설 자리가 없을 것이다.

해럴드 윌슨, 1963년 10월 노동당 회의 연설 중에서

영국의 총리를 역임한 해럴드 윌슨의 이 유명한 정치 연설은 노동당에 과감한 신기술로 무장한 영국의 대변인 이미지를 부여했다. 나중에 그는 보수당 경쟁자들을 비꼬며 이렇게 말했다. "우리는 새로운 시대에 살고 있으면서도 정신은 에드워드 7세 시대의 기득권적 사고방식에 사로잡혀 있습니다." 한 노조 지도자는 이렇게 말하며 만족을 표했다. "해럴드가 과학을 노동당의 편으로 사로잡았다."

윌슨은 정치적 모더니스트를 자처하며 모더니즘 건축의 주된 색깔인 흰색을 끌어들였는데, 1960년대 초반에 이 색은 또한 제트 비행기, 우주 탐사(1962년 아틀라스 로켓이 존 글렌의 프렌드십 7호 캡슐을 궤도 위로 발사하며 하얗게 반짝였다), 그리고 윌슨이 연설한 그해에 공개된 디자이너 메리 퀀트의 PVC 우비와 모자를 연상시켰다.

'화이트 히트white heat'격앙 상태, 치열한 상태를 의미한다—옮긴이는 제2차 세계대전 이후 영국 정치 담론에서 가장 유명했던 표현 중 하나로, 역사가이자 작가 도미니크 샌드브룩이 '질풍노도의 60년대'를 다룬 자신의 베스트셀러 역사서에 제목으로도 사용했다. 이 표현에서 '화이트 핫white hot''백열', '극도로 흥분한'라는 뜻이다—옮긴이이라는 말

이 파생했는데, 철에 특정 온도로 열을 가하면 흰색으로 변한다는 것을 상징한다(철은 노동당의 엄청난 전략적, 사회적, 정치적, 수입 산업이었다). 윌슨의 선거용 진보 연합에서 주요 요소로 사용했던 것 중 하나가 '흰 가운을 입은 ICI 맨'으로, 그의 수사적 표현은 과학자들이 가난과 질병에 대한 정복을 물리적으로 가능하게 만드는 데 일조할 수 있음을 암시했다. 안타깝게도 그의 소망은 이루어지지 않았다. 윌슨의 지지자들은 중단된 그의 과학적 혁신에 방송대학 설립, 전면적인 교육 개혁, 기술부 신설(1970년 사실상 폐지됐다) 등을 통해 영국의 지식 경제를 자극했다고 주장하지만 말이다.

🔨 록 밴드 '벨벳 언더그라운드'의 1968년 두 번째 정규 음반 타이틀곡 〈화이트 라이트 / 화이트 히트White Light / White Heat〉는 그 의미가 전혀 다르다. 작사가이자 보컬리스트인 루 리드는 1971년 인터뷰에서 이 노래가 암페타민에 대한 곡이라고 말했다. 그러나 음악평론가 리치 운터베르게르는 2009년에 출간한 책에서 다음과 같이 말한다. "그에게 곡을 만드는 데 영감을 줬을 다른 요소가 있다면 미국의 신지학자 앨리스 베일리의 『백마술에 대한 소론 A Treatise on White Magic』이라는 오컬트 책이다. 이 책은 이완, 집중, 고요, 그리고 순백의 빛을 이용해 온전한 자아를 씻어 내리는 직접적인 방법으로 영체를 통제하라고 조언한다. 리드가 1969년에 한 라디오 인터뷰에서 '굉장한 책'이라고 추켜세운 이 책에는 순백의 빛줄기를 내려달라고 기원하는 법에 대한 설명도 있다."

🔨 19세기 후반까지 의사들은 보통 환자를 진찰할 때 격식을 갖

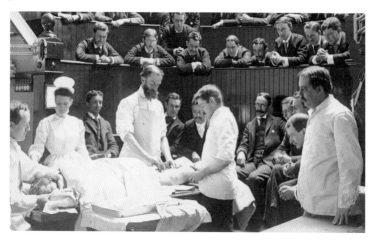

추기 위해 검은색을 입었다. 이런 관행은 조지프 리스터의 소독법에 대한 선구적인 연구로 변화했다. 보건에서 청결이 가장 중요한 요소임을 인식하게 된 것이다. 오염되지 않은 하얀 가운은 모범적인 위생 상태를 나타내는 지표가 되었고, 체계적인 진료가 과거 의학적 지식으로 통했던 대부분의 돌팔이 수법을 대체하면서 의사에게 실험실의 과학자 같은 오라가 부여됐다. 특히 병원에서 흰 가운은 의사의 작업복이 되었는데, 이는 토머스 에이킨스의 그림 〈애그뉴 박사의 임상 강의The Agnew Clinic〉(1889)에서 흰 작업복을 입은 외과 의사가 흰옷을 걸친 조수들을 데리고 수술을 집도하는 풍경에서도 확인할 수 있다.

흰 가운은 여전히 의료 현장에서 상징적인 지위를 가지고 있는데, 예비 의사가 된 의대생들을 환영하는 미국의 '흰 가운 착복식' 행사는 1993년에 시작된 이래로 갈수록 인기를 끌고 있다. 하지만 소매가 교차 감염의 주요 원인임이 밝혀지면서 전통적인 긴 팔 가운은 금세기 초반 영국 병동에서 자취를 감췄다. 영국에서 환자를 진찰하거나 치료하는 모든 의사는 팔꿈치 아래가 맨살이어야 한다. 그리고 흰 가운을 입은 의료진을 보면 환자의 혈압이 갑자기 상승하는 '흰 가운 신드롬'을 방지하기 위해, 지역 보건의는 더는 흰 가운을 입지 않는다.

✎ 1968년 11월 22일, 공식 제목은 '더 비틀스'이지만 보통 '화이트 앨범White Album'이라 부르는 비틀스의 아홉 번째 정규 앨범이 발매되었다. 이전 앨범이 사이키델릭한 걸작, 〈서전트 페퍼스 론리 하트 클럽 밴드Sgt Pepper's Lonely Hearts Club Band〉였기 때문에 존 레넌으로서는 다시 기본으로 간절히 돌아가고 싶었다. 이러한 의도가 후속 앨범의 간결한 제목과 노래, 사운드에 반영되었다. 원래 앨범을 '인형의 집'이라 칭하려던 계획은 화가 리처드 해밀턴이 화이트 앨범 표지를 제시한 후 무산됐다. 해밀턴이 만든, 반으로 접힌 새하얀 표지는 피터 블레이크가 디자인한 이전 앨범 표지의 총천연색 화려함을 시각적으로 지워낸 것이었다. 초판본에는 표식이 딱 두 군데 있는데, 표지 우측에 흰색으로 새긴 'The Beatles'란 글자와 첫 200만 장까지만 우측 아래쪽 모서리에 새겨 넣은 일련번호다. 나중에 한 팬이 링고 스타가 개인 소장하고 있던 0000001번을 7만 9000달러에 구매했다.

✎ 2001년 당시 애플의 수석 디자이너였던 조너선 아이브가 아이팟과 후속 제품에 '지독하게 중립적인' 흰색을 제안하면서 흰색

은 애플 컴퓨터의 특징 색이 되었다. 영국에서 디자인을 공부하던 시절 아이브의 주요 프로젝트 대부분이 흰색 플라스틱이었는데(1988년 오레이터Orator라는 이름의 흰색 유선전화기로 디자인 상을 받은 전력도 있다), 그는 흰색의 명료함이 애플의 혁신적인 제품에 완벽하게 어울린다고 믿었다. 하지만 아이브가 처음 아크틱 화이트Arctic White 키보드를 선보였을 때 그의 상사 스티브 잡스의 반응은 이랬다. "너무 별로인데." 아마 컴퓨터는 때가 빨리 타기 때문에 흰색이 실용적이지 않다고 생각한 것 같다. 하지만 아이브가 이끄는 팀은 인내심을 가지고 노력한 끝에 흰색처럼 보일 정도로 아주 옅은 회색 스펙트럼을 개발했고, 그 색들에 문 그레이Moon Grey III, 시쉘 그레이Seashell Grey와 같은 멋진 이름을 붙였다. 2011년 10월 5일 잡스가 사망할 무렵, 흰색은 캘리포니아주 쿠퍼티노에 설립된 신사옥 애플 파크의 주된 색상이 되었다.

🔨 21세기 초반 애플은 흰색을 '가장 멋진 색'으로 만드는 데 혁혁한 공을 세웠다. 2014년 컨슈머 리포트에서 포드의 디자인 팀장이 말한 것처럼, 누군가는 흰색이 변화라곤 모르는 따분한 색이라고 생각할 수도 있지만 애플이 새로운 트렌드를 진보시키는 데 일조한 것은 사실이다. 흰색 페인트는 빛과 열을 반사해 차를 더욱 시원하게 만든다. 신기술이 적용된 후로는 흰색 차들의 세세한 부분도 향상되었다. 경제적인 요소도 작용했다. 2008년 신용 위기

와 이어진 경제 침체로 인해 자동차 구매자들이 보수적인 색을 선호하게 되었는데, 특히 흰색, 검은색, 회색, 은색과 같은 무채색 계열이 인기를 끌었다. 게다가 흰색 차는 제조 비용이 가장 저렴하여 구매 비용이 가장 적게 든다. 2019년에 전 세계에서 판매된 자동차의 약 40퍼센트는 흰색이었다.

🔧 건축업자, 배관공, 전기공이 주를 이루는 '화이트 밴 기사white van man'는 다른 운전자들의 골칫거리로 여겨지는 동시에《더 선》과 같은 타블로이드지에 의해 자영업자 노동자 계층의 영웅으로 주목받았다. 화이트 밴 기사라는 표현은 1997년 5월 18일《선데이 타임스》의 교통 기자 조너선 리크가 이들을 '도로 위의 골칫거리'라 묘사하면서 처음 사용되었다. 그들을 비웃는 정치인들은 경력에 제동이 걸렸다. 2014년, 영국 노동당 당원이었던 에밀리 손베리는 외벽에 영국 국기를 걸어놓은 한 주택 앞에 세워진 흰 밴을 찍어 '#로체스터에서 찍은 사진'이라는 글과 함께 트위터에 게재한 뒤 노동당 예비 내각에서 사퇴해야 했다. 일부 사람들이 이 트윗을 노동 계급을 비웃는 것으로 해석했기 때문이다.

🔧 이 색은 공식적으로 나바호 화이트Navajo white라고 불리지만, 대부분은 아주 옅은 주황색이라 부를 것이다. 미국 최대 원주민 보호구역인 나바호 자치국 깃발의 배경을 장식하는 이 색은 때가 타도 눈에 잘 띄지 않는다는 이유로 1970년대 인테리어 디자이너들이 저예산 주택에 자주 사용했다. 나바호족은 지극히 평범한 흰색을 사방위와 특정 시간대를 가리키는 신성한 네 가지 색 중 하

나라고 여기는데, 흰색은 동쪽과 새벽을, 하늘색은 남쪽과 낮을, 노란색은 서쪽과 황혼을, 검은색은 북쪽과 밤을 의미한다. 나바호족 신화에 따르면 창조가 네 개의 단계 또는 네 개의 세상에서 일어났으며, 최초의 남자와 최초의 여자가 인간이 된 네 번째 세상을 하얗거나 반짝이는 세계를 의미하는 니할가이Nihalgai라 부른다.

🔨 영국의 록 밴드 프로콜 하럼의 대표곡 〈창백한 흰색A Whiter Shade of Pale〉은 그 많은 록 음악 가운데 물감 카탈로그에서 볼 법한 제목을 가진 몇 안 되는 음악 중 하나다. 수많은 이가 이 곡의 가사가 의미하는 바를 분석하고자 했다. 작사를 맡은 키스 리드는 한 파티에서 한 남자가 한 여자에게 "얼굴이 창백한 흰색이 됐어"라고 말하는 것을 듣고 가사를 썼다고 한다. 프랑스 예술 영화 〈지난해 마리엥바드에서L'Année dernière à Marienbad〉(1961)와 〈미치광이 피에로Pierrot le Fou〉(1965)에 상당히 큰 감명을 받은 그는 영화 속 장면들처럼 여자가 남자를 떠나는 이야기를 해야겠다고 마음먹었다. 몽환적인 가사 때문에 마약에 대한 노래라는 소문이 돌았지만, 리드는 격렬히 부인했다. 『위대한 음악의 생애Lives of the Great Songs』(1994)에서 마이크 버틀러가 언급했듯, 이 노래는 마약보다는 술과 섹스에 대한 것일 가능성이 더 높다. "그녀의 얼굴이 처음엔 유령처럼 창백한 흰색으로 변했어"라는 가사는 메스꺼움을 느꼈다는 것을 암시하는 여러 표현 중 하나다. 록 밴드 프로콜 하럼의 열

성 팬들이라면 1982년 듀럭스의 감성적인 TV 광고에 팬파이프로 편곡한 이 노래가 나왔을 때 속이 좀 메스꺼웠을지도 모르겠다.

🔨 화이트 레이디White Lady는 진, 쿠앵트로 나 트리플 섹, 신선한 레몬즙, 그리고 종종 계 란 흰자를 섞어 만드는 칵테일의 이름이다. 1919년 바텐더인 해리 멕켈혼이 런던의 시 로스 클럽에서 처음 개발했다가 10년 뒤 뉴 욕의 해리즈 바로 옮겨 레시피를 바꾸었다. 사보이 호텔의 '아메리칸 바'에서 해리 크래 덕이라는 바텐더가 만들었다는 주장도 있다.

🔨 '흰옷을 입은 여자'의 출몰은 누구에게나 반가운 소식이 아니 다. 대개 흰옷의 여인을 살해당했거나 자살했거나 남편이나 아이 를 잃은 여자의 혼령이라 믿기 때문이다. 그들이 집이나 사진(더 으스스하다)에 나타나면 흔히 집안의 누군가가 곧 상을 치를 거라 고 여긴다.

몰타에서는 '메디나의 백의의 부인White Lady of Medina'이 슬픔에 빠진 10대 소년과 노년의 남성들을 유혹해 자신의 유령 무리에 합류시킨다는 괴담이 떠돈다. 네덜란드 동부와 북부에 등장하는 흰옷의 여인은 신생아를 바꿔치기하는 것으로 유명하다. 필리핀 의 케손시에서는 택시 기사를 겁주는 여자가 있다고 한다. 이스트 요크셔의 비포드, 일리노이주의 시카고, 워싱턴주의 머컬티오, 펜 실베이니아주의 액투나에 출몰한다는 백의의 부인은 좀 더 차분한 편인데, 보통은 차를 얻어 탔다가 조용히 사라져버린다.

🖌 보통 가장 초기의 추리 소설 중 하나라고 불리는 윌리엄 윌키 콜린스의 『흰옷을 입은 여인』은 1859~1860년에 연재 형식으로 처음 발표되어 큰 성공을 거두었다. 그 덕에 흰 보닛과 망토가 유행했고 조향사들은 '흰옷을 입은 여인'이라는 이름의 향을 만들었다. 예술가들은 이 소설을 왈츠와 카드리유로 탈바꿈했다.

이 책의 도입부에서 런던에 사는 월터 하트라이트는 흰옷 차림의 신비롭고 허약한 여인을 돕게 된다. 사실 이는 윌리엄 윌키 콜린스가 직접 겪은 일이기도 한데, 『존 에버렛 밀레이의 생애와 편지The Life and Letters of John Everett Millais』를 보면 다음과 같은 이야기가 등장한다. 어느 늦은 밤, 윌키 콜린스와 그의 동생 찰스가 밀레이와 함께 그의 집으로 향하고 있었다. 그런데 갑자기 인근 저택의 정원에서 날카로운 비명이 날아와 그들의 시선을 끌었다. 잠시후 정원으로 통하는 철문이 벌컥 열리더니 달빛에 빛나는 흰 치마를 치렁치렁 늘어트린 젊고 아름다운 여인의 형상이 나타났다. 여인은 스르르 미끄러지듯 그들 쪽으로 다가오다가 세 청년 곁에 다다르자마자 겁에 질려 애원하는 자세로 잠시 멈췄다. 잠시 후 마음이 진정됐는지 갑자기 몸을 움직여 길 위에 드리운 그림자 속으로 사라졌다.

과장되거나 심지어 조작된 일화일 수도 있지만, 진실이 뭐든 간에 밀레이와 그의 친구 콜린스가 불가사의한 흰옷의 여인을 자신의 작품 속에 담았다는 것은 흥미로운 일이다. 밀레이가 1871년에 완성한 〈몽유병자The Somnambulist〉는 월터 하트라이트의

존 에버렛 밀레이의 〈몽유병자〉.

마음을 빼앗은 모슬린 드레스 차림의 젊은 여인의 자매일지도 모른다.

🖌 19세기에 가장 유명했던 흰옷을 입은 여인의 이미지는 1862년 제임스 맥닐 휘슬러가 그린 그림이다. 그의 정부 조안나 히퍼넌이 하얀 모슬린 커튼 앞에 서 있는 모습을 담은 이 그림의 제목은 원래 〈하얀 여자The White Girl〉였다가 〈흰색 교향곡 1번 Symphony in White No. 1〉으로 바뀌었는데, 버너스 스트릿 갤러리에서 최초로 전시될 적에는 〈흰옷을 입은 여자The Woman in White〉 홍보되어 있다. 호전적인 기질로 유명했던 휘슬러는 《애서니엄》의 편집자

휘슬러의 〈흰옷을 입은 여자: 흰색 교향곡 1번〉.

에게 편지를 써 이 일에 대해 다음과 같이 분노를 표했다. "버너스 스트릿 갤러리의 소유주가 허락도 없이 내 그림에 '흰옷을 입은 여자'라는 제목을 붙였습니다. 저는 윌키 콜린스 씨의 소설 속 여인을 그릴 의도 같은 건 없었는데 말이죠. 그 소설을 읽어본 적도 없습니다. 제 그림은 그저 흰 커튼 앞에 서 있는 흰옷 입은 여자를 묘사한 것뿐입니다."

갤러리 소유주가 잘못한 걸까? 실은 휘슬러가 자신의 인지도를 높이기 위해 기꺼이 논란을 일으켰을 가능성이 높다. 실제로 버너스 갤러리의 비서 프레더릭 벅스톤은 《애서니엄》에 이렇게 알려주었다. "휘슬러 씨는 자신의 그림이 '흰옷을 입은 여자'로 홍보될 것을 잘 알고 있었으며 그 제목을 마음에 들어 했습니다."

휘슬러는 〈흰색 교향곡 1번〉을 그릴 때 겨우 27세로, 이 그림으로 이름을 날리고 싶어 했다. 하지만 첫 반응이 호의적인 것만은 아니었다. 일부 비평가들은 이 아가씨의 멍한 표정이 숙녀답지 않다고 생각했고, 또 다른 평론가는 그림 속 여자의 이상하리만치 흰옷은 훌륭한 취향을 가진 화가라면 응당 알고 있어야 할 일반적 규칙을 깡그리 무시한 채 몸에 걸쳐져 있다고 불평했다. 왕립 아카데미에서 퇴짜를 맞은 그는 1863년 프랑스 미술원에서 격년으로 개최하는 살롱 미술전에 그림을 출품했다가 또다시 거절당했다. 이후 운 좋게 구스타브 쿠르베가 살롱에서 거절당한 작품들을 위해 주최한 낙선전에 받아들여졌다. 엄청난 화제를 일으킨 마네의 〈풀밭 위의 점심〉에 묻히긴 했지만, 그의 작품은 쿠르베, 마네, 보들레르 등 일부 유력한 전문가들의 찬사를 받았다. 휘슬러는 성공 가도에 올랐다. 그리고 이어서 〈흰색 교향곡 2번〉과 〈흰색 교향곡 3번〉을 그렸는데, 두 그림 모두 조안나 히퍼넌을 담고 있다.

🔍 〈흰색 교향곡 1번〉은 길이가 2미터가 넘는 탓에 방대한 양의 연백 안료가 사용되었다. 휘슬러는 이후 자신의 걸작을 창조하다가 연백에 노출돼 병에 걸렸다고 주장했다. 일명 '도장공 산통 painters' colic'으로, 신경계, 소화계, 호흡계에 영향을 미치는 이 질병은 납 중독의 한 형태다. 휘슬러가 그림을 완성하고 나서 건강을 회복하기 위해 비아리츠에 은거한 것은 사실이지만, 그림 한 점으로 심각한 중독에 걸렸을 가능성은 없어 보인다. 그가 건강을 잃

은 것이 연백 안료 때문이 아니라는 소리는 아니다. 화가로 활동하는 내내 방대한 양의 연백 안료를 사용했으니 말이다.

베르메르와 렘브란트 같은 선배 화가들도 이 안료가 가진 특유의 밀도, 불투명도, 따뜻한 느낌에 매료되었는데, 이들은 납 중독을 직업적 위험으로 간주한 것 같다. 다행히 이 아름답지만 유독한 색조는 티타늄 화이트titanium white로 대체되었다. 이 색소는 유독하진 않지만 작가 빅토리아 핀레이의 지적처럼 납만이 가진 사악한 번득임은 볼 수 없다.

✎ "처음엔 '대체 흰색을 뭐 하러 훔치는 거지?' 싶었죠." FBI의 딘 채플은 2016년 《비즈니스 위크》 기자들에게 이렇게 말했다. 그러나 그는 수사를 진행하며 곧 깨달았다. 듀폰에서 26억 달러의 수익을 창출하는 이산화타이타늄TiO_2의 비밀 공식을 훔치려고 하는 데는 수많은 이유가 있다는 사실을.

일반적으로 티탄철석에서 추출하는 천연 산화물 TiO_2는 19세기에 처음 안료로 사용되었다. 1940년대에 듀폰이 이 물질을 개량해 자체 버전을 만들었는데, 시중에 나온 어떤 제품보다 우월하다는 평가를 받았다. 듀폰이 TiO_2의 제조 비법을 공개적으로 밝히진 않았지만, 《비즈니스 위크》의 보도에 따르면 이 매우 복잡한 과정에는 탈컴파우더만큼 미세한 입자를 생산하기 위해 염소, 탄소, 정화제, 저온, 열, 산소 등이 사용된다고 한다.

TiO₂는 슈퍼 요트의 선체, 종이, 테니스 코트의 분필 라인 등 흰색이 필요한 모든 곳에 쓰이므로 훔칠 만한 가치가 있는 것은 분명하다. 기업 오너이자 기술 컨설턴트였던 미국 이민자 월터 리우는 듀폰의 은퇴한 엔지니어 로버트 매글르의 도움을 받아 1997년부터 2011년까지 TiO₂를 훔쳤다. 이후 듀폰의 TiO₂ 신공장의 설계도를 비롯한 각종 기밀 사항들은 중국 정부가 관리하는 회사들에 2000만 달러에 판매되었다. 2014년, 리우는 15년의 징역형을 선고받았다.

🔨 '백색소음'이라는 용어는 대개 귀에 거슬리는 배경음을 가리키지만, 과학적으로는 동일한 양의 모든 가청 주파수를 포함하는 소리라고 정의할 수 있다. 흰빛이 우리가 볼 수 있는 모든 빛을 포함하는 것처럼, 백색소음은 우리가 들을 수 있는 모든 소리의 총합이다. 작가 메건 닐이 2016년 《애틀랜틱》에 기고한 것처럼, 가장 순수한 형태의 백색소음은 TV나 라디오를 사용되지 않는 주파수에 맞췄을 때 나는 '쉬쉬' 하는 소리와 비슷하다.

음이 균일한 백색소음은 밤중에 잠을 깨우는 갑작스러운 소리 변화나 고르지 못한 소리를 가릴 수 있다. 그래서 보통 백색소음기가 수면 보조 장치로 사용된다. 연구에 따르면 갈색 소음brown noise(주파수가 자주 바뀌어 저음이 더 강하게 들리는 것)도 숙면에 유용하다고 한다.

벨기에 음향 엔지니어 스테판 피전은 백색소음이 우리의 귀를 더욱 예민하게 만드는 데 도움을 준다고 말한다. "이전에는 물이 흐르는 소리를 들으면 그저 '물 소리구나'라고 생각했는데, 지금은 강마다 고유한 소리가 있다는 것을 알겠어요. 전에는 들리지 않던 것들이 이제는 들려요. 전과는 다른 귀로 일상의 소리를 듣고 있지요."

초크나 석회로 만든 백색 도료로 집을 하얗게 칠하면 비용은 적게 들지만 칠이 잘 벗겨지기 때문에 매년 덧칠해야 한다. "백색 도료로 칠하기엔 너무 자존심이 세고, 페인트로 칠하기엔 너무 가난하다"라는 켄터키 속담도 있다. 미국인들은 1814년 영국이 불을 지른 흔적을 감추기 위해 백악관에 흰 페인트를 칠한 거라는 이야기를 오래도록 들어왔다. 하지만 미국 정부는 방수 처리를 하고 겨울에 금이 가는 것을 막기 위해 1798년부터 회색 사암벽에 백색 도료를 칠했다. 1818년에는 백연 페인트가 처음 사용되었다. 그 무렵 이미 백악관으로 불렸지만, 1901년 10월 테오도르 루스벨트가 백악관의 주인이 된 뒤 공식 명칭이 되었다.

영국과 미국에서 화이트워시whitewash는 은폐나 속이려는 의도를 의미한다. 이 용어는 미국의 제2대 대통령 존 애덤스에게도 쓰였는데, 이 경우에는 일간지 《필라델피아 오로라》가 그의 지지자들에게 민주당이 그의 명성을 더럽히지 못하게 막으라고 촉구하는 의도로 사용했다. 1973년, 워터게이트 사건으로 대통령직에서 물러나게 된 리처드 닉슨은 이렇게 선언하며 이 용어를 이렇게 이용했다. "백악관에서 속임수는 있을 수 없습니다."

고대 그리스의 눈부시게 하얀 석조 건물과 조각상은 건축 당

⬙ 오래된 달러 지폐 속의 백악관.

시에는 파란색, 빨간색, 노란색 등 다채로운 색으로 칠해졌을 수도 있다는 사실을 오도하고 있다. 이를테면 파르테논 신전에는 페이디아스가 만든 거대한 아테나 여신의 조각상이 모셔져 있었는데, 2세기 역사가 파우사니아스는 이 조각상에 '금과 상아가 입혀져 있었다'고 설명했다. 빅토리아 시대의 화가 로렌스 앨마 태디마가 〈벗들에게 파르테논 신전의 장식을 구경시켜주는 페이디아스〉(1868)에서 신전을 휘황찬란한 빨간색, 흰색, 금색으로 묘사한 건 엉뚱한 발상이 아닐 수도 있다. 하지만 이러한 색상 배합을 싫어했던 오귀스트 로댕은 신전에 채색이 됐을리 없다고 가슴을 치며 단언했다고 한다.

아이오와대학의 고전학과 조교수 세라 본드는 고전 세계의 조각상들이 극도의 흰색이었다는 잘못된 믿음이 흰 피부가 고전적 이상이었다는 억측을 부추겼다고 주장한다. 그는 2017년 《포

앨마 태디마의 〈벗들에게 파르테논 신전의 장식을 구경시켜주는 페이디아스〉는 역사적으로 정확한 상상일지도 모른다.

브스》에서 박물관과 미술사 교과서들이 고대 그리스와 로마 시대의 조각상과 석관을 실을 때 주로 네온 화이트neon white의 피부 톤을 보여주는 경향이 있는데, 이는 유익하지 못하다고 말했다. 이런 요소가 쌓여서 지중해 전역에 걸쳐 모든 사람이 매우 희었다는, 균질성에 대한 잘못된 이상을 창조하는 데 일조했다는 것이다. 로마인들은 인간을 백인으로 규정하지 않았다. 그렇다면 인종에 대한 이러한 미의 기준은 대체 어디서 왔을까? 한편 세라는 '하얀 대리석과 아름다움을 동일시하는 것은 우주에 내재한 진리가 아니다'라는 견해를 온라인에서 솔직하게 밝혔다가 위협을 받기도 했다.

🔨 19세기부터 사무실에서 일하는 사람들(주로 남성들)이 늘어나기 시작하면서 흰색 셔츠가 하나의 드레스 코드가 되었다. 1920년대에 이 코드가 매우 보편화되자 미국 소설가 업튼 싱클레

어가 이들을 '화이트칼라 노동자'라고 부르면서 더러움을 감추기 위해 짙은 색 옷(주로 파란색 칼라가 달린 파란색 작업복)을 입는 몸 쓰는 노동자들과 구분 지었다. 1903년에 발명된, 표백제가 첨가된 가루비누 '퍼실'은 이러한 현상을 더욱 부추겼다. 사람들은 '흰색보다 더 흰' 셔츠, 식탁보, 시트를 추구했다. 이러한 현상은 사회적 계급이 낮은 사람들과 자신을 구분 짓기 위한 욕망에서 비롯된 것이라고 해석할 수 있다. 화이트칼라 일자리를 구하는 건 힘들어도, '흰색보다 더 흰' 칼라의 셔츠를 입고 식탁에 하얗고 깨끗한 식탁보를 둘러 집에 찾아온 손님들의 감탄을 자아내는 건 가능하다. 이런 코드화된 소통은 여전히 우리 곁에 있다. 카시아 세인트 클레어는 『컬러의 말』에서 눈처럼 새하얀 겨울 코트를 걸친다는 것은 "전 대중교통을 이용하지 않아요"라는 메시지를 시각적으로 은연중에 전달하는 행위라고 한다.

🔑 프랑스 작곡가 에릭 사티는 자서전에서 계란, 설탕, 잘게 썬 뼈, 죽은 동물의 지방처럼 흰 음식만 먹자고 주장했다.

🔑 엘리자베스 1세가 왜 죽었는지는 아무도 모른다. 그녀의 지시에 따라 사후 검시가 시행되지 않았기 때문이다. 그가 그러한 명령을 내린 건 아마 명성을 지키기 위해서이지 싶다. 폐렴, 연쇄상구균, 암 등이 전부 의심되지만, 화장품으로 인한 백연 중독이 원인일 수도 있다.

여왕이 젊음의 탈을 유지하고자 결심한 것은 부분적으로는 허영 때문이었다. 29세에 천연두에 걸렸을 때 생긴 곰보 자국을

엘리자베스 1세가 튜더왕조의 장미 문양과 족제비 모피로 가장자리를 장식한
대관식 예복을 입고 있다. 17세기 작, 작자 미상.

감추고 싶었던 것이다. 히스토리컬 로열 팰리스의 공동 수석 큐레
이터인 트레이시 보먼의 말처럼, 군주의 외양에 병약함의 징후가
드러나면 권력 유지에 필수인 '신과 같은 불멸의 지위'에 해가 되
었다. 창백한 안색을 만들기 위해 시녀들은 그의 얼굴에 백연과
식초가 함유된 '베네치아 연백Venetian ceruse'이라는 화장품을 바른
뒤 계란 흰자를 칠했다. 납 중독의 희생자들은 충치와 탈모로 고
통받는 경우가 많은데, 엘리자베스 역시 1603년 3월 24일, 69세의
나이로 사망할 무렵 머리가 벗겨지고 치아가 검었다. 보먼은 엘리
자베스가 서른 살 때부터 탈모가 시작되었다는 증거가 있다고 말
한다.

일부 역사가들은 이를 여성 혐오적 허구라고 주장한다. 역사가이자 작가인 케이트 몰트비는 베네치아 연백이 여왕의 소지품에서 발견된 적이 없다는 점을 지적한다. 또 다른 역사가 헬렌 해켓은 '허영에 사로잡힌, 쇠락하는 쭈그렁 할망구'라는 엘리자베스 1세의 이미지는 빅토리아 시대가 만들어낸 것으로, '아내이자 엄마로서 뛰어난 생식능력을 가진 인물'인 빅토리아 여왕과 비교하며 엘리자베스의 '비여성성'을 강조한 것이라고 주장한다. 그렇지만 트레이시 보먼은 여왕이 44년의 통치 기간 동안 하루도 빠짐없이 아름다움을 위한 길고 힘든 사투를 벌여왔다고 확신한다. 그 사투에 당시 피부 미백제로 큰 인기를 끌던 베네치아 연백이 연관되지 않았다 해도, 해를 입히기에 충분한 양의 연백 안료가 포함된 다른 화장품이 끼어 있었던 게 확실해 보인다.

🔨 창백한 얼굴을 선호하던 경향은 엘리자베스 사후에도 지속되었다. 하얀 피부는 사회적 지위의 상징으로, 노동을 전혀 하지 않거나 야외에서 일하지 않음을 의미했다. 귀족과 야심가들은 남녀를 가리지 않고 얼굴에 연백 안료를 칠했다. '시체처럼 하얗다'는 표현은 칭찬이었다. 매기 안젤로글루는 자신의 저서 『메이크업의 역사A History of Make-Up』(1970)에서 18세기에 판매된 피부 개선용 화학 세척제의 광고 문구를 다음과 같이 인용한다. "백선, 잡티, 햇빛으로 인한 화상, 비듬, 여드름, 천연두로 생긴 움푹 팬 흉터나 붉은 반점과 같은 모든 결점을 제거하고, 극도의 순백색을 오래도록 유지해줍니다."

⦙ 김정은이 말을 타고 달리고 있다.

📎 김정은은 위기의 순간 진짜든, 착각이든, 허구든 간에 한국 건국 신화의 발상지인 백두산에서 하얀 종마를 타고 눈밭을 가로지르며 달리는 모습을 보여준다. 그가 말을 타고 달리는 모습이 실린 선전 사진은 중국 신화 속의 날개 달린 말 '천리마'를 환기하려는 의도를 가지고 있다. 전설에 따르면 천리마는 한낱 인간은 탈 수 없으며 반드시 흰색인 건 아니다. 천리마는 1950년대 북한 경제 회복 계획의 공식 명칭이자 축구 국가대표팀의 별명이기도 하며, 화폐와 우표에도 등장한다.

공산주의, 족벌주의, 종교적 신화가 얽혀 있는 땅에서 김정은의 선전 활동은 그가 북한을 건국한 그의 할아버지 김일성의 후손일 뿐 아니라 그와 닮았다는 사실을 강조한다. 김일성은 자신의 회고록에서 조선 인민혁명군을 이끌던 시절 백마가 자신의 듬

직한 아군이었다고 설명한 바 있다. 2019년, 북한은 러시아로부터 백마와 조랑말 열두 마리를 수입하는 데 7만 5000달러를 지출했다. 김정은은 가끔 내부 인사들에게 백마를 선물한다.

🔍 백마는 수많은 고대 문화에서 기적을 행하는 동물로 등장한다. 기원전 486년부터 465년까지 페르시아를 통치했던 크세르크세스 1세는 신성한 백마를 위한 마구간을 갖고 있었다고 한다. 그 밖의 문화권에서는 다산, 전쟁 영웅, 세상의 종말(그리고 새로운 세상의 도래), 눈(블랙풋 인디언 신화에서는 눈의 신 아이소임스탄Aisoyim-stan이 백마를 탄다), 비(조로아스터교)와 관련이 있다. 청동기시대 영국인들은 현재 옥스퍼드셔에 해당하는 어핑턴 인근 언덕에 엄청난 노력을 들여 백마 형상을 새겼다.

그리스 신화 속 날개 달린 불멸의 말 페가수스는 보통 순백색을 띠고 있는 것으로 묘사된다. 발굽이 닿는 곳마다 샘이 터지는 비범한 능력을 가진 것은 물론이고 괴물을 처치한 영웅인 벨레로폰에게 큰 도움을 주는 존재다. 페가수스는 이후 백마 탄 기수가 곤경에 처한 아가씨와 억압받는 사람들을 구출하는 수많은 이야기의 본보기가 되었다. 일례로 수많은 B급 서부영화의 영웅들은 〈론 레인저〉에서처럼 백마를 타고 다닌다.

🔍 서구에서 '흰 코끼리'는 쓸모도 없는데 비용만 많이 드는 거창한 프로젝트를 의미한다. 이 비유의 기원은 이름을 알 수 없는 태국의 한 왕으로 거슬러 올라간다. 전하는 바에 따르면 왕이 마음에 들지 않는 신하에게 하얀 코끼리를 선물했다고 하는데, 엄청

난 유지비를 감당하지 못하고 망하게 하려는 의도였다.

많은 아시아 나라와 마찬가지로 태국에서도 흰 코끼리는 석가모니의 화신으로 여겨진다. 전설에 따르면, 마야 부인이 부처를 잉태했을 때 장차 세상을 지배하거나 신이 될 아이를 가졌다는 암시로 상아가 여섯 개인 하얀 코끼리가 그의 옆구리로 들어오는 꿈을 꿨다고 한다.

흰 코끼리가 얼마나 굉장한 숭배의 대상이었던지, 태국, 캄보디아, 버마의 왕들은 16세기부터 18세기까지 흰 코끼리를 수중에 넣기 위해 여러 차례 전쟁을 벌이기도 했다. 태국의 왕 푸미폰 아둔야뎃은 1947년부터 2016년에 사망할 때까지 역대 어느 왕들보다 많은, 21마리의 흰 코끼리를 소유한 것으로 알려져 있다.

알비노 코끼리는 희귀종으로 완전히 하얗지는 않다. 옅은 적갈색을 띠는데 물에 젖으면 분홍색처럼 보인다. 연회색 코끼리도 흰 코끼리로 분류되며 알비노만큼 매우 귀한 대접을 받지는 않지만 여전히 신성하다. 그렇기 때문에 일을 시킬 수가 없고, 따라서 흰 코끼리를 선물 받으면 이득보다는 손해가 컸다.

📌 『하얀 하늘 아래서Under a White Sky』는 《뉴요커》의 과학 기자 엘리자베스 콜버트가 쓴 책으로, 기후 변화와 싸우기 위해 우리가 만들어야 할 세상에 대해 이야기한다. '하얀 하늘'은 현재 많은 과학자가 생각하는 것처럼, 지구를 식히기 위해 지구 공학적 해결책을 적용할 경우 미래에 우리 머리 위에 펼쳐질 수도 있는 모습이다. 가장 기대되지만 가장 극단적이기도 한 이 계획은 생각하기도 끔찍하다는 이유로 소규모 실험에서조차 검증되지 않았는데, 태양 공학자들이 성층권에 수백만 톤의 아황산가스 입자를 쏘아 올려 지구로 향하는 햇빛을 반사하는 작전이다. 이런 시도는 어떻게든 대기에서 이산화탄소를 충분히 제거해 지구 온난화를 역전시킬 수 있을 때까지 반복적으로 이루어져야 한다. 한 가지 잠재적 부작용이 있다면 지구에 도달하는 빛의 스펙트럼이 변하게 된다는 점이다. 그러면 하늘이 파란색에서 흰색으로 변하게 된다.

감사의 말

우리 편집자 조너선 버클리는 에즈라 파운드가 『황무지』에 끼친 것보다 더 많은 영향을 이 책에 끼쳤다. 엘리엇이 그의 멘토에게 했던 말처럼, 그가 '더 훌륭한 예술가il miglior fabbro'라고 밝힐 수 있어서 너무 자랑스럽다. 출판사 또한 현명한 조언과 멋진 그림 편집으로 이 책을 탈바꿈시키는 데 도움을 주었다. 이 책을 이 두 분과 내 아내 레슬리, 그리고 아들 잭에게 바친다.

또한 통찰력과 재능을 나눠주어 다양한 방식으로 이 책을 발전시킨 다음 사람들에게 빚을 졌음을 알리고 싶다. 샤울 아다르, 샐리 오거스틴, 앤디 바튼, 도미티크 캠벨, 베빌 콘웨이, 사이먼 커티스, 이안 크라나, 스티브 크로플리, 클라우디아 대번트, 헌터 데이비스, 줄스 다비도프, 앤드류 프랭클린. 영국원예학회의 앨리스터 그리피스에게도 감사를 건넨다. 폴 하핀, 케이트 헤스, 울리 헤세, 흠 잡을 데 없는 디자인을 해준 헨리 일스, 세상을 떠난 내 소중한 친구 짐 이저드에게도 고맙다는 말을 하고 싶다.

그 밖에도 수많은 이들에게 감사를 표한다. 나티나 얀스, 마틴 마주르, 사빈 K. 맥닐, 멜 니콜스, 앨리슨 랫클리프(다양한 언어로 쉼 없이 조사를 해주었다), 매릴린 리드, 스튜어트 샘플, 프랭크 서

머스(우주 망원경 과학 연구소), 클라우디오 토그넬리, 니키 트위먼(성실히 교정을 해주었다), 마이클 요킨, 발렌티나 잔카.

또한 필립 볼, 빅토리아 핀레이, 존 게이지, 카시아 세인트 클레어, 미셸 파스투로에게도 방대하면서도 유익한 저술로 큰 도움을 준 데 감사드린다.

이미지 출처

개인

파인먼의 그래픽 노블, Jim Ottaviani and Lelan Meyrick(courtesy, 0:2 Books), 21쪽; 메시앙의 33음계에 대한 색채 심상, ⓒHakon Austbo, from 'Visualizing Visions: The Significance of Messiaen's Colours', *Music & Practice*(www.musicandpractice.org), 22쪽; 모리슨의 식물성 만능 약(Wellcome Collection), 84쪽; 오렌지맨 다이아몬드 댄(Photopress Belfast), 163쪽; 자신이 겪어온 우울에 관한 카예 블레그바드의 그래픽노블, *Dog Years*, p.285. kayeblegvad.com 에서 확인할 수 있다. 310쪽.

알라미Alamy

캡틴 스칼릿, 35쪽; 붉은 남작, 37쪽; 라일리의 감정 중 하나인 버럭이가 화가 난 모습(AF Archive), 38쪽; 페라리 랠리 포스터(Shawshots), 43쪽; 가리발디와 붉은 셔츠대(Interfoto), 69쪽; 코치닐 염료(Interfoto), 72쪽; 아만다 고먼(Pool), 79쪽; 노란 벽돌 길(Pictorial Press), 96쪽; 이브 클랭의 작품(Vincent West), 125쪽; 오리건주의 라즈니쉬(SCPhotos), 167쪽; 키이우의 오렌지 혁명(Watchtheworld), 171쪽; 가부키 배우 사와무라 무니야, 183쪽; 짐 클라크의 로터스 25 클라이맥스(National Motor Museum), 220쪽; 비소가 들어간 벽지(ICP), 232쪽; 굴라비 갱(Joerg Boethling), 267쪽; 검은색 옷을 입은 요지 야마모토(Nicolas Gouhier/ABACAPRESS), 305쪽; 메간 폭스(dpa), 328쪽.

게티Getty

인터 밀란(Jasper Juinen/Getty Images), 51쪽; 〈택시〉 포스터, 91쪽; 세이렌의 유혹을 이겨내는 오뒷세우스(Mondadori/Hulton Fine Art Collection), 113쪽; 대청 잎(Remy Gabalda/AFP), 117쪽; 하토르의 얼굴(Sepia Times/Universal Images Group), 122쪽; 조정 경기(Archive Photos), 136쪽; 피리를 불며 춤을 추는 크리슈나(Frederic Soltan), 138쪽; 보남팍 유적지에서 출토한 그림, 140쪽; 루드 굴리트(Paul Popper/PopperFoto), 160쪽; 퍼킨의 모브(Science & Society Picture Library), 189쪽; 한 퍼플(Visual China Group), 191쪽; 해미쉬 보울즈(Dimitrios Kambouris), 198쪽; 베이루트의 그린 라인(Mark DeVille/Gamma Rapho), 214쪽; 엘비스 프레슬리(Michael Ochs Archives), 249쪽; 스탬볼리안의 드레스를 입고 걸음을 옮기는 다이애나 왕세자비(Tim Graham Archive), 303쪽; 맨유가 회색을 입었을 때(Shaun Botterill), 340쪽; 바니와 베티 힐(Bettman), 342쪽; 존과 요코(Hulton Deutsch), 352쪽.

아이스톡iStock

모로코 염료, 4쪽; 조드푸르, 120쪽; 초록색으로 변한 시카고강, 224쪽; 교토 마루야마 공원, 262쪽; 갈색 구두 280쪽; 오골계, 314쪽; 이산화타이타늄, 366쪽; 오래된 달러 지폐 속의 백악관, 369쪽.

위키커먼스, 의회 자료, 퍼블릭 도메인

괴테의 색상환(WikiCommons), 9쪽; 슈브뢸의『대조와 색의 법칙』에 실린 색판(WikiCommons,) 11쪽; 토머스 영의 강연록(WikiCommons), 12쪽; 갯가재(Silke Baron WikiCommons), 15쪽; 원피스 색 논쟁(Twitter), 18쪽; 색채 명명법(WikiCommons), 25쪽; 스텝 들소(Museo de Altamira/D. Rodriguez/WikiCommons), 31쪽; 빅토리아 시대 크리스마스카드, 40쪽; 템플회의 붉은 소(templeinstitute.org), 46쪽; 몬드리안의 〈빨강, 파랑, 노랑의 구성〉, 47쪽; 〈트루블러드〉의 인물 관계도(truebloodonline.com), 49쪽; 게니스 전투(www.britishempire.com), 53쪽; 빨간 모자를 쓴 민중(Library of Congress), 55쪽; 마르크스의《신新라인 신문》(Arquivo Marxista na Internet/Wikipedia.de), 57쪽; 소홍서(ebay), 59쪽; 적색 공포 만화(Pinterest), 61쪽; 1976년 미국의 선거(Pinterest), 62쪽; 아로미사의 립스틱 컬렉션(Pinterest), 64쪽; 〈바람과 함께 사라지다〉 포스터(Pinterest), 65쪽; 스트라이프 광고(Pinterest), 68쪽; 보티첼리의 〈비너스의 탄생〉(WikiCommons), 77쪽; 반 고흐의 〈별이 빛나는 밤〉, 81쪽; 인디언 옐로(Winsor & Newton), 82쪽; 비어즐리의 그림이 실린《옐로 북》(Pinterest), 86쪽;《프라이빗 아이》(Private Eye), 86쪽; 프란티세크 쿠프카의 〈옐로 스케일〉(Pinterest), 89쪽; 에두아르 투렌이 그린 캐리커처(WikiGallery), 93쪽; 1958년 브라질 축구팀의 모습, 100쪽; 마요 존(Gallica BNF), 101쪽; 외젠 들라크루아의 〈마리노 팔리에로 총독의 처형〉(WikiCommons), 103쪽; 조토의 〈유다의 입맞춤〉(WikiCommons), 105쪽; 오팔 색 유리의 산란 현상(WikiCommons), 112쪽; 〈지구돋이〉(NASA), 119쪽; 게인즈버러의 〈파란 옷을 입은 소년〉(WikiCommons), 126쪽; 인망 블루(WikiCommons), 130쪽; 마르크 샤갈의 스테인드글라스(Klaus D. PeterWikiCommons), 131쪽; W.

C. 핸디의 대표곡 〈세인트 루이스 블루스〉(ABE Books), 134쪽; 어플로즈(WikiCommons), 144쪽; 랜초 미라지에 있는 프랭크 시나트라의 저택(TopTenRealEstateDeals.com), 149쪽; 바실리 칸딘스키의 〈색채 연구, 동심원이 있는 정사각형〉(WikiCommons), 151쪽; 구루 나나크가 산야시 다테트레야를 우연히 만나는 장면(WikiCommons), 154쪽; 모네의 〈인상, 해돋이〉(WikiCommons), 157쪽; 웅황(crystalage.com), 158쪽; 오렌지 대안 운동의 난쟁이 낙서(Pnapora/WikiCommons), 169쪽; 페테르 파울 루벤스의 그림 〈헤라클레스와 보라색의 발견〉(WikiCommons), 176쪽; 폼페이의 프레스코화(WikiCommons), 179쪽; 장 오귀스트 도미니크 앵그르의 〈왕좌에 앉은 나폴레옹 1세〉(WikiCommons), 181쪽; 무라사키 옷을 입은 쇼토쿠 태자(WikiCommons), 182쪽; 벌의 시선으로 본 색깔(openphotographyforums.com), 193쪽; 모네의 〈수련〉(WikiCommons), 194쪽; 루이 베르트랑 카스텔의 색깔 오르간(WikiCommons), 204쪽; 퍼플 하트 훈장(WikiCommons) 207쪽; 로체스터 대성당의 그린 맨(WikiCommons), 211쪽; 『가윈 경과 녹색기사』 속의 그림(WikiCommons), 212쪽; 시금치 녹색을 사용하자는 해리의 아이디어(Pinterest), 217쪽; 링컨 그린 옷을 입은 에롤 플린(Pinterest), 222쪽; 미하엘 파허의 기독교 제단화(WikiCommons), 226쪽; 18세기 판화 속 '초록색 잭'(Pinterest), 227쪽; 원조 달러 지폐의 뒷면(WikiCommons), 229쪽; 마네의 〈발코니〉(WikiCommons), 234쪽; 반 에이크의 〈아르놀피니 부부의 초상〉(WikiCommons) 238쪽; 카다피의 『그린북』(Pinterest), 240쪽; 1560년에 제작된 엘리스베스 1세의 초상화(WikiCommons), 245쪽; 분홍색 푸시 햇(Ted Eytan/ WikiCommons), 247쪽; 티에폴로의 그림 속 비너스와 불카누스(WikiCommons), 251쪽; 쇼킹 핑크 옷을 입은 매릴린 먼로(WikiCommons), 253쪽; 시어스 백화점 크리스마스 카탈로그(Pinterest),

256쪽; 부헨발트의 기념 명판(WikiCommons), 259쪽; MXY-7 오카 가미 카제 비행기(Pinterest), 261쪽; 시애틀 해군 교정 감호소의 모습(Pinterest), 264쪽; 애니시 카푸어가 자신의 SNS에 올린, 스튜어트 샘플이 특허를 낸 분홍색(Instagram), 271쪽; 팬톤 448C(Pinterest), 275쪽; 성 프란치스코의 초상(Pinterest), 277쪽; 풀먼사의 골든 애로우와 오리엔트 급행 열차 포스터(WikiCommons), 279쪽; 브라우니 카메라 광고(WikiCommons), 283쪽; 렘브란트의 〈야경〉(WikiCommons), 285쪽; 반다이크 브라운(Winsor & Newton), 285쪽; 야구 스타 재키 로빈슨(Smithsonian), 288쪽; 마르탱 드롤링의 〈부엌 풍경〉(WikiCommons), 291쪽; 디무트 슈트레베의 〈허영의 구원〉(Diemut Strebe/MIT), 295쪽; 여신 칼리(WikiCommons), 298쪽; 찰스 존슨의 『해적의 역사』(WikiCommons), 301쪽; 말레비치의 〈검은 사각형〉(WikiCommons), 307쪽; 에드윈 버틀러 베일리스의 〈블랙컨트리, 밤, 그리고 주조공장〉(Wolverhampton Art Gallery), 311쪽; 시카고 블랙 핸드의 메시지(Chicagology), 315쪽; 쥘 지라르데가 그린, 루이 미셸의 체포 장면(WikiCommons), 318쪽; 흑표당의 포스터(RedBubble), 321쪽; 조지 플로이드 기념물(WikiCommons), 322쪽; 제임스 맥닐 휘슬러의 〈회색과 검정의 배열〉(WikiCommons), 330쪽; 파도바의 스크로베니 예배당에 그려진 조토의 프레스코화(WikiCommons), 332쪽; 프랭클린 전투(WikiCommons), 335쪽; 수영복에 적용된 위장 도색(Camoupedia blgspot), 336쪽; 와이어스의 머리 염색약 광고(PeriodPaper.com), 338쪽; 치과의사의 치아 색상 가이드(eBay), 348쪽; 후안 코레아 데 비바르의 〈클레르보의 성 베르나르〉(WikiCommons), 350쪽; 바이센호프(eBay postcard), 353쪽; 환자를 수술하고 있는 치버 박사(Flickr), 356쪽; 존 에버렛 밀레이의 〈몽유병자〉(WikiCommons), 363쪽; 휘슬러의 〈흰옷을 입은 여자: 흰색 교향곡 1번〉(WikiCommons), 364쪽; 앨마 태디마의 〈벗들에게 파르테논 신전의 장식을 구경시켜주는 페이디아스〉(WikiCommons), 370쪽; 대관식 예복을 입고 있는 엘리자베스 1세의 모습(작자 미상)(WikiCommons), 372쪽; 말을 타고 달리는 김정은의 모습(KCNA), 374쪽; 왕실의 흰 코끼리(WikiCommons), 376쪽.

지은이 폴 심프슨 Paul Simpson

저명한 축구 월간지《포포투FourFourTwo》를 창간했으며, 영국 디자인
위원회의 잡지를 편집하기도 했다. 컬트 영화, 엘비스 프레슬리, 톨
킨 등에 대해 글을 써왔다. 현재《챔피언스Champions》에서 편집자로
일하고 있다. 노란 수트를 입고 출근한 날 상사에게 "사무실에서는
그런 옷을 입으면 안 돼"라는 말을 듣고 색과 문화의 관계에 호기심
이 일어 이 책을 쓰기 시작했다.

옮긴이 박설영

서강대학교 영어영문학과를 졸업했다. 동국대학교 영화영상학과에
서 석사학위를 받았고, 박사과정을 수료했다. 출판사에서 저작권 담
당자로 일했으며, 현재는 전문 번역가로 활동 중이다. 역서로『글쓰
기에 대하여』,『테라피스트』,『쇼리』,『디저트의 모험』,『오 헨리 단
편선』등이 있다.

컬러의 방

내가 사랑하는 그 색의 비밀

펴낸날 초판 1쇄 2022년 10월 24일

초판 2쇄 2023년 1월 2일

지은이 폴 심프슨

옮긴이 박설영

펴낸이 이주애, 홍영완

편집장 최혜리

편집1팀 문주영, 양혜영, 강민우

편집 박효주, 유승재, 박주희, 장종철, 홍은비, 김하영, 김혜원, 이정미, 이소연

디자인 윤소정, 박아형, 김주연, 기조숙, 윤신혜

마케팅 김지윤, 김태윤, 김미소, 최혜빈, 정혜인

해외기획 정미현

경영지원 박소현

펴낸곳 (주)윌북 **출판등록** 제 2006-000017호

주소 10881 경기도 파주시 회동길 337-20

전화 031-955-3777 **팩스** 031-955-3778

홈페이지 willbookspub.com **전자우편** willbooks@naver.com

블로그 blog.naver.com/willbooks **포스트** post.naver.com/willbooks

페이스북 @willbooks **트위터** @onwillbooks **인스타그램** @willbooks_pub

ISBN 979-11-5581-540-3 03600

· 책값은 뒤표지에 있습니다.

· 잘못 만들어진 책은 구입하신 서점에서 바꿔드립니다.